WHO'S ALDO?

THE SEQUEL TO
A WORKING CLASS STATE OF MIND

COLIN BURNETT

TIPPERMUIR
BOOKS LIMITED

Who's Aldo? – Colin Burnett Copyright © 2023. All rights reserved.
The right of Colin Burnett to be identified as the author of the Work
has been asserted in accordance with the
Copyright, Designs & Patents Act 1988.

This first edition published and copyright 2023 by
Tippermuir Books Ltd, Perth, Scotland.

mail@tippermuirbooks.co.uk – www.tippermuirbooks.co.uk.

No part of this publication may be reproduced or used in
any form or by any means without written permission from
the Publisher except for review purposes.

All rights whatsoever in this book are reserved.

ISBN 978-1-913836-35-1 (paperback).

A CIP catalogue record for this book is available from the British Library.

Project coordination and editorial by Paul S Philippou.

Cover design by Matthew Mackie.

Editorial support: Ajay Close, Jean Hands.
Co-founders and publishers of Tippermuir Books:
Rob Hands, Matthew Mackie and Paul S Philippou.

Text design, layout, and artwork by Bernard Chandler [graffik].
Text set in Sabon LT Std 10.5/13pt with Metropolis titling.

Printed and bound by Ashford Colour Press.

PRAISE FOR
A WORKING CLASS STATE OF MIND

Fabulous book. Colin is a great writer, and the characters are so believable. I couldn't put it down.
Janey Godley, *stand-up comedian, actor and writer*

Earthy and colourful with engaging, recognisable characters. Packed with great wee stories. All in all, a very enjoyable read.
Jane McCarry, *Isa from Still Game*

I absolutely loved *A Working Class State of Mind*.
Dominik Diamond, *TC and Radio Presenter and Columnist*

Colin Burnett's novel written entirely in East-coast Scots, *A Working Class State of Mind*, is lucid, fast, funny, hard, twisty, comical, brutal, benign, happily cheeky, and so linguistically erratic that the nature of being erratic quickly becomes an incontrovertible virtue – the reader is just wheeched alang withoot devalue or even mercy – when's the sequel?
Alan Riach, *Professor of Scottish Literature, University of Glasgow*

Telt in his ain Embra Scots, Colin's chairacters' lifes spairkle wi the language o thaim thit belang tae the toon.
Michael Dempster, *Director of the Scots Language Centre and Creative Scotland Scots Scriever*

The reader is already familiar with Aldo. Aldo is the ballast that makes most stories work; he appears as a wee skinny Asian kid with a kick-ass attitude. He's a familiar figure in any working-class community. The hardman that takes nae shite. But he's also funny, but not deliberately so. And he has a heart.
ABCtales

Burnett will no doubt be hoping that loveable psycho Aldo might become the new Begbie, a character burned into the Scottish psyche. With Burnett's hardman character also striking first and asking questions later.
Edinburgh Evening News

This honest, often gritty account of working-class life is full of dark humour and tales of perseverance through hard times. Fans of Irvine Welsh and James Kelman will enjoy this new and exciting young author.

Alasdair Peoples, *Visit Scotland*

A glimpse into working-class life in Leith in all its shades and kaleidoscopes. This is Burnett's first book and he has talent, a rare voice and way with characters which is compelling and at times spellbinding. One to watch for in future.

Gerry Hassan, *author, journalist and political commentator*

The comic spirit, infused with a Frankie Boyle-like spiky humour, makes them a hoot to read. They also display the fierce class loyalty that distinguishes James Kelman and this gives them an extra punch.

Sean Sheehan, *Scottish Left Review*

Sharp, witty and thought provoking with undeniable shadows of Welsh and Kelman – Colin Burnett's debut makes for an incredibly tantalising read.

Eilidh Reid, *Scots Independent Newspaper*

Finishing *A Working Class State of Mind* left me looking forward to reading more by Burnett, a strong new voice in Scots and Scottish literature who demands working class voices be heard and read on their own terms. Mair power to his elbow.

Erin Farley, *Bella Caledonia*

Colin Burnett is an exciting new voice in Scottish fiction – his debut collection of short stories, A Working Class State of Mind, starring Aldo, along with his friends Dougie and Craig, is garnering a lot of attention, and rightly so.

Books From Scotland, *'Part of Our Favourite Things'*

Colin Burnett is not only demanding his voice is heard, but that none should be silenced or denied. There is a call for cultural legitimacy which lifts *A Working Class State of Mind* to another level.

Alastair Braidwood, *Snack Magazine*

There are obvious influences of Welsh, Kelman and perhaps Warner too in this compelling debut collection, and like these mentors, Burnett brings what feels like lived experience to his writing. His protagonists are full of life in all their frightening brutality, dark humour and ultimate humanity and it is the sheer believability of them and their exploits that places this fresh new voice in Scottish working-class literature at the top of the ever-blossoming tree.

Loretta Mulholland, *fiction editor and reviewer*

Burnett's short stories in Scots have found favour with an increasingly curious audience looking to connect with their roots.
Paul Kelbie, *former news editor on The Times, Daily Telegraph and Independent*

Colin Burnett is a writer from Edinburgh – and one of the most exciting voices around.

Dr Richard Irvine, *author of An Anthropology of Deep Time*

The stories about anti-hero Aldo goading a junior fitba goalkeeper, and caring for a dug are modern classics of the Scots Gothic genre, where you laugh but feel slightly guilty about laughing because of the subject matter. Scottish literature has always prided itself on its democratic pedigree – giving voice to sections of society which go unrecorded in many other countries. Colin Burnett is a new and bright young star in contemporary Scots letters, and I look forward to more excellent writing from him in the future.

Billy Kay, *writer and broadcaster*

Thoroughly enjoying this debut collection of short stories by Colin Burnett.

Kieran Webster, *bass guitarist and vocalist with Scottish indie rock band The View*

'Get smart and nothing can touch you.'
S E Hinton, *The Outsiders*

*This book is dedicated to the memory of my late parents,
Anne and David Burnett.
They always believed in me and forever gave me the
encouragement to pursue my dreams.*

Charismatic career criminal and Edinburgh antihero Aldo returns in this riotous, gritty, action-packed sequel to *A Working Class State of Mind*. Aldo is determined to become a better person. His best pals, Dougie and Craig, and the four-legged love of his life, Bruce the Staffy, do their best to keep him on the path to redemption, but his lawless nature and chaotic home life propel him into a series of comical, exhilarating, occasionally brutal adventures.

On the way, he encounters a host of memorable characters and finds a new love. Trying to balance this romance, the expectations of his family and life on the streets turns out to be a bigger challenge than Aldo anticipated. Can he turn over a new leaf and still keep his title as the toon's number one gangster?

Who's Aldo is captivating, tender, and laugh out loud funny. Imagine if Kelman, Welsh and Boyle collaborated to produce the ultimate Scottish working-class character – that's Aldo!

Who's Aldo: A Tale of Dugs, Drugs and Class
From the author of the acclaimed *A Working Class State of Mind*

ABOUT THE AUTHOR

Colin Burnett is a writer from Bonnyrigg, Midlothian. He writes exclusively in East Coast Scots and his debut novel *A Working Class State of Mind* has won many plaudits in the media and public for its social commentary and comedy. Colin has been nominated for 'Media Person of the Year' (2020) and 'Scots Writer of the Year' (2021) an award sponsored by the National Library of Scotland at the Scots Language Awards. He has written extensively for newspapers and other media outlets. He lives with autism and dyslexia and it is his hope that his journey as a writer will encourage others living with similar conditions to pursue a career in the arts.

ACKNOWLEDGEMENTS

It has been surreal that my second novel has been published. People have been so supportive of my work, and it's been amazing seeing people really resonate with the characters of Aldo, Dougie, Craig and of course Bruce. Firstly, I would like to thank the readers who have followed my work and who have been so supportive of my writing. I will forever be grateful to them for making writing worthwhile as their words of encouragement mean a lot to me. I would like to thank my publisher Paul S Philippou who has shown tremendous faith in my work and has given me the opportunity to have *Who's Aldo?* published. It's been a brilliant experience working with Paul and the team at Tippermuir on this book. Also, I would like to thank Peter Burnett and the team at Leamington Books for publishing my debut *A Working Class State of Mind*. They have shown continued faith in my work and it's something I will always be grateful for. And of course, I would like to thank my family who have been amazing in supporting my work. I cannot thank them enough especially my brother Michael who is also a writer and who inspired me to take up writing.

Colin Burnett, September 2023

CONTENTS

Chapter 1	Death Becomes Him	1
Chapter 2	Touchy Feely	39
Chapter 3	Hit, and Don't Get Hit	55
Chapter 4	Cardboard Gangster	79
Chapter 5	The Committal	90
Chapter 6	Inside Out	122
Chapter 7	Return to Me	151
Chapter 8	Puppy Love	169
Chapter 9	Chemical Influences	207
Chapter 10	Made in Edinburgh	235

CHAPTER 1
Death Becomes Him
ALDO

It's comin oan an hour ah've been sittin glued tae the large cloack oan the wah gittin tae the point where the blood vessels in ma eyes feel ready tae burst. It seems unlikely this Doactur Hill boay's gonnae caw oot ma name anytime soon, n aw. In part ah'm left dwellin oan a chair that's probably an instrument ae torture which dates back tae the Spanish Inquisition, surroonded by some ae the toon's maist selfish erseholes who are busy coughin and splutterin diseases in every possible direction. The majority ae thum withoot the common fuckin decency tae cover their mooths. Ah kindae git where that burd at the bus stoap last Monday wis comin fae, tae be honest, when she chewed meat oot this size zero junkie cunt fur blowin a joint in her bairn's puss. Meanwhile, ah've been forced tae remain in this spoat wae the patience ae a fuckin saint.

Yae shoulda seen the pish ah hud tae go through jist tae git the appointment, by the wey. A degradin line ae questionin fae a receptionist oan a power trip. Took aboot half a fuckin hour and the promise ah'll no make it through the night. Anyway, that's what brings me tae this pukey yelly-painted waitin room. Kennin how these fuckin doacturs operate, he's probably teein oaff fae the ninth hole at St Andrews as we wait, mair bothered aboot improvin his handicap than the health condition ae his patients.

Ah've finally ran oot ae medical posters tae read. Ken, the yins that are carefully bombed across the wahs. Each yin broadcastin the same depressin message that even the slightest twinge in the boady might, in fact, be an early sign ae the Big Casino, eh? A miserable fuckin motivational speech if ever there wis yin. Especially when it's levelled at somebody

1

who's aboot tae sit doon wae a medical expert tae receive a diagnosis. Ah cannae dwell too much oan the negatives in a situation like this, though, eh? That's why ah've held back fae Googlin ma symptoms. Better tae hear what the doactur hus tae say first before ah start settin oaff any impulsive alarm bells. A boay ah yince kent, Kyle his name wis, perr bastard goat that obsessed wae Googlin his ain symptoms that he became convinced he hud lung cancer. He wis that terrified at the thoat ae dyin that he ended up takin a heider straight oaff the toap ae the Scott Monument. Ah'll no be gone oot that wey, eh? Nae fuckin danger.

Suddenly, an immaculate boay hus emerged fae yin ae the backrooms, stickin his heid roond the corner. He doesnae look aulder than twinty-five. Ma eyes feel sunken and ma thoats seem tae huv drifted elsewhere. This guy is defo a doactur cos he's been comin back and forth aw mornin. The hale room gasps in anticipation as tae who's name's aboot tae be spat oot his mooth. Everyboady hus moved firmly tae the edge ae their seats. No, me, though. Ah've made peace wae the fact ah'll git royally shafted again and kept waitin. Then, tae ma ain surprise and delight he hoots, 'Mr Ali, please?' Words that cast the rod and reel me in.

'Please, follow me, Mr Ali,' he says, talkin aw softly and eloquently.

He chaperones me taewards the boattom ae the long corridor until he screeches his brakes half wey doon, stewardin me inside the room that hus the name 'Doctor Hill' doodled oan it.

The doac claims his rightful position by his computer. Ah make progress taewards his desk where ah'm expectin him tae write me a script and tae send me oan ma travels again.

'Please sir, take a seat,' he persists. 'I am very sorry for the long wait. It has been one of those mornings.'

'Ah've goat tae be honest wae yae doac,' ah tell him, croassin ma legs. 'You've disappointed me.'

At present ah kin tell he's swimmin against the tide as a jittery smile smears across his puss. He looks like a toddler who's jist loast sight ae his mammy in a busy shoappin centre.

'Again, I am so sorry about your long wait. According to your notes you have been experiencing regular loose and watery bowel movements. Is this information correct?'

'Aye, that's right,' ah tell him, littin oot a groggy yawn. 'Ah cannae walk two metres withoot needin a toilet. Ah've practically hud tae OD oan Imodium jist tae make this appointment. They still couldnae prevent me fae haein a nasty accident right nixt tae the reception desk though.'

He looks mystified and mentions nuttin at first. Until such time when he finally unbloacks his mooth.

'There isn't a toilet next to reception?'

'Oh, ah ken that,' ah tell him, laughin. 'Anywey, what dae yae hinks wrong wae me?'

He again turns tae face his computer screen and starts investigatin ma mystery illness.

'Firstly, let me ask you some questions about your symptoms?'

Ah respond by remainin silent as he hastily starts typin oan his keyboard. A procession ae standard procedure questions quickly ensues.

'How long have you been experiencing these symptoms?'

'Have you noticed any blood in the stool?'

Bla-bla-bla. But then aw ae a sudden the cunt starts gittin specific, and personal.

'Now, I need to ask you some lifestyle questions,' he discloses whilst readyin his fingertips above the keyboard tae note doon ma answers.

This reaction might be due tae ma many brushes wae lady law but ah've always held firm in the belief that yae deny everyhing. A point worth takin heed ae. Especially if what yae'v been asked tae divulge is the truth. Fur the life ae me ah cannae see how a situation such as this should be met any differently. Cos the thoat ae lyin in some hoaspital corridor bein fed superbug fur ma brekkie gies me goose bumps.

'Do you smoke?' he asks, clearly convinced that ah'll probably say aye.

'Well, only the annual cigar tae see in The Bells.'

'I don't see any harm in that,' he responds, confidently. 'Do you drink alcohol? Or eat fried or fatty foods on a regular basis?'

'Me? Nah. Teetotal, ah um. Well, mibbie a shandy now and again jist tae be sociable. As fur ma eatin habits, ah munch healthier than Richard Simmons. Nane ae that processed shite fur, Aldo.'

'I wish all my patients followed your example. And I can see that you obviously work out?' he rightfully assumes, assessin ma abundance ae muscle.

'Of course, Doac. The world wid be in much better shape wae mair Aldo's in the gene pool. So, what dae yae hinks wrong wae me, then?'

'Well, first I would like to examine your abdomen. Please lie down on the examination table and loosen your belt.'

'An examination? That serious, eh? Okay, Doac,' ah whimper tensely.

Fur the duration ae two or three minutes ah'm pit oan ice. Spread across the white strip ae paper that covers the long table. His delicate hands pressin gently oan different parts ae ma ripped and toned stomach. Efter he finishes formulatin his medical opinion ah dinnae hud back in ma quest tae discover his findins.

'Everything seems okay. It's more than likely IBS, a common condition. I will still need to run some tests though, just to be sure. A blood test and a stool sample. To rule out anything more sinister.'

'Anything sinister? Like what, likes?'

'Well, things such as bowel cancer,' he claims, cooly as yae like. 'But nine times out of ten these tests come back normal.'

Ah steady ma breath, tryin tae remain calm.

'But there's still that yin time though, eh?'

'Well, yes, it's possible. But please do not worry. I'm confident it's merely IBS.'

'Ah understand, Doac,' ah ache, deeply. 'Time tae git ma affairs in order?'

'No, not at all,' he objects whilst preparin his special needle.

'What else kin yae say at this point, Doac?' ah claim in the middle ae rollin up ma sleeve.

'We baith ken what's what here, eh?'

He tilts his heid, lookin puzzled. By this point ah'm too consumed at the thoat ae ma ain mortality tae even feel the syringe plungin intae ma airm. The fact ah fuckin hate needles goes oor ma heid until it's too late tae even care. Ma boady feels numb. Broat oan by this change ae mood. Then, efter it's aw said and done, he passes me a piece ae cotton wool tae press oan the scratch that's bleedin ever sae slightly. He's then back oan his feet and takes what feels like an eternity tae make the shoart distance tae the drawer nixt tae the sink where he finds a long plastic tube that he cannae wait tae wave in the air.

'Take this,' he orders walkin back oor tae me. 'Extract a small stool sample and pop it into the tube. Return it to the desk at reception by tomorrow. And, please, on your way out make a follow-up appointment to see me again on Friday for your results.'

'That soon, eh?' ah babble wae ma eyes wide open.

Ah soon git oot ae Dodge by staggerin oot his office. And ah'm left wrestlin wae the notion that ma numbers well and truly been cawed. In a half-conscious state ae mind ah move along the corridor at a snail's pace, passin the rest ae the worn oot and restless natives who are still trapped in the NHS's cutbacks. Ma mind is still strugglin tae come tae terms wae the fact that ma ain demise is steam-rollin along the tracks. It's a total heidbanger how ah've went fae haein dodgy guts and a bad case ae the runs tae a signed and sealed death sentence fae a qualified medical professional. The cunt didnae hesitate fae placin me oan the palliative care list. He wis the Grim Fuckin Reaper himsel when he confirmed that it's '*bowel cancer*'. He spun that line as if they wur ae nae consequence. In such certain terms, in fact, that ah'd be jist as well flingin masel oaff the bridges. Of course, he delivered his runner-up prize at the end by indicatin, 'Nine times out of ten. Everything turns out okay.'

When ah hit the boattom ae the hallwey ah take a sharp left taewards the exit. An unmistakable soond ae wumen chattin awey pollute ma ears. Annoyingly, they seem cheery at reception. Probable euphoria broat oan aboot news that yit another patient is aboot tae snuff it. Sure enough, eh? by the time ah huv thum in ma sights ah find two well-versed receptionists seated beside each other at the front desk. They're enjoyin thumselves, gigglin dirty, painful soondin laughs, n aw. A sure sign that the Leith Surgery coven's cauldron is bubblin and the perty is ongoin. They seem blind tae the reality that ah'm standin right in front ae thum or mair likely they jist dinnae care. That is until yin ae thum acknowledges ma existence. Ma appearance winds doon their conference and the mature dour-pussed wuman seems tae remember her joab title. Evidently, she's pissed oaff that ah've pit a muzzle oan her and her pal.

'Yes?' she moans, while the other less aged yin disappears intae the back oaffices.

'Doactur Hill says ah've tae book an appointment fur this Friday,' ah tell her. 'It's tae receive ma test results.'

She doesnae blink or say a word. This awkwardness develops a God awful eery stillness that starts tae contaminate the air. She resembles an auld bingo hall veteran. Habitually angry and frustrated cos she husnae won fuck aw in years. She soon begins hatefully typin awey oan her keyboard. Reluctantly huntin doon a suitable consultation fur me. An action which inadvertently gies me the opportunity tae soak in the rich history ae this buildin's Victorian heritage. The fuckin hing is a Leith landmark oan accoont ae it huvin formed part ae the auld train station. Ah'm talkin aboot aw the wey back tae the fifties, and that. There wis even a recent article aw aboot it in the *Edinburgh Evening News*. Ootside oan the front ae the buildin it still hus the original cloack fae the station attached tae the wah. A long lastin reminder ae the areas vanished glory years. This might be due tae the fact ma days are numbered but ma ain history hus taken oan new importance. Involuntarily acceptin the sentence passed doon by Doc Martin in there that ah've tae become untimely worm fid.

Finally, she peeps up fae her computer screen.

'I have 1 pm on Friday?' she blasts spitefully.

'Aye, that's soond,' ah tell her. 'No as if ah'll be daein fuck aw else.'

Then, oot tae naewhere, an attractive young wuman who clearly is comfortable in her impeccably-selected ootfit comes dartin roond the corner. Her honey-blond hair really brings oot her gorgeous dark eyes. She might be shakin and lookin visibly ready tae dry boke. Fuck me, she's tidy, eh? Stunnin, in fact. She's caught the attention ae everycunt there, includin mines. Ah quickly surmise that she's a heidshrinker. It's a soart ae sixth sense ah've goat, ken? Ah kin sniff thum oot a mile oaff. These cunts alweys exude that 'Ah kin cure yae wae ma eyes shut' vibe and this burd is nae different.

'I think I'm going to be sick,' she yelps, the colour drainin fae her puss as she states it, n aw. And noo she's lookin like a beautiful Albino. 'You need to see what someone's did in the consultation room!' she concludes.

This piece ae brekin news hus the receptionist makin a run aroond tae the front tae assess the damage. Ah'm stood there lookin every bit as bashful as aw the other folk there. Suddenly though, it hits me, eh? Like a straight right hand fae Anthony Fuckin Joshua. The alleged incident is likely a reference tae ma setback oan ma wey in here. The result ae the velocity ae ma unpredictable bowel movements. Sensin that ma illness willnae be treated as yin ae life's long list ae hard luck stories by the receptionist, ah recognise this as bein ma caution tae bail. So, ah frantically shuffle past the locals standin behind me and make a hasty exit oot tae there.

Ah walk doon the airy and broad Duke Street makin ma wey past the big Tesco nixt door tae the surgery. Ah'm still disturbed wae the news fae the doac and ah take a moment tae cool doon. Tryin and failin tae make sense ae ma predicament. Then, of course, there's Brucie! Ah've goat sae much stuff tae soart oot and sae little time tae dae it. Regardless ae what happens nixt, though, ah need tae make sure Bruce is protected. He is categorically at the very toap ae the list. But fur noo, eh? ah'll keep ma depressin news tae masel. Bruce, efteraw, awfae half git fae dispirited. Mean, it took him donks tae come oot ae his slumber yince word broke that Boris Johnson hud pulled through his battle wae Covid. God only kens how he'll react tae ma morbid news. They alweys say that yae need tae cushion the yins yae love first.

Expectedly, the streets are bustlin wae shoappers. Some are involved bein weighed doon wae heavy-lookin bags while others walk freely, empty-handed. Several folks are even speed walkin, and, like masel, seem shoart oan time. The rest though are struttin along the pavements easy-goin and loose. Presentin thumselves as if they dinnae huv a single worry in the world. The yin hing these two factions share in common, however, strangely enough, is the fact that neither camp is aware ae the utter mind fuck that ah'm currently endurin. However, wey yae size the hale situation up, eh? The truth is ah cannae shake oaff this horrific dark cloud that's hoverin oor ma heid. Through castin a watchful eye oan those folk cruisin fae pillar tae post across the busy road, a small part ae me cannae help but wish that yin ae thum is fatally hit wae a car. At the very minimum it might jist ease ma ain pain. A human sacrifice, if yae will? An accident that wid gie me a nudge that ah'm no the only cunt in the toon walkin a tight rope.

Still, ah huv tae resist ma natural urge, eh? Which is tae curl up in a baw and hide under the deepest, darkest rock the Capital kin oaffer me in the hope that ah kin somehow miraculously allude the cauld paws ae death. Efteraw, ah owe it tae Bruce tae keep a level heid. Fur if there is yin hing breathin right noo who loves me unconditionally, it's Brucie. Ah doot very much ma ain faimily kin say the same hing aboot me while hoadin a poker face. As fur Dougie and Craigy? Well, they dinnae show it, ken? but ah hink deep doon they love me in their ain artful wey. That bein believed, likes. Neither yin ae they two selfish bastards expressed as much as a word ae warnin tae me. No even a hint that ah'm as likely tae die as the nixt cunt. Yae cannae play doon ma determination tae exact some petty vendetta against those two nuggets. Ah huv tae remain focused oan ma maist important priority, though. Ma four-legged best pal. Nuttin else matters, eh? Cos if he gits a whiff that ah'm no bein straight wae him aboot what the doactur thoat, well, lits jist say ah ken better than anycunt what will happen. He'll start greetin and moappin aboot the flat. At least a week's long huff which might pull the trigger oan ma ain waterworks.

Before oor tears even dry oan the Kleenex, wull baith be phenomenally altered intae a heated wreck. A waterfall fae oor bloodshot eyes runnin doon our pusses while oor herts brek awey intae a thoosand different pieces. Two macho stallions turned intae a proper pair ae mental midgets. Alas, it's now been made clear tae me, eh? what ma best course ae action is in this situation. Ah'll hae tae jist pit oan ma best deidpan face and lie straight through ma teeth tae him. There's nae danger ah kin tell him what the doactur hud tae say. Efteraw, ah'm still strugglin tae wrap ma heid aroond his words masel. Even walkin through this street fails tae derail the gloomy thoats racin through ma mind. Like the relivin ae ma cousin Akio's diagnosis ae cancer. He wis ma baby cousin oan ma mother's side. A boay ah've no thoat aboot fur a long time. Yae see, Aiko fell victim tae an unfurgivin brain tumour when he wis only twenty-three year auld. Ah alweys admired the wey he conducted himself, likes. Even in the eye ae imminent death fae his unrelenting illness, his show ae calmness and strength in such dire conditions wis truly a sight tae behold.

By the time ah managed tae visit him at the Western the tumour hud rotten awey maist ae his brain. Painfully, it hud turned what wis left ae it intae a blob ae mush. Did he complain, though? Did he fuck. The cunt wis a tower ae strength and bravery. He wis nuttin shoart ae a fuckin hero. Ah mean, granted, eh? by the time ah saw him he wis only able tae communicate through Morse Code. So, aye, it wisnae as if he coulda complained too much even if he hud wanted tae. That still doesnae change the fact that the vivid flashbacks ae his battles wae cancer are torturin ma powers ae comprehension. And so are ma ain self doots that ah could ever be sae dignified when ah'm facin a similar plight as him.

Mair than likely, ah'll melt quicker than a chocolate firegaird, tae be honest. Quite possibly departin this life in a scene ae flyin kicks and a chorus ae agonisin screams. Ah wid much rather face doon ten boays tooled up and ready tae go than suttin ah cannae even see. Mean, up tae this point in ma life ah always imagined ah hud less chance ae dyin than the Tooth Fairy. There's nae denyin that ah've nearly run oot ae road oan mair occasions than ah care tae recall. Ah'm what is kent as an apex predator amongst aw the plastic gangsters and the petty criminals and drug dealers who form the criminal element ae Edinburgh. A killer whale as it wur, eh? Cruisin in an ocean filled wae defenceless haddock. And if it wis some wannabe lookin tae create a name fur thumselves by takin a crack at the title then, quite frankly, ah wid jist say it wis aw part ae the game. Aw the same, though, when it's a fuckin doactur who's handed me a yin wey ticket tae the mortuary, lits jist say, eh? that isnae half a hard pill tae swallae.

Ah've never been what yae might term as the religious type. That soart ae ae hing remains a mystery tae me. A sentiment which is a far cry fae ma folk's belief. If ah wanted somebody tae tell me how tae live ma life and tae pass judgement oan every decision that ah make, ah wid simply huv goat married when ma mum tried tae git me tae pit a ring oan some random. An arranged marriage ae aw hings and it took a stint in Perth Jail tae dig maesel oot ae that ditch. Talk ae that soon died doon. Allowin ma ain mother tae take any opportunity that comes her wey tae highlight that ma antics huv broat eternal shame oan the faimily name.

She's alwveys lived in denial, likes, that someday ah'll wake up and inexplicably repent ma lifetime's worth ae sins. Suttin that makes me wonder if she's mistaken me fur the real Ebeneezer Scrooge. Fur years ah've been shackled tae the same dress-rehearsal fae her aboot choosin tae walk a new path in life. Tae be honest, eh? ah've never gave her caws fur redemption a double take. But noo, ken? circumstances ootwith ma control are startin tae show me the light. Cos ah'm gittin ready tae discover whether there is indeed a Mr Big upstairs cawin aw the shoats. Ah'm startin tae face the reality. Ponderin whether she might huv been bang oan the money, aw along. In view ae that fact yae kin bet yur granny's pension oan the certainty that ma bad choices in life ootnumber ma gid deeds a hunner tae yin. Sincerely, though, ma only real hope ae bein allowed tae set fit in paradise lies wae the kind-herted Bruce. His seat is awready reserved oan yin ae they big fluffy clouds high up in the sky, of course. So, ah reckon that the cunts up there might no even huv a choice. They might need tae allow me tae enter through they pearly gates. What wae me bein Bruce's faithur, and that.

Ah've sifted through the streets tae find a single soul who looks as bad as ah feel, except fur the beaten-doon lookin tramp who ah passed at the British Hert Foondation. He looked as if he hud been lynched by a mob ae heidcases. Ah must say though, eh? the sight ae him prompted me oan. Furgettin the sight ae his battered and bruised puss or his overgrown beard and long and unkept greasy hair, ah took respite in the knowledge that there is an individual lower doon the chain ae command in Edinburgh than masel. A sparse instance ae hope which wis quickly erased by a humanitarian dressed in his best gear huddin a small briefcase who decided tae rewrite the script by droapin a fresh twinty quid note intae the begger's cup. Through this act ae sympathy fur the bum his puss soon burned intae a blissful smile.

A shoart time later ah arrive ootside the bloack ae flats oan George Street. Ma stomach is back producin loud and unnatural soonds again. A sure sign that Arthur's Seat is aboot tae violently flare up yince mair. Bruce will understand ah'm back fae the doacturs, likes, oan accoont ae possessin a natural ability tae recognise ma swift but firm fitsteps fae two streets awey. A proper Greyfriars Bobby fur the

Instagram generation. A fact that fails tae dilute ma catastrophic sense ae dread. It might only be a small flight ae stairs but heidin up thum feels as if it's the first step taken in reachin Everest's summit. Ah psyche masel up fur clappin eyes oan him. Ah cannae promise that ah'll no burst intae tears as soon as ah spy the perr wee hing, but ah keep tellin ma ain self that ah need tae pull oot aw the stoaps and present yours truly as the strong silent type. Finally, ah'm standin ootside number eight and ah insert the key. Ah proceed tae slowly creek it open. Ah delay enterin, tryin ma best tae keep it thegither.

Ma first sight ae groond zero immediately pits ma simmerin feelins oan rid alert. Cos, ah'm skelped by Brucie who is lyin sprawled oot across the fluffy grey rug. His vulnerable eyes fixated oan the front door. The fact he's goat his ears pinned back, eh? ah ken this appointment is the cause ae his restless few nights.

'Brucie!' ah squeal.

He gits oan his four paws in what kin only be described as a contradiction ae baith nerves and excitement. The latter doesnae maintain its momentum cos he lapses back tae bein loast and frightened. At least, ah've no seen him this vulnerable since the day we first croassed paths. The perr dug's been through sae much awready in his young life. Such is this information that it wid be criminal tae inform him ae the truth, tae be honest. In a rare moment ae self-sacrifice aw's that's left fur me tae dae is tae isolate ma feelins and fake an endin.

'The doactur revealed there's nuttin tae worry aboot,' ah say.

A comment that brings oot yin ae his distinguished big cheesy grins. Mere preparation before he starts littin oot a triumphant bark as if tae exclaim, '*Ya dancer!*' He then chairges at me, eh? Brimmin wae a new lease ae life. He shoartly begins slurpin aw oor ma puss. And as ah rub his chist aggressively ah kin see ma gigantic fuckin lie hus done jist the trick. Ah'm confident that ah did the right hing by him. Ah kin only hope he'll see that tae, giein enough time.

Physically, Bruce is a far cry fae the skin-and bones pup ah foond last year. In fact, he's a proper picture ae power these days wae his muscular boady and meaty neck. Honestly, likes, he's goat a frightenin amount ae power fur a dug his size. Blended wae his beautiful smooth black and white coat, he's turned oot tae be a proper heid turner, jist like his faithur. Dinnae lit yur eyes deceive yae though, eh? cos underneath aw ae that brawny bravado lies the hert ae a lover, no a fighter. Cannae even begin tae tell yae the number ae times he's left me feelin mortified. Simply wae the wey he lits other dugs doon the park take liberties wae him. Naturally, of course, ah've tried ma best tae pit some essential fire in his belly. Sittin him doon tae explain the facts ae life that bein a gid guy is seen by some as a weakness and sometimes yae jist need tae stand yur groond. Ah freely admit that ma efforts proved tae be in vain. Bruce is pure and lacks a fighter's mentality, aw flight and nae fight. A trait in him that makes me love him even mair, if that's even possible. Fae the French Bulldug who's alweys pushin him tae the side tae nab his toys tae that Labrador who harasses ma angel cos yae see each dug doon there takes Bruce's big smile and bigger hert as a sign ae frailty. Mainly that Lab is the worst ae a bad bunch. That terrible, in fact, that its owner nearly peyed fur its badness by takin a punch in the puss. Ah showed strength ae character by controllin masel, though. Which, lookin back noo, wis the correct caw. Ah cannae tell yae how bad ah'd feel fur knoackin a wuman oot cauld. Especially yin in a wheelchair who is almost certainly comin tae the end ae her winter years.

Fur noo at least Bruce seems content enough. Scratch that, he's seein the world through rose-coloured glesses. He strides upbeat by ma side and dutifully follaes me intae the livin room. His new foond sense ae happiness is ma runner's up prize. The fuckin silver medal which ah'll accept wae gratitude in what is this maist fucked up ae situations. It wid be clear tae even Ray Charles that he hus his mojo back, awright. What wae the wey he bites doon oan the cushion oan the couch, playfully shakin it until its deid. A very satisfyin throwback memory tae his puppy days, likes, when his regular battles wae the cushions wis legendary tae aw who witnessed thum. Ah'm starin doon certain death and aw's ah kin dae is smile as ah watch him. He's exactly what ma sanity ordered and ma boay's larger-than-life personality kin only ever bring great pleasure. We stare lovinly at yin another loast in oor unbrekable bond. Such strong emotions that almost decays ma act that ah'm a picture ae health. It's the thoat that this might spell the end ae oor story that scares me mair than death itself, eh?. Ah feel ready tae crumble like a Cadbury Flake. Confessin tae him in a bubblin mess what the doactur's true diagnosis wis. Nae question this line ae hinkin doesnae last long. Fur it's gnawed awey at by the rumblins comin fae ma stomach. The fuckin hing soonds like a whirlin washin machine who's developed a mind ae its ain. That's how ah ken ah've been plunged intae a race against time tae reach the bog.

Ah scrape tae the bathroom by the skin ae ma baws. This is despite the reality that ah moved at what must ae been a Guinness World Records speed. Yince the door is bolted and loacked ma hands clamber tae unbuckle ma belt. In desperation ah yank doon ma trousers and boaxers and predictably ah lit rip across the pan. Ma erse sets oaff mair explosions than the fuckin toon's Hogmanay firework display. Such is the velocity ae the vibrations sent through the buildin ah widnae be fazed tae find oot they've registered oan the Richter Scale. The seemingly everlastin stream ae shite that pours oot ma ring doesnae feel within the realms ae possibility. Which leaves me wonderin whether ah hud digested ten ae ma faithur's rid hoat vindaloos, it's a mess, a real fuckin mess. The sight and smells ah inhale send thunderous shockwaves through ma brain. Owin up tae me that this might simply be yin ae the many symptoms ae advanced 'bowel cancer'. Ah sit doon oan the toilet seat and peer intae the depths ae the abyss. Yit ah retained enough strength ae mind tae retrieve the test tube provided by Dr

Death. Scoopin oot a sample ae ma shit ah miraculously perform this task with me ready tae vomit. There's a section ae society, eh? you might very well faw intae this category, who view someboady bein glued tae the toilet while they shit their insides oot as a source ae amusement. Ah wis guilty ae such cruelty masel when ah spiked the fastest boay in the cless oan sports day. This wis accomplished by droapin a couple ae laxatives intae his water boattle right before the startin pistol set oaff the big race. Me and ma mates pissed oorselves laughin as he collapsed and shat himself aboot a metre awey fae the finishin line. That wis years ago, eh? Since then, ah've seen the situation through new specs. Ah realise noo that there wis nuttin laughable aboot it at aw.

Ah finally clean masel up and leave the bathroom. Due tae droapin ma load ah'm feelin ten poonds lighter yit ah'm haunted by even mair irrational thoats than ah walked in wae. A fretful lookin Bruce is waitin ootside the toilet fur me and his eyes are drawn tae the tube gripped in ma hand. An image that's set oaff danger signs in his awready worried heid. Ah ken this by the wey he glances up at me, eh? He looks sae exposed. In his ain wey, tae feel secure, he's soon lyin nixt tae me oan the couch. Ah might be fightin fit oan the ootside but ah've been broat tae a standstill by the sight ae the efterworld oan the horizon.

We're baith chillin and zonin oot watchin a favourite show ae his cawed *A Place in the Sun*, likes. Ken, that very programme where aw ae they middle-class cunts go fur an aw expenses peyed trip tae toap up their tans. In search ae locatin a new fancy hoose, borin as fuck ah ken. Needless tae say the wee man loves it. He cannae binge watch enough episodes in a day and remains hooked while it's playin. There's suttin aboot watchin these clowns takin a brisk walk doon the beach in places like the Costa Del Sol that he loves. Ma guess is it injects him wae some hope that yin day we might land oan the boaxin search ae oor ain slice ae the promised land. That bein stated, he enjoys nuttin mair than when the presenter makes known that the hoose ae their dreams is fifty grand oor their budget.

The daylight is rippin through the blinds and lights up the room. It's a modest room that's developed a schizophrenic personality. The eye-catchin large screen telly dominates and compliments the modern furniture delivered straight fae IKEA. Hibs legend and local icon Frank Sauzee and Mr De Niro fae *Ragin Bull* sit side-by-side oan the wahs. Layin oan the coffee table is ma laptop which is almost goadin me fur a straightener. By that ah mean the hing is beggin me tae switch it oan and start Googlin ma symptoms. A path that wid lead straight doon a road tae madness. Perr Kyle bein a reminder ae this fact, that bein declared though, eh? ah've never backed doon fae a fight. Bearin this in mind ah've whipped the laptop awey and began typin the ominous words ae 'bowel cancer' intae the search engine. A persistent change in bowel movements? Ah'll fuckin say. Blood in the stool? Ah never gave it much consideration at the time but ah do recall seein a rid tinge oan ma shit. In fact, ah'm fuckin certain that's the case. Ma heid feels that fucked ah hink ah'm oan the brink ae a brain aneurysm and ma stomach's practically in ma mooth. Realisin ah need tae start breathin air again ah've jumped up and announced tae a surprised Bruce.

'C'moan, son. We're gone fur a walk.'

Bruce looks unamused since he is preparin fur a siesta, where in dreamland he'll nae doot imagine the pair ae us cuddled up thegither in a hammock situated along a golden strip ae sand. The word 'walk' is very much his Achilles' heel cos he never shies awey fae a chance tae stretch his paws. Yince he hops oaff the couch we're oot the front door in the hope cooler heids will prevail. Suttin that kin finally lit me make sense ae this dreadful cat-and-mouse chase between life and death.

Apparently, dug-walkin is the cornerstone ae gid physical and mental health. An inexplicable cure that wid even pit Donal Trump oan the pathwey tae soondness ae mind. Yit the wee man by ma side cannae scrub oaff the symptoms ae bowel cancer that hus left a permanent marker oan ma spirit.

Any iota ae hope ah still possessed that the doac wis haein an oaff day at the office and misdiagnosed ma illness, this wis eradicated wae a single search oan Google that confirmed ah'm reachin the end ae the road. Bruce is walkin in sync wae me and is too busy absorbin the soonds and smells rustlin aboot tae appreciate that ah'm currently a victim ae an oot-ae-boady experience, resultin fae the understandin that ah've jist been placed in a critical condition. At this second ah feel immersed in a race fur life.

Withoot even plannin tae, ah've made an escape wae ma stool sample stuffed inside ma jeans' poacket. Cos the bloody hing is startin tae dig intae ma leg. This seems like fate and presents me wae the perfect chance tae pop it in the doacturs. And then oan Friday ah'll be destined tae die. Along the wey there the streets are infested wae busy shoappers, hustlin and bustlin across the pavement ootside the many shoaps. Cars and buses zoomin past and makin a ringin noise. Bruce refuses tae cower fae the racket comin oaff the road and stoaps only occasionally tae take a leak oan the many lampposts that come oor wey. Ever since he wis an infant he's always been a curious soul and it's no suttin that's ever stoapped. Always sniffin aboot and explorin his surroondins. Luckily fur me this hus prevented him fae spoattin that ah look like someboady yin wrong fit awey faw fawin oaff a cliff. At last, we're stood ootside the surgery and Bruce waits fur me obediently as ah re-enter this nineteenth-century timekeeper. In a rare lapse ae gid fortune the reception area is deserted. Though ma happiness is only temporary cos ah'm met by the Wicked Witch ae the East who's driftin aboot behind the desk. This wuman briefly lifts her heid up as she shuffles through a pile ae paperwork. She represents someboady who is repulsed by ma replay in this buildin.

'Can I help you?' she snipes at me fur seekin medical assistance.

'Aye,' ah reply, flattened. 'The doac informed me ah wis tae hand in a stool sample.'

'Ok,' she says. 'Do you have it with you?'

'Here yae go,' ah remark while ah produce the tube fae ma poacket and pass it oor.

'Oh, dear God,' she gushes as she covers her mooth wae her hand. 'We do expect patients to pop their samples into an envelope,' she adds before she hastily throws the tube intae a tray.

She looks annoyed that ah've no fucked oaff yit. Mainly as a queue hus started tae form behind me.

'Is there something else?' she froths in ma direction.

'Aye, there is as it happens,' ah tell her. 'Kin ah huv a quick word wae Doactur Hill?'

'You most certainly cannot,' she strikes back. 'He is very busy today and you need an appointment.'

Ah lean ma elbows oan the desk.

'Understood,' ah declare. 'Fur argument's sake what if the great national bard himself is askin?' ah contend, while ah produce a new ten quid note fae ma poacket, which hus Rabbie Burn's puss caked oor it and ah slam the note doon oan the desk.

She superiorly grins.

'Well, should I buy a cabin in the Alps? or settle for a villa on the French Riviera?'

'Is that an aye?' ah ask, aw sceptical, likes, persistently slightly hopeful at the same time.

'What do you think?' she yelps. 'Now please vacate the reception area. I have other patients to attend to.'

Ah unwillingly settle her claim and resign masel tae disperse fae the premises. Firmly under ma breath ah loath these horrible examples ae human life who pass thumselves oaff as doacturs' little helpers.

Leith hus revamped itself intae a boilin hoat day in Barbados when ah exit the practice. It's proper tropical weather and the stiflin climate is mercilessly turnin up a notch oan the thermostat. Such a positive rapid change in the temperature hus clearly revitalised Bruce and ah ken that hopeful look fae anywhere, eh? The yin that's moanin, '*What huv yae goat planned fur us theday?*' Ah dinnae piss aboot and take ma jaicket and jumper oaff tae avoid bein reincarnated intae a pool ae sweaty skin. This day hus been unforgettable but, depressingly, fur aw the wrong reasons. Chances tae find and enjoy some happiness huv been thin oan the groond. Oot ae misery comes some freedom tae spend some alane time wae Bruce and hopefully gie masel a chance tae furget. It's decided then.

'Son, we are goin tae Leith Links. An overdue lads' day oot, eh?' ah tell him oan the verge ae heat exhaustion.

Ma sentence isnae even complete by the time he's awready oan his fourth cartwheel. We take the first step oan oor travels tae the park and ah pit two and two thegither and realise the toon must be in the midst ae an antidepressant pandemic. A shockin revelation when yae consider, due tae the coast ae livin crisis cunts in this corner ae the world are terrified at the prospect ae switchin a light oan in their hoose. Their glowin raidiatin smiles tell a very different story fae the harsh realities ae everyday life. This sea ae happy wanderers might be nourished by the improved weather conditions, likes. Or their spring in their step might be entrenched in the news that ah've goat yin fit in the grave. Yae will struggle tae understand this but ah've goat ma fair share ae enemies in this city. That's right, there is some folk oot there who question ma methods. Coupled wae the sacred oath these receptionists took tae blab tae the nearest cunt tae thum aboot patient records. Ma ootlandish theory might very well come tae be a statement ae fact. In spite ae this minor setback ah'm littin nuttin come between me and Bruce's special day oot. Come death or high water ah'm gonnae make this a day fur the scrapbook. Which is why ah've made a rest stoap at the papershoap nixt tae the park tae gaither some supplies. The usual munchies fur oor picnic and cauld drinks and a new tennis baw so we kin play a game ae fetch. Noo we're loacked and loaded fur an adventure at the park.

Leith Links wis an unhabitable dive when ah wis a bairn. Cunts daein wheelies oan motorbikes and bairns runnin amuck. An auld and tired reminder ae why cooncil tax remains yin ae the biggest rackets active. Credit where it's due though, eh? They huv performed a commendable joab in bringin this open space intae the twenty-first century. Some appealin play areas huv replaced the death traps they tried tae pass oaff as a safe and invitin playgroond. Modern climbin frames huv been installed tae along wae a flyin foax, swings, roondaboots and other distractions. The sprawlin surroondin green areas allow me and him the openness tae sample the great ootdoors. Every inch ae this place is choked up wae folks sharin the pleasant conditions. Allowin everyboady tae wash oorselves in this alter ego ae the typical boggin Scottish weather. Ah might be sufferin fae claustrophobia but ah'm deid set oan makin this day memorable. Couples are soakin up the love walkin hand in hand. Anavalache ae families are doatted across the large and open green belt tuckin intae a picnic. Bruce gits tae work runnin aboot and investigatin the lush space. Seein how chuffed the Links makes him certainly turns ma frown upside doon. Bein wae him never fails tae lift ma mood even when ah'm faced wae ma termination. Suttin ah've never needed mair than theday. Fur three solid hours we hae a great time, playin catch. That is until ma airm tires, so we dine alfresco efter we discover a nice grassy spoat and we use ma jumper and jaicket tae improvise fur a blanket. Needless tae say a few dear snaps are taken makin use ae ma iPhone tae record today's greatest hits. Bruce goat tae enjoy the company ae the other dugs, n aw. Luckily that Lab wisnae aboot tae spoil oor fun and momentarily ah goat tae ignore the reality that ah'm precisely livin oan a prayer.

Almost late we arrive back tae hame sweet hame. The weather hus regressed back tae its usual rank rotten set-up by unleashin a thunderstorm. Fae the moment we set fit ootside the park the sky became loud, wet, hostile, and miserable. Basically, it feels like Scotland again and weather mair fittin tae match ma personal circumstances. Nuttin kin dim doon this feelin that some higher power hud only granted a dyin man his last wish by deliverin a rare sunshine oan Leith. A theory that's only made me mair convinced that ah'm a finished.

At first, when he wis a pup, Bruce hated thunder and he wid start shakin and wid hide under the table in the hall. He soon came tae understand that ah wid protect him fae anything and that included an act ae God or Allah or whoever the fuck. Noo look at ma boay, eh? Thunder or bombs goin oaff ootside he wid still be slumped doon oan the broon rug in front ae the telly. Certainly, changed days in the flat ever since Bruce made a splash in ma life. Tae the point ah've goat this hoose runnin like a well-oiled machine. Ma mission fur the nixt half an hour is tae make oor tea and tae overcome this immense feelin ae inconsolable dread. Ah tidy ma jaicket awey and pit ma keys in the kitchen cupboard. It takes a matter ae minutes before ma stomach hus me rushin oaff tae the toilet again. Yince ah manage tae git masel oaff the toilet seat and ah'm soon back in the livin room where Bruce still husnae moved a millimetre. The day's excitement hus taken its toll oan him and he appears unable or unwillin tae breathe. In his apparent shattered condition, he manages tae make contact by pickin me oot fae the corner ae his eye. This is his skilful wey ae informin me tae turn the boax oan cos it's teatime. That means only yin hing, *The Chase* is aboot tae begin.

Ah admit defeat kennin it's futile tae disobey an order. Insteed ah whip the telly remote oaff the modern grey solid oak coffee table that sits at the heid ae the sofa. He observes ah'm a loyal servant and ah've pit STV oan the screen. He rapidly dissolves back intae his dormant state then ah make eyes at him.

'Happy noo?' ah ask.

His attention span ends the minute Bradley Walsh starts talkin and his eyes dinnae flash oaff the telly. Aw he does is lit loose a soft low-pitched bark fur ma effort.

'Ah've no furgoatten,' ah tell him 'Ah ken Tuesday's steak night. Ah'm aboot tae make it. God, yae cannae half be a Diva sometimes.'

Ma criticisms faw oan deaf ears, though. He refuses tae bite at ma dig and still looks levelled oot. Like ah mentioned earlier, eh? the flat hus undergone a personality transplant. Ah reversed a loat ae the squalor and replaced it wae a fresh makeoor. An expensive ootlay that's clicked cos it became a roof coverin oor heids that even these middle-class tools wid be proud tae caw hame. Ah'm tellin yae likes, yae could eat yur sticky toffee puddin oaff the fuckin lavvy pan. It's nae exaggeration tae admit that the kitchen is a cookin area that belongs oan the front cover ae that ritzy *Country Living* mag. The fresh white bunkers work in harmony wae the stainless-steel appliances tae illuminate cunnin refinement. Ah dare say that some master chef such as Marco Pierre White wid boldly caw it deluxe.

Ah open ma pride and joy, a monster American style fridge freezer that's disguised as a dark widden cabinet. Efter ma recent visit tae ASDA it's been well stocked wae provisions and amongst the goodies ah find four expertly wrapped sirloin steaks, courtesy ae the prestigious James Anderson Butchers oan Great Junction Street. This business is the fuckin Cambridge Uni fur butchers. The trek there might be a hefty price tae pey, but these juicy cuts are worth the detour. Bearin in mind ma ongoin gut issues ah've abstained fae gid eatin. Rather, fur masel, ah've favoured a tasteless healthy salad. Ah fry the steaks up tae perfection and dice thum up oan the choppin-board. That only leaves tae prepare ma borin fuckin salad which consists ae lettuce, tomates and the usual greenery. These steaks do look oaffy gid, eh? Tender and packed wae flavour. When yae compare what he's goin tae be sittin doon tae compared tae ma dinner, that looks like it belongs in a rabbit's hutch, it almost makes the risk ae dyin a punt worth takin.

Ah pop two mair anti-diarrhoea capsules and wash thum doon wae a gless ae water. These pills bein ma only line ae defence against an invisible enemy. Nixt ah scoop the plates oaff the bunker and rejoin Bruce fur an evenin in front ae the small screen. Unsurprisingly he's still relaxed at the fore ae the boax. Though the delectable tang waftin fae the dish soon hus him rememberin that he's goat legs. He leaps up and he starts tae gawp at me excitedly. An uncertain look begins tae take shape across his face, though, since he's cloacked aw the plant life decoratin ma plate.

'Goat tae start eatin healthy, Bruce,' ah tell him. 'Doacturs orders.'

He shrugs his shoulders and then he turns his attention tae devourin the tasty bits ae rid meat oaff his dish, presentin me wae a minute tae sit doon and enjoy some contestants foldin in the face ae some general knowledge questions. The maist enjoyable part aboot quiz shows is that they remind us ae aw the useless pish we hud long left behind at high school. Each moothful ae this bland clean livin is enough tae make that Greta Thunberg demand a Big Mac and fries. Ma so-called best pal is showin his support through his overstated reaction every time he shovels mair steak intae his greedy puss. The bugger is clued in oan what he's daein but ah'm unwillin tae show his teasin is winnin. Look at this, eh? It's the fuckin cash buildin roond and this wank stain hus scored fuck aw. Keepin in line wae the long-held tradition ae continuously takin advert breks this yin caws fur another. What's the openin commercial tae be thrown at me? A bulletin fur nane other than the Marie Curie. Hardly ideal viewin watchin folk cling oan tae dear life efter receivin a confirmation ae cancer. An unanticipated wave ae sorrow wipes me oaff the board. Like a tsunami smashin against an ill-prepared city and totallin it clean oaff the atlas. An overdue sadness sweeps across me and ma eyes feel like they're aboot tae be turned intae sprinklers. Worst still, eh? ma guardian angel hus witnessed first-hand the changin ae the gaird and he kin see fur himself ma misty eyes and he's never looked sae concerned in his life than at this moment.

'It's the onions in the salad, son,' ah sniffle. 'They're fuckin wae ma eyes.'

He's many hings, ken? but dumb isnae yin ae thum. He kens there's nae fuckin onions in ma salad. Ah make a sharp departure in the hope ah kin pull it thegither sooner rather than later. By the time ah feel able tae leave the bog ah've manged tae steer the ship through the rough seas and remained calm. Ah dae ma best tae blank oot ma growin list ae concerns and focus oan tryin tae enjoy the rest ae the programme. Then suttin unexpected zaps me wae three thoosand volts cos ah've no received a text or a phone caw aw day. Which is even mair ae a heid fuck when yae consider ah'm the pipeline fur aw the coke heids and space cadets involved in the Edinburgh drug scene. Fuckin Dougie and Craig huv steyed anonymous tae, suttins defo up, likes. Ah feel like someboady whose jist been thrown oot the lifeboat withoot airmbands. Bruce is startin tae suss cos ah kin routinely feel his eyes oan ma every movement. He is tryin tae deduce what's oaff aboot me and ah'm brickin it he'll crack the code and go straight oaff the reservation. Efter we've bore witness tae another episode ae *Eastenders* at half-eight Bruce loses the fight wae his sleep and he zonks oot oan the couch. Kennin Bruce like ah dae, eh? him droapin oaff will mean he's oot until the mornin, which allows me tae return tae sufferin fae ma increasingly troubled thoat pattern. Ah scoop him up in ma airms and take him through tae ma bedroom where ah lay him doon oan ma double bed and tuck him up in his favourite Hibs blanket before giein him a kiss gidnight oan his heid.

Ah brek in the eye ae temptation by turnin oan the laptop again. Ah need a better understandin ae ma chances ae survival. Tae say that ah'm totally fucked is a huge understatement considerin the judgement ae the internet. Yin hing aboot modern technology it doesnae pacify nuttin and insteed tells yae exactly what it broadcasts oan the tin. Thirty-four years auld and ah'm bein pumped by life itself. The hale fuckin show in yin gigantic miscarriage ae justice unless yur the sprog ae some purebred. So many dreams still tae make happen, likes. A bucket list that consists ae shaggin every prosi the Dams rid light district kin muster. A sightseein road trip drivin up and down Route 66 in a Corvette convertible. And tae droap ma boaxers and leave a nasty surprise fur the boays in maroon in the centre ae the Tynecastle pitch. Ah might be losin aw sense ae what is real and what's no but that doesnae mean suttin isnae waitin tae finish me oaff. The very idea ae livin is startin tae slowly kill me. In a last-ditch attempt tae keep focused ah dial up some numbers but naecunt ah ken is pickin up. Ah try tae reach ma hand oot tae a few faces fae the past but they jist slap it awey. Unable or unwillin tae forget ma past indiscretions cos they aw slammed the phone doon yince they heard ma voice. Clearly some bridges are too broken tae mend.

Bruce is snorin sae loudly ah kin hear him fae the sittin room. He is probably still dreamin aboot Harry Kane's last-minute penalty miss against France at the World Cup. Ah've never seen anyboady take sae much satisfaction fae another's misery like that. Kennin that he's deid tae the world until the morra mornin, ah determine a walk aroond the bloack is in order tae sedate ma mind.

Crawlin the heavy streets ae the nation's capital at this time ae night sends oot a clear-cut message that yur either loast, lonely, or frightened. Sadly, ah cover aw three ae these words better than anyone else. The street is quiet, and the road is tame. Coverin mair groond than ah intended ah find masel strayin intae Dougie's sheltered world, Brunton Street. It's gittin nippy in the air and ah'm in need ae a waterin hole. Fortunately fur me though, ah ken where four wahs and a roof are goin spare. People often complain how yur treated tae the four seasons aw in twinty-four hours in Scotland. A claim ah labelled complete pish until theday. In a little while ah find masel sittin in a dark room and there is suttin peaceful aboot sittin oan yur tod in pitch darkness. Ah've made a new pal in the last few minutes cawed Johnnie Walker, tae soothe aw ma aches and pains. Ah'm no normally a whisky drinker, eh? Oan the accoont the stuff provokes ma emotional side. Nae cunt kin take awey fae the fact this is a tidy dram and the strong and sharp flavours huv thrown cauld water oan ma taste buds. Jist when ah've poured masel another drink and knoacked it back the kitchen door inch-by-inch begins tae open. In enters a semi-conscious Dougie wearin a retro

Hibs toap and matchin light green jammy boattoms. The dunce stammers taewards the fridge and is oblivious tae the naked truth that he's goat a guest. He opens the hing up and he pulls oot a large boattle ae milk, twists the lid open and takes a big gulp fae the carton before he places it back inside and a pathetic, tired yawn escapes fae his mooth and he scratches his baws. At this point ah reach behind me and wae bit ae luck ma digits locate the light switch and ah flick it oan.

'Dougie,' ah mooth, softly. Soonds that send him ten paces back in dismay and he's left clutchin his chist wae the same skin tone as his milk.

'Aldo,' he breathes heavily, glowerin directly at me. 'What the fuck? Yae coulda killed me, ya daft cunt!'

'Ah'm dyin, Dougie,' ah tell him, almost at a whisper.

'But what the fuck are yae even daein here? Justine could huv walked in,' he returns, shakin, as if he's jist seen a ghost.

'Did yae no fuckin hear me?' ah argue. 'Ah'm dyin.'

He hobbles taewards the dinin table where ah'm seated. The cunt still cannae elude his tired and drowsy image. That's when he becomes mair attentive and stuffed wae a question that he cannae wait tae spill.

'How did yae even git in here?' he asks. 'Ah ken fur a fact she loacks this place up tighter than Area 51.'

'Remember?' ah tell him, joggin his memory. 'A couple ae weeks back doon at *The Carousel*? She phoned yae aboot the spare set?'

'Aye. That rings a bell, actually.'

Appearin mazed, he pulls up a seat frontin me.

'Well, ah heard yae tellin her yur key is under the tall orange gairden gnome in the back. What huv ah been tellin yae fur donks, Dougie? Anyboady could be listenin intae yur conversations. They could easily come in here and help thumselves tae yur stuff.'

'Someboady did, ya radge bastard? You did!' he says, hintin tae the ever decreasin boattle ae whisky. Ah casually pour masel a toap up and toss it back in yin swig. Then ah refill ma gless and set him straight.

'Ah tell yae ah'm aboot tae snuff it and aw you're concerned aboot is yur fuckin hoosehold security?'

'What are you bangin oan aboot, fur fuck's sake?' he cries as he motions dismissively wae his hands.

'Ken suttin, Aldo? You really do need tae lay oaff the gear, eh?'

'Ah'm no coked up, smarterse. Ah've goat fuckin bowel cancer. A silent killer,' ah inform him as ah mumble through another moothful ae whisky.

'What the fuck dae yae mean, bowel cancer?' he issues, flabbergasted. 'How dae yae ken you've goat that?'

'Ah read it in ma fuckin tea leaves,' ah scowl. 'Who dae yae hink telt me, eh? the fuckin doactur. Science, a scientific fact! cunts yae cannae argue wae.'

Dougie scans me withoot aimin any wisecracks ma wey and reaches oor the table tae console me by grabbin ma hand.

'Aldo, ah dinnae ken what tae say. Ah'm sorry, mate.'

'Ah dinnae want yur sympathies,' ah tell him, whilst pushin back oan ma chair. 'Ya unsympathetic little prick.'

'So, what dae yae want, then?'

'Ah need tae git hings in order fur when ah'm gone. Needless tae say Bruce doesnae ken anyhing aboot it yit. And that's why me, you and Craigy need tae sit doon and huv a serious chat aboot what happens when ah'm gone.'

'Of course, mate. Anyhin fur a pal. Jist, you tell me what yae need? Yae ken, mate...' he presses. 'Me and Justine wid love tae take Bruce in. Ken, when the worst happens, that is.'

Ah exchange looks wae him.

'We'll talk aboot aw that themorra. Ma flat, eh? Be there. Twelve o'cloack.'

He goes along wae me before addin, 'Dinnae ken aboot Craigy, though, eh? He's jist goat yaist tae walkin properly again.'

'Ah dinnae care if he needs a golden retriever and a fuckin stick. He better fuckin be there.'

When ah finish oaff another stiff drink ah pour masel another yin. Ah kin tell Dougie hus suttin tae say wae the wey he's makin eye contact wae me and the boattle.

Ah surf aroond jist tae confirm ah'm no missin suttin then ah take exception tae his wanderin eyes.

'Yae never seen a deid man walkin before, eh?'

'It's no that, mate,' he relays. 'It's jist that's a four hunner quid boattle ae whisky sittin there. She broat that back fae New York, eh?'

'Ah didnae jist hear that, Dougie?'

'Aye,' he states, nervously. 'Yur right, mate. Furget ah mentioned anyhing.'

'Fuck that!' ah scream, risin tae ma feet before raisin ma shot gless in a gidbye toast. 'Fancy joinin me fur yin. Before ah go, likes?'

'Aye,' he welcomes blinkin and lookin a little tired. 'Ah hink ah will.'

Dougie gits tae his feet and produces another tumbler fae the cupboard closest tae the purple microwave. The nick ae the muppet suggests he is deid beat and soon he's goat the bag ae ice cube in his hand and rests it doon oan the table.

'You wantin any ice n aw, Aldo?'

Ah bob ma heid and stick ma gless oot tae him.

He lands a couple ae icebergs intae ma gless. Then reclaims his seat and pours himsel yin tae, dippin his hand intae the bag and plops a couple mair intae his drink. Then he decides tae finally take the plunge.

'So, huv the cunts telt yae how long you've goat? Weeks? Months? Years?'

'Wae aw that medical mumbo jumbo, they talk in,' ah tell him wae ma eyes dartin here and there and everywhere. 'Who the fuck kens, eh? Ah guess they'll need tae wait fur the test results tae come back.'

'Wait a fuckin minute, mate,' he makes known excitedly. 'Yur tellin me you've no even hud yur test results in yit?'

'Ma stomach's been fucked fur months,' ah explain. 'The doac said nine times oot ae ten everyhing comes back fine. But there's alweys that yin time, Dougie. Alweys.'

'Fur pity's sake, that doesnae mean anyhing, mate. Could

be any number ae hings.'

Ah bolt upright and swab awey ma tears and blow ma nose yaisin a cream cardigan laid oot neatly oan the table. 'Aye, mibbie yur right, mate.'

'That's Justine's, Aldo,' Dougie states, focusin at the cardigan and nearly chokin oan his drink. 'Egyptian cotton, yae ken how much that's worth?'

'Egyptian cotton?' ah contemplate. 'Makes sense, that. It wis rather easy oan the nose. Anywey, Dougie. Hink it's time that ah leave yae in peace.'

As ah come tae life ma legs wobble ever sae slightly. And as a result, ah hesitate tae make any rash movements. Steadin masel ah make a move tae leave and jist as ah git tae the kitchen entrance Dougie caws oot efter me.

'Aldo, mate. Kin ah hae the key back, please?'

Ah swirl back aroond and bungle the keys oan the table, ready tae make ma wey back hame. Walkin aboot in the cauld air yit again hus reinvigorated the feelins ae bein wrecked. Stumblin intae streetlights and no bein able tae focus oan what's directly in ma path hus proved tae be an assault course. In spite ae the many hazards placed in ma wey ah'm miraculously still standin when ah arrive ootside the flat. Efter droapin and nearly losin ma keys continuously ah manage tae steady ma hands and eyesight long enough tae steer the hing in the hole. Makin sure ah kin sneak inside the flat. Nearly fawin flat oan ma puss as ah walk inside pits an end tae ma attempts at makin an SAS breach. Worst still, eh? Bruce is stood there wonderin where ah've been at this time ae night.

'Bruce, ah love yae,' ah broadcast, wae ma airms wide open.

Ma claithes are rollin oot the thick smell ae bevvy and he kens fine well that ah'm hammered. Still, that doesnae alter the certainty ae ma words. Nevertheless, pissed or no, he gawps at me wae a blanket ae love. We embark oan a game ae chicken wae each ae us waitin tae see who will bend first.

'Brucie,' ah yelp, collapsin tae ma knees. 'Ah cannae wear this mask any longer, ah'm dyin son.'

His boady becomes frigid and his eyes look marked wae tears. Then, his boattom lip starts tae wobble and he releases an inflated whimper and balks. Heidin fur a run taewards the spare room ah'm left wae the reality that ah've jist crushed the very person ah swore tae protect. Bein up aw night, eh? Ah've no even laid doon oan the bed in order tae sleep. Cos ah kent it wid be a pointless exercise. Intae the early hours ae the mornin ah've been frettin aboot the mental trauma ah've inflicted oan Bruce. Ah kent he couldnae handle the truth and he husnae disappointed. He's still hidden awey fae the world in the room and despite bombardin him wae pleas fur furgiveness and optimistic reassurances that hings will turn okay in the end. His stubbornness still lingers. And he's made it perfectly clear he wants nuttin mair tae dae wae me.

. . .

Time is adrift amongst ma madness. It's nearly turned twelve in the efternin. Ma guts are still fucked, eh? Been tae and fae the toilet aw night. An irritatin batterin oan the front door rings through the hoose. These nippy bangs are repeated by the time ah git oaff ma erse and answer the door. Oddly, Bruce isnae waitin tae greet whoever's oan the other side and ah dinnae even need tae check oan him tae ken hings are still raw. Ah answer it only tae find Dougie and Craig are the culprits clutterin up the landin.

'What dae yous two want?' ah quiz thum, puzzled and unconfident.

'You telt us tae be here fur twelve o'cloack?' Dougie flings back in a hushed tone.

'Oh, aye, so ah did. Well, c'moan in then, eh?' ah tell them, while steppin aside tae lit thum past.

Craigy shaves past me in the entry. Immediately ah note he's still cairyin a slight waddle efter that doin fae that fuckin Mikey Hood and his heavies. Ah ended up dippin intae ma ain poacket tae pey fur him tae go private. Partly cos ah felt some responsibility fur that hale mess. Ah hud tae act, eh? Especially when yae consider the long physiotherapy waitin times the NHS wur quotin him. Anywey, he'll be able tae

30

work oaff the debt yince he's fully mobile again. At least his puss hus healed up as well as kin be expected. He's came dressed in a predictable black French Connection tracksuit and white trainers. Fae a certain angle he resembles a human domino. The only hing visible in this tinted hallwey is his carrot toap heid. Dougie, oan the other hand, hus went fur a grey and navy jumper and black jeans, completin the Next catalogue model catwalk look. Or, in truth, should ah say, this is what Justine hus dressed her Cabbage Patch doll up in theday.

Ah trail behind thum intae the sittin room. Bein the first yin in, Dougie hits the light oan, which consequently shines a torch oan the fact ah've continued oan drinkin through the night wae the clutter ae beer boattles oan the coffee table. No that ah've no kept up wae the Joneses cos ah've kept the flat in order in case Bruce does come oot fae his shell. Ah thrust masel oan the yin seater. They're taken aback by the chaos. Livin up tae his reputation as yin insensitive bastard Dougie proceeds tae dae the Riverdance oan ma heid while ah um face doon in a K2-sized shit.

'Aldo, what the fuck happened?' he urges me tae answer him. 'You look fuckin terrible, man. Much worse than last night.'

'Well, mibbie this news didnae reach yae livin aw the wey oor there oan easy street,' ah scald him. 'Ah'm a fuckin corpse, ya selfish cunt.'

He ootstares me.

'Again wae the dyin hing? It's aw in yur fuckin heid.'

Craigy inserts himself intae this hert-tae-hert by conveyin his condolences.

'Cancer is nippy, mate.'

'That's pittin it fuckin mildly,' ah bluntly tell him.

Dougie plainly pits a lid oan Craig's mooth.

'He's no goat cancer!'

'Jist sit the fuck doon, the pair ae yous,' ah instruct thum, homin in oan the couch.

Laurel and Hardy accept ma oaffer. Craigy rises tae his

feet and dawdles oor tae the blinds and opens thum up. The light rips through and leaves me wae a hunch that ah've become yin ae those vampires fae that movie *The Lost Boys*.

'That's better,' he makes known. 'It wis like a coffin in here.'

Ah've goat ma puss in ma hands, ma soul destroyed. Till what he's jist disclosed registers in ma heid.

'What did you jist say?' ah ask him, wae a menacing fixed look.

Craigy scratches his heid, tensely.

'Ah dunno, likes...That's better?'

'Efter that?'

'It's like a coffin in here? It's jist an expression, Aldo.'

'A loat ae words fur a fuckin expression.'

Then, a news bulletin suddenly flashes oaff in ma mind.

'Your mum is a cleaner at Leith Surgery, right?'

'Aye, she is, so what?' replies Craigy.

'Well, mibbie you ken suttin ah dinnae?'

'Aldo, he didnae mean anyhing by it. Yur fuckin paranoid, mate,' Dougie affirms.

Too late though, eh? Cos in a hertbeat ah've grabbed Craigy by the scruff ae the neck and goat ma sledgehammer clenched and ready tae land. He scrunches his puss up in anticipation ae the punch and ah roar in his face.

'Who yae been talkin tae!'

'Naecunt, honest, Aldo!' stalls Craigy.

Before ma fist kin come doon, a desperate Dougie shrieks, 'Aldo, it'll be murder, eh? He's still goat that shunt in his heid.'

This point snaps me oot ma paranoid-driven frenzy. Ah'm quickly slumped back doon in ma seat. Resemblin a man waitin tae be fitted fur a padded cell.

'Ah'm sorry, mate,' ah sob. 'Fuckin been losin it big time, lately.'

'It's awrite,' Craigy groans, still lookin bugged.

Since ah've goat nacboady else tae raise ma concerns tae ah've settled oan this pair ae doughballs.

'Ah'm dyin, man. And noo Bruce kens and he's in a deep depression.'

'You telt him you've goat cancer?' asks a horrified Dougie.

'Like ah hud a choice, eh? He saw straight through ma act. That fuckin twin telepathy?'

'Where is he?'

'In the spare room. Been in there since last night. He'll no come oot,' ah grieve.

'Bruce kin git oaffy emotional,' says Craigy wae a chuckle tae himself.

'He wears his hert oan his sleeve,' ah utter in a soft voice before ah amp up the volume. 'There's nuttin wrong wae that!'

'Awrite...Jesus,' concedes Craigy.

Ah pick up the notepad and pen that's restin oan the side table.

'Right, lads,' ah tell thum. 'We need tae pit the appropriate arrangements in place fur when ah'm gone.'

Dougie's still in denial aboot ma fate though, eh?

'Is this fuckin necessary?' he asks.

'Aye, it fuckin is,' ah tell him.

We run through what needs tae happen when ah've passed oor tae the other side. Such matters as tae what needs tae happen wae ma personal belongings and the flat are croassed oaff. Who should make the cut tae the funeral service is discussed. Bein Muslim, ma mum will hae me buried within twenty-four hours. Such an oot-and-oot manoeuvre doesnae sit right wae me. Cos if the Queen wis entitled tae ten days ae mournin then ah should expect a minimum ae two weeks. Oor meetin turns tae the yin person who matters in this maist fucked up ae situations, Brucie.

'So, what's tae happen tae the wee man if the worst does happen?' contemplates Dougie.

'He's goin tae ma sister. She and her bairns doat oan him.'

'Ah thoat me and Justine wur gittin him? It coasts a loat ae money tae keep a dug. Wae Justine's new promotion it's well within oor budget, mate?'

Starin directly at these pair ae tits ah set thum straight.

'There is nae wey ah'm entrustin either ae you two wae the only hing ah've goat right in ma life. Dinnae worry aboot the money. Ah'm leavin ma sister a hunner fur him.'

Dougie laughs and nudges Craig erratically. 'A hunner quid? Aye, that should keep him in steak fur a week, eh?'

Ah clear ma throat.

'It's no a hunner quid. It's a hunner grand!'

Their jaws hit the flair and they each look lodged. 'You've goat a hunner grand?' examines Dougie.

'Yae saved up a wee bit here and there and it aw adds up.'

'Mibbie so, but at the Hive last month it wis your roond and you wur naewhere tae be seen. Yae left me tae pick up the tab.'

'Talkin aboot money is the lowest form ae conversation, Dougie. Lit it go, eh?'

He's tinglin tae react but Craig gits in first and changes the course ae oor chat.

'So, what did yur faimily say aboot aw ae this?'

'Ah've no spoken tae thum yit. Better no worry thum until ah've seen that Doactur Hill oan Friday.'

Craigy nods.

'That Doactur Hill is a nice boay, eh?'

'You ken him?'

'Aye, he gave ma mum a lift hame yin night when it wis hammerin doon. Minted motor he's goat. A Porsche GT3.'

'That motors worth at least two hunner and fifty grand?' ah carefully review.

'He is a doactur fur fuck's sake, Aldo,' snipes Dougie who's still actin like he's goat his period.

The thoat ae that cunt, Doactur Hill, sittin in his fancy motor while gittin a handjoab fae some supermodel hus ma blood runnin cauld. The prick is probably laughin aboot ma diagnosis jist as he's aboot tae spunk oor the windscreen. This seems the appropriate time tae show these two the front door. So, ah hurry thum up and lead thum tae the exit. As they're leavin ah decide tae croass-examine Dougie.

'How's Justine takin the news? Wearin black, is she?'

'Oh ma God,' he breathes. 'That reminds me. Yur baith invited tae a perty at oors this Saturday.'

'We aw deal wae grief in different weys, eh? Ah'll need tae check ma diary but ah'm pretty sure ah've goat a date wae a coroner this Saturday. Ah'll lit yous ken what the doac says oan Friday.'

Ah slam the door behind thum and return tae tryin tae coax Bruce oot his slump.

In a fast-movin couple ae days ah'm back in Doactur Hill's oaffice again. Wur facin oaff wae yin another, yin final time. Ah'm exhausted and ah look like shite and yae wid hink ah'm back hooverin snow again. The only hing that's kept me movin is the comfort ae Bruce who hus lit sleepin dugs lie fur noo. Minus him ah widnae be sittin here, that's fur fuckin sure.

'We have your test results back from the lab,' he tells me, appearin aw stane faced.

'Jist hit me wae it,' ah command him. 'Ah'm a grown man, ah kin take yur worst.'

'Okay...Well.'

Ah stoap him right there when ah start tae blubber uncontrollably.

'Listen, doac. Ma parents dinnae huv much but whatever they huv is yours. Jist dinnae lit me die.'

Ah relapse intae a pitiful mess and he throws a curvebaw ma wey in the form ae ma results.

'That's not necessary. There's no need for you to cry,' he resumes. 'You have IBS, as I suspected. All you need is an alteration to your diet. Also, importantly you should avoid too much stress.'

Ah'm still blubbin fur pleas ae mercy. Until, that is, ah finally understand what he divulges. Brimmin wae life ah've lept up soggy in confidence.

'Ah fuckin knew it!'

Ah feel revived when ah reach oor the desk tae shake his hand. That's when it comes tae ma attention that this cunt looks like me ten minutes ago.

'What's wrong wae you?' ah ask.

'Nothing,' he exhales.

'C'moan, yae kin tell yur uncle Aldo?' ah persuade him sittin back in ma seat.

'It's my Porsche...'

'What aboot it?'

'A navy blue T3 series. It was stolen from the surgery car park yesterday.'

'That really nips ma tits,' ah tell him, aimlessly. 'You come in here and help people in this community. And the first chance they git they ram a Subway up yur erse. Sometimes people aroond this wey make me sick.'

'Yes,' he accepts. 'But it could happen anywhere.'

'That's kind a yae tae say that. A gid man like yursel. Tell yae what, eh? ah'll git yur car back fur yae. Take it as a token ae ma esteem.'

Sweatin, tappin a pen he's huddin, he asks, 'That doesn't sound very legal?'

'Listen, ah'm a community leader. People fae these parts listen tae me.'

'You're a youth worker?' he appeals, resemblin a rather impressed figure.

'Eh, aye, soart ae,' ah tell him. 'But ah'll git yur motor back. It'll be in yur parkin space tomorrow mornin.'

'That's awfully decent of you,' he glitters. 'I don't know how to say thank you?'

'Hink nuttin ae it.'

Escapin the buildin wae ma life still in ma hands ah feel like Aldo 2.0. Bein a man ae ma word ah retrieve ma iPhone fae ma jaicket poacket and dial up a number.

'Goggz, mate? It's Aldo. That motor ah turned yae oantae. Ah need it pulled and pit back in that spoat yae goat it fae. There's five hunner quid in it fur yae.'

Noo that ma gid deed fur the day is done, ah ring up Craigy and Dougie and share ma news oan the test results.

When ah git hame a note how the flat is sparklin clean again and ah feel mair motivated than ever before. The wee mite is noticeably walkin oan water efter ah shared the gid news wae him. It feels as if the world finally makes sense noo.

In celebration ae theday's positive start ah've prepared us bacon and sausages. Yin final blow oot and then ah'll be tortured by this strict new healthy diet.

The pair ae us are salivatin oor our dinner plates when ah return tae the livin room. Lickin oor lips at the mere sight ae what's soon gonnae be enterin oor mooths.

Precisely as wur sittin aboot tae tuck intae oor grub, ah take a moment tae caw a spade a spade.

'Times are gid, Brucie, times are gid.'

Tae which he lits oot an upbeat bark in agreement.

'Ah couldnae huv pit it better masel, son.'

Loud and ferocious bangs at the door spoil the gid-tempered aura. Ah storm through and swiftly swing it open only tae find a middle-aged wuman huddin a large cardboard boax in her airms.

'Kin ah help yae?' ah ask, slightly at a loass.

'You're Mr Ali, correct?'

'That's me, aye. What dae yae want? Cos whatever yur sellin ah'm no buyin.'

Incisively when ah go tae slam the door in her puss she sticks her fit in its path.

'I am not selling anything. I'm here on behalf of my mother. She owns the Labrador. The one which is familiar with your dog?'

Ah hesitate tae answer at first then ah clarify, 'Oh, aye. Well, whatever she hus telt yae ah kin assure you, eh? it wis self-defence.'

'Your dog has impregnated her Labrador. That's why I'm here.'

Ah feel disorientated.

'Impossible,' ah tell her. 'Bruce hus goat too much class tae go near that hing.'

She hastily points at the side ae me. Ah look doon and see that Bruce hus came tae inspect the commotion.

'Look at him wae those rogue eyes. He has no shame,' she complains.

'You be careful noo,' ah warn her. Then ah hear a chorus

ae soaft whimpers. 'Did you hear that?'

'Yes,' she splinters. 'His pups are in the box. And they're your responsibility now.'

'Ah'm tellin yae yur wrong. Bruce wouldnae go near that hing. That no right, pal?'

Tae ma surprise ah'm greeted wae hush fae him. And when ah look doon ah notice that he's scarpered.

'Will you please look inside the box?' she pressures me.

'Okay,' ah tell her. 'If that will pit yur sick fantasy tae bed.'

Ah peer inside the hing and ah'm shocked tae see a dozen tiny Bruces starin back up at me. It's their magnetic eyes, ah could easily pick thum oot in a line-up.

'They could be anyboady's eyes,' ah assert.

She looks amused and places the boax in ma airms.

'That's all the confirmation that I needed. They're your problem now.'

Yince she passed me the pups, she instantly disappears doon the flight ae stairs. Ah'm left feelin a little faint and ah'm unable tae talk. Ma stress levels huv went nought tae a hunner at the blink ae an eye. Ah cannae boattle up ma rage anymair. Ah combust and roar, 'Bruce, ya wee slag!' which nae doot ripples through aw ae fuckin Edinburgh.

CHAPTER 2

Touchy Feely
DOUGIE

Ah thump violently oan the front door. Ah'm still feelin weak at the knees fae a broken sleep and a disturbin lack ae caffeine. Jist so this fuckin bam hus somboady tae hud his hand tae this medical. A needless chore that wid even send that constant smiler Lorraine Kelly reachin fur a boattle ae happy pills. There's still nae sign ae him answerin and ma knoack husnae even warranted a whimper fae wee Bruce. So, this time ah rattle loud enough that it might send his unsuspectin neighbours intae a chokin fit oor their mornin bowl ae cornflakes. When Aldo answers the door, he comes intae sight scruffy and unshaven. He's clearly miffed by ma drill-sergeant styled wake up caw and is ready tae set forth his rage.

'Fur fuck's sake, Dougie!' he fires at me. 'It's eight in the mornin, keep the fuckin volume doon!'

'Ah dinnae need reminded ae the time,' ah tell him.

Ah boady swerve past him, makin ma wey inside the flat. He shuts the door as ah roam through the hallwey, confidently heidin straight fur the livin room. Ever since Bruce came oan the scene he's went fae livin like a squatter tae aw ae a sudden becomin decidedly domesticated. That dug hus done suttin that wid leave even they brainboaxes at Silicon Valley scratchin their heids gripped in a condition ae heid fog. Ah fling masel oantae the couch. And fur a moment ah zone oot in front ae the widescreen telly that's goat the BBC *Mornin News* oan. A rare moment ae solitude which is predictably snatched awey by Aldo who grabs the remote oaff the side table and soon brings an abrupt end tae ma sleepful daze.

'Ah wis watchin that!' ah protest.

'We've goat tae be oaff soon,' he pronounces. 'How dae

ah look?'

Ah stoap tae watch and observe his shabby, dishevelled appearance. His customary designer gear and the unmistakable aroma ae Hugo Boss aftershave hus been replaced by a fid-stained, cheap-lookin hoody which is accompanied by a mingin pair ae grey joggy boattoms. No tae mention that ma nostrils are bein treated tae a strong whiff ae stale BO which is comin fae his vicinity. A boggin odour that yae wid expect fae some manky bastard who's no hud a wash in the past week. An indignity if ever there wis yin, which produces an automated response fae me personally.

'Yae look like shit,' ah tell him.

'Perfect, man.'

Aldo celebrates by twirlin aroond. His hert clearly swellin wae pride as if ah've jist crowned him as the toon's sharpest dresser.

'Um ah missin suttin here?' ah ask him.

'C'moan, Dougie, mate,' he moans. 'Wur dealin wae the welfare state at this appointment. If ah wander in there wae a hint ae life or self-respect, they'll show me the fuckin door.'

Ah immediately remind him that there's fuck aw wrong wae him and he doesnae even need the cash. But regrettably, the cunt remains undeterred.

'Aye, that's right,' he tells me. 'Mean, in the hoose ah'm fit as a fiddle. But no oot there oan the fuckin street, ah'm no. Instead, ah'm the young buck who's been cut tragically doon in his prime. Needs must, Dougie, son.'

'Ah'm tellin yae fuckin now!' ah crack, as if certain he's aboot tae tirade oan. 'Ah'm no walkin anywhere wae yae like that.'

'Ah've goat it covered,' he recognises, wae a snap ae his finger before disappearin oaff through tae yin ae the bedrooms, leavin me wonderin what the fucks nixt? The followin soonds are fitsteps comin back up the hallwey and the door begins tae creak screaks open.

'Dougie is that you, son?' a dry and raspy elderly voice cries oot.

Ah'm stood there freaked, eh? that is until in crawls Aldo brandashin a silver cane. The nutter is demonstratin the mobility capacity ae the Hunchback ae Notre Dame, which aw but confirms ma worst fears that this radge will sink tae any depths tae secure a benefit peyment.

'It's too early in the mornin tae even try and make sense ae that,' ah lit him ken as ah recline back intae the couch.

'Ah'm tellin yae, Dougie,' he ootbreaths, lookin well chuffed wae himsel. 'Ah've no hud tae open a single door since ah started yaisin this hing. Aw cunts see is the stick, it's quality.'

'Fuck's sake, man,' ah tell him. 'Ah wish tae fuck this wis the wrong hoose. Where's Bruce, by the wey?'

'Dinnae go there, mate,' he tells me. 'He's hidin in the room. He's too embarrassed tae be seen in public wae me ever since ah started yaisin the stick.'

'But ah've broat him his favourite treats. The gidboay yins he loves. Ken, the duck fillets.'

Aldo seems pleasantly uplifted by ma gift and his voice becomes as gid as full ae regret when he caws oot fur Bruce.

'Brucie son! yur uncle Dougie is here. He's broat yae some ae they treats yae love. Come through, mate?'

We baith become delicate, waitin fur a response, which duly arrives in the form ae a depressed soondin bark. Aldo races tae the door tae the hall and opens it before shoutin through.

'That's yur Uncle Dougie yur talkin aboot. You show some respect!'

'What wis that aw aboot, man?' ah ask.

Aldo then steadily turns tae face me and coasts closer tae where ah'm sittin. Stoappin snappily tae glower straight in ma direction.

'Bruce doesnae like a kiss erse, mate'; a revelation that leaves me feelin genuinely crushed.

At last Tiny Tim fires his jaicket oan and is ready tae descend doon his road tae perdition. Ah tepidly lift masel oaff the couch, in the safety that this is ma first step in bringin this nightmare tae a climax. Bruce's publicly castratin me, likes. Suttin that hus left a feelin ae bein doon in the dumps. In an act ae bravado ah dinnae show his bark cut deep. There's no much time tae hole up in the past cos ah'm ready tae make a move. Grabbin the bag ae treats, ah stuff thum inside ma coat poacket. Fur Aldo's part he is rendered motionless by ma actions. His gaze is sae strong that it could melt through Sheffield steel.

'What yae daein?' he asks, almost lookin awestruck.

'Ah thoat he didnae want, thum?'

'Naw,' he sniffs. 'He might no huv a shred ae respect left fur you. But a dug's still goat his needs. Take yin and leave it ootside the room door oan the wey oot.'

Ah peel open the hing and remove yin ae his tasty duck fillets. We heid sharpish oot the livin room wae me trailin desperately behind. His suggestion is still firmly fresh in ma mind, so ah carefully place a treat ootside the half-open room door. Jist as Aldo's beefy hands are oan the handle Bruce lits loose an enthusiastic howl.

'It's ootside yur door,' exposes Aldo in reply, as if fluent in dug talk.

Efter a sluggish walk along the street we jump oan the number thirty-five bus fae St Anthony Street. This nut hus been actin as if he's jist learnin tae pit yin fit in front ae the other. Ah kin noo fathom Bruce's reluctance tae be seen in public wae him. Fur that reason ah'm wearin the biggest beamer in the history ae fuckin Edinburgh.

The bus is crowded, likes. Jist as yae might expect durin the mornin rush hour. Even takin oor loose change oot tae pey yin ae Lothian Buses' famous miserable-as-fuck drivers proved a mission. A struggle which wis largely due tae the dafties stood behind flingin their restless airms aboot withoot a second thoat fur the perr bastard standin behind thum. The strong smell ae coffee and ciggies huv a stranglehold oan the atmosphere. Some ae oor fellow passengers are clearly yaisin the bus journey as a time tae stray amongst some hopeful daydream. And ah kin see the wey others are noddin oaff in their seats that this is bein treated as a moment tae refresh their stamina. Whereas the adolescent commuters huv their earphones in and are enjoyin the soonds ae Ed Sheeran or whoever the fuck they listen tae, these days.

Withoot even lookin at him ah kin say that Aldo is growin anxious aboot huvin tae stand until a seat opens up. His ritual ae constant grumblin and fussin is an indicator that his fuse is runnin shoart. Two middle-aged workies dressed in stained and manky-as-fuck work claithes and steel tae cap bits seem drawn tae the sparklin shine ae his walkin stick. These two boays vacate their seats at the front ae the bus, which are, of course, normally reserved fur the elderly and disabled. Ah'm plummeted in a moral conundrum, eh? Dae ah accept their kind oaffer? Kennin fine well that there's physically fuck aw wrong wae Aldo. Thus, we're bein oaffered a place tae sit under false pretences. Unsurprisingly though, he swipes thum up and dumps himself doon oan the yin nearest the windae. Since ah figure these guys suspect ah must be his carer or suttin, ah cautiously sit doon. Unlike Aldo, at the very least ah hink their thoatful assistance warrants some recognition.

'Cheers, boays,' ah tell thum.

These two considerate Samaritans are cocooned in the glowin fulfilment yae'll only git efter committin an act ae kindness. Still ah find masel bein mesmerised as ah watch thum glide tae the front ae the bus. He soon takes this opportune moment tae lower his voice and remind me ae his earlier prophecy.

'What did ah tell yae, eh? Bein a fuckin cripple is a license tae dae whatever the fuck yae want.'

At the nixt stoap there's only departures tae report as they two workies flimsily bail oaff the bus. Nanetheless, tae ma dismay they are replaced by two frail-lookin auld dears and ma gut feelin is sendin warnin alerts tae ma brain that their presence spells the end ae oor shoart time spent in relative comfort. Ah spontaneously act like a gentleman by gittin oaff ma erse and oafferin thum ma seat. Clemency that makes the wrinkles oan their pusses somehow stand tae attention.

'That's oaffy decent ae yae, son,' hums the yin wae the skeletonic frame and crinkly skin.

The other frail little auld wuman, who's still left standin ogles at me appearin invisible as Aldo's no flexed a muscle yit. He's too fixated oan what he's observin ootside his windae tae realise his audience is waitin.

'Excuse me, son?' she asks, in her drowsy and candid tone ae voice. He doesnae bite the bait and remains insensitive.

Ah cough tae draw his attention, 'Aldo,' ah say, softly.

The wifey is waitin wae expectation fillin her optics. Finally, he directs his peepers at me, and ah gie him a signal in her direction.

'Aah,' Aldo gushes, pessimistically, starin hard at her. 'Ah wid love tae gie yae ma seat, hen. Ah truly wid, eh? But ma auld war wound is playin up,' he says as he takes his cane and gently taps his left knee.

It seems as if the auld timers' herts start tae melt by his shockin confession.

'Ah loast ma youngest in the Falklands,' the yin wuman, who's sittin doon beside him sombrely sighs.

Right oan cue Aldo straightens himself up and gawps at me.

'What um ah alweys sayin, Dougie, eh? They Russians wur fuckin oor a loat ae folk well before Ukraine came along.'

Ah dinnae say anyhing, likes. Ah'm too flabbergasted at his lack ae knowledge oan history. It's made me woozy, if truth be telt. So, ah turn ma back tae him while grippin oantae yin ae they long metal poles and ah choose tae try and furget what ah jist heard. The audacity ae that fuckin maniac, eh? tae try and portray himself as a veteran ae the Black Watch Regiment, or summit. The cunt is far fae a heroic casualty ae war. In fact, the closest that whacky bastard goat tae servin in the airmed forces wis when he joined the cadets. Ah mean, even then he manged tae git booted oot wae a dishonourable discharge.

A shoart time later and we're oaff the bus at Lothian Road, by the Usher Hall. The street hus a life ae its ain, bustlin and vibrant. Wae each person broat here possessin a different objective. Whether it be tae revel thumselves in an overpriced bevvy or tae set oaff tae serve their nine tae five. Me, oan the other hand ah'm walkin along this pavement under strict duress. Nuttin mair than an unwillin accessory tae benefit fraud. In hindsight, likes, it wis ma ain mistake ever askin Aldo tae help me pit up that shed. Cos the shameful cunt took that as some unbrekable blood oath that ah in some wey owed him big time. And here ah um, eh? peyin the steep price fur his helpin hand. The closer we edge tae oor destination the mair likely it seems he's startin tae develop schizophrenia. He's been boaxin ma ears oaff wae murmurs aboot how each person that croasses oor path might indeed be some soart ae secret agent fur the Department ae Work and Pensions. The wey he's been cairyin oan the two ae us huv been branded as an enemy ae the state by big brother. At least his worryin line ae hinkin hus pit a leash oan his mooth fur the time bein. Fur he remains oaffy cautious aboot natterin openly in such a public environment.

Aldo comes tae a sudden halt and hoists his crumpled-up appointment letter fae his joggy boattoms' poacket. He relinquishes it oor tae me withoot a single instruction aboot what he's expectin me tae dae wae the hing. Ah figure this is ma clue tae punch the buildin's postcode intae the satnav app oan ma iPhone. So that's what ah dae, likes. In a little while wur baith follaein its directions along Grindlay Street, follaed by a detour oantae Spittal Street and in nae time at aw oor feet touch doon oan Lady Lawson Street. He pits the brakes oan oor stride again and ushers me intae this shadowy alley. Ah'm left hinkin aboot what aw ae this cloack and dagger stuff entails but pronto he clues me in.

'Listen,' he breathes. 'Dinnae say a word in here, right? Cos you say the wrong hing and ah'm fucked.'

'What if ah'm asked a question, though?'

'Especially if someboady asks yae a question!' he churns, his temper almost gittin the better ae him as ah recognise in his eyes that he wants tae throttle me.

He does, however, manage tae withhold himsel yince a

wuman wae a slight limp comes strollin past. He smiles, and she smiles back at him. He soon switches his anger back oan yince she's oot ae sight.

'These fuckin lowlifes are jist waitin fur me tae slip,' Aldo states jabbin his finger right in ma puss. 'Jist follae ma lead,' he reports. 'And nae herm will come tae yae.'

An unwarranted veiled threat, likes. Considerin ah'm the yin daein this psycho the favour in the first place, eh? Yit bein censored fae expressin an opinion at this appointment is music tae ma ears, tae be honest. Cos ah'll jist kick back and watch overjoyed as he stumbles fae lie tae lie. In what seems like a soart ae fast forward moment, though, wuv baith landed ootside the infamous Argyle House and the first words that slap me across the puss is 'Charmless Eyesore'. This concrete buildin that lies in the shadow ae Edinburgh Castle ootflows unadulterated brutal authority that yae'll only find directed at this nation's maist deprived and vulnerable.

The medical assessment centre is hidden amongst the many other businesses who orbit this oaffice bloack. It takes a bit ae time fur us tae find oor bearins but we eventually locate the right place. It's a small, yit unnaturally warm and comfortable environment. That is when yae consider it's in the precise frontline ae the austerity war. The bright and bold colour scheme suggests that any loast soul who passes through these doors should come to this place wae great expectations. There's a fresh and well-groomed lassie wearin a button-doon pink blouse, eh? She's seated behind the reception desk deep in the middle ae a phone call. She seems too focused oan her conversation tae even recognise that she's goat company. By the time we make the shoart walk tae the desk she's jist hangin up the phone.

Yince she does, she robotically becomes poised and ready tae deliver her sweetness and light routine. Which includes a five-star drill in customer service and warmly-delivered questions aboot how we goat in here theday. Aboot what oor plans are fur this week and, ken, so oan. He almost leaves me cringin wae the wey he jist lits her questions reboond oaff him. He's stood there like some droolin idiot wanderin intae deep space and the perr lassie seems startled by his lack ae communication skills. That's why ah decide tae step oor his earlier suggestion aboot remainin muted, relentin tae hae a friendly blether wae her. Pretty soon she's askin him tae provide three forms ae ID which he passes oor tae her but still no a single word is spoken by him. As soon as she rubber stamps his two letters and passport, she returns thum tae him. Her interest in his condition takes possession ae her mooth and she administers a serious question straight at me.

'Is there something wrong with him?' she asks, concerned aboot his lack ae brain activity.

Ah reply wae an answer fit fur someboady who's jist been pit oan the spoat.

'It's his time ae the month, love,' ah tell her.

We soon trot oaff tae the waitin area where there's a few chairs aroond the corner and take oor seat. There's a natural faint smell ae the stigma glued tae those who claim benefits. But, in these places like, they're sae nice aboot bleedin yae slowly. Similar tae a game ae musical chairs ma thoat's suddenly come tae a stoap as soon as the tell-tale growl fae Aldo bursts ma bubble.

'Time ae the fuckin month?' he narrates, tuttin tae himself. 'So, Pinocchio's realised he's goat a pair ae baws under his dress, hus he?'

Ah turn quietly and answer him in yin word, 'What?'

'Dinnae look at me when yur talkin,' he retorts, unleashin an angry hiss. 'Look straight at the wah. Fuck knows who's watchin us.'

Lackin sleep and the resolve tae drag oan this argument, ah play baw by focusin oan a poster oan the wah cautionin visitors no tae set aboot staff members or yae will be prosecuted. The conversation continues oan, firmly in Cauld War mode.

'What is it ah've supposed tae huv done, exactly?'

'You fuckin ken!' he bites. 'Spillin yur guts tae anycunt who wid stroke yur baws. Yae shouldnae huv a single thoat in yur heid that ah didnae approve first.'

His flak, in ma eyes, is unprovoked. Though wae his deterioratin unstable condition ah'm less than convinced that he kens the true motives fur his foul mood.

'Aldo, mate,' ah plead. 'Yur no hinkin rationally.'

'Ma heid is clear as a bell,' he insists, tappin his heid, somewhat convincingly.

Ah motion tae the boay who's sittin opposite us wae Stevie Wonder shades oan who ah decide must be hinkin a bad situation hus only goat worse wae oor arguin. This feels like the right moment tae deploy a bit ae diplomacy. In the hope ae squashin the tension.

'This boays's blind, mate. Ah dinnae hink he wants us chewin his ears oaff.'

'And you buy that he's blind, dae yae?' asks Aldo.

A question which doesnae mandate an answer. Never littin the truth sway his opinion, it doesnae deter him any as his drivel keeps oan pourin oot.

'He's probably the Donnie Brasco ae the DWP,' he commands. 'Cunt's probably goat mair wire runnin through him than a power cable.'

Ah almost git up and walk oot efter that remark. Yit, in an intriguin sting in the tale this boay decides tae enter the fold by airin his ain angle.

'Ah'm blind awright,' directs the auld boay. 'But ah'm no fuckin deef.'

And fur aboot the millionth time in ma life ah find masel apologisin fur the appallin behaviour ae Aldo.

'Ah'm sorry aboot him,' ah say takin in his strong hands and noticeably muddy but expensive shoes.

'Dinnae worry aboot it, lads,' he responds whilst wavin awey ma apology. 'These bastards are worse than a terminal diagnosis.'

And that's when Aldo's ain moment tae go under the microscope arrives. In the form ae this gadgie who looks as if he could huv been in oor year at high school suddenly materialisin fae yin ae the back rooms.

'Mr, Ali?' his charismatic voice hollers.

We baith shoot up and walk taewards him yaisin his flamingly bright and magnetic aura as a beacon. He's naturally walkin wae the elegance ae someboady who's jist shat thumselves.

'Gid luck, lads,' the auld yin, who's still sittin doon, whispers.

Ah gie him a thankful nod before quickly rememberin that he's blind.

...

Fur a medical assessor this guy seems dressed a tad informal. Nae white coat, or tie, oan display. Alternatively, he's goat a shirt and jeans oan wae a pair ae Converse trainers. His sculpted jaw line looks as if it belongs right oot an 80s action film. Along wae his teeth which are whiter than milk, also right oot tae Tinseltown.

At first, we introduce oorselves and exchange pleasantries. Then he leads us through tae the assessment room. He huds open a large widden door in the corridor which ah pass through. Shockingly, though, eh? he lits the 'hing slam shut right in Aldo's puss.

'Watch it!' Aldo, rages.

Ah dae ma best tae subdue joy. Aldo is busy grimacin at the boay and ah'm convinced he is unwillin tae accept his apologies. No that any are forthcomin.

Wur soon parked in the assessment room. Nowt grand aboot it at aw. In truth, likes, it's a bog-standard workplace wae a computer desk. A few cheap chairs alongside an ootdated PC tae document the minutes ae the meetin. The long examination table in the corner is where ah hink Aldo's claim will either rise or faw.

Straight awey this boay who caws himself Andrew Goldsmith goes oan the charm offensive. Firstly, he assures Aldo that this assessment will be painless and dignified. A surprisin admission giein that these places tend tae commit injustices at will. Sharply, he hus his form laid oot in front ae him, rapidly runnin through his questions again jist tae confirm his responses match wae what he's goat written doon oan his booklet. This guy seems tae gobble up every lie that Aldo spins. Under the nose ae me he guides him oor tae the examination table where he forensically examines his mobility through a series ae exercises and physical drills.

A relatively smooth forty minutes are spent in that oaffice. Goat tae hand it tae Aldo, eh? he played a blinder and almost hud me believin that he's in genuine agony. Ah dinnae drum up a conversation wae him. Too relieved ah um that this day is finally done and dusted. When we reach the reception fur a second time that lassie is enjoyin a hoat drink and a biscuit. Still, ah'm mair than alarmed tae see Aldo hobblin taewards her. She greets him wae the seduction ae gid manners.

'Can I help you, sir?' she asks, aw exhilarated in high spirits.

He leans oan the desk and beckons her tae loom in.

'Ah need tae see the man who runs this hoose ae ill repute.'

She looks aw shook up and again ignores Aldo tae repeat the same question as before at me.

'Are you sure there isn't something wrong with him?' she pits tae me wae an emotional investment in her voice.

If a crack team ae psychiatrists cannae pit their finger oan what makes him tick then there's nae hope ae me bein able tae dae it. And in a wink, he becomes swamped wae intensity and slams his fist hard oan the coonter.

'Listen, pit yur Rich Tea doon!' he screams. 'Phone yur boss! Tell thum there's been a sexual assault!'

She quickly grabs her telephone and sends a distress call tae her boss.

'Sir, you must come to reception. We have a situation that needs your attention involving a, Mr Ali...Now! Thank you.'

Aboot as fast as she kin pit the phone doon, a mair professional and serious lookin boay magically appears. Certainly dressed tae impress, so he is. This guy is clearly someboady in a position ae authority. It's no his smart troosers or pristine black Chelsea bits, eh? or even his perfectly fit tae size designer suit that gies the game awey. It's the wey he walks wae conviction in his claithes that intentionally or no, eh? lights up his position oan toap ae the social summit. He goes up tae Aldo and introduces himsel.

'Sir, my name is Patrick Armstrong,' he instructs. 'I am head of this medical assessment centre. What, may I ask, is the issue?'

'Ah wis felt up durin ma medical,' he informs him, believe it or no, and wae a rather dejected facial expression.

In nae time at aw we're rushed through tae the boay's oaffice where we continue the chat well awey fae anyboady who might be eavesdroapin.

'Sir, I hope you understand the seriousness of your accusation?' he asks vigilantly.

'Ah dinnae want tae say anyhing, mate. But ah huv tae, eh?' Aldo soulfully utters, fightin back the tears.

This guy is rattled by his surge ae feelin, and he looks vacantly at me. Ah'm no sayin a word cos ah'm still tryin tae figure oot what is happenin. He reaches oor and extends his hand oot tae console Aldo.

'Please,' he soothingly tells him while passin oor a tissue. 'In your own time tell me exactly what has transpired?'

'Cheers, well,' Aldo says, blowin his nose and tossing it behind him. 'Everyhing wis fine, likes. That is until yur boay Andy ran his hand up ma leg durin the assessment.'

'Then what happened?'

'He stroked ma baws and the bastard winked at me,' Aldo sobs. 'Yae kin only imagine ma shock. There wis me hinkin ah wis a valued patient only tae become another notch oan his examination table.'

'Did you see what happened, sir?' Patrick, unexpectedly questions me.

Ma mooth opens but nuttin comes oot. This is when Aldo decides tae take the reins and becomes ma advocate.

'Look at him,' he hints, pointin at me. 'He's in nae frame ae mind tae talk efter what he's jist witnessed.'

Mr DWP reaches fur his phone.

'I am certain this has all just been a huge misunderstanding. Please let me call Andrew through so he can explain?'

'That's gonnae look great in the news report,' Aldo reveals

wae a new foond belief in his words. 'The heid ae the medical assessment centre pits victim thegither wae sex offender efter reportin the attack.'

'I guess you are right,' he folds, before defeatedly pittin the phone back doon.

His eyes widen when it sets in, he could be huddin a press conference oan prime time telly in a couple of hours.

'What news report?!'

'That's right,' Aldo retaliates, slappin himself hard oan the heid. 'Ah furgoat tae mention that ma cousin Yasmin is a real highflyer doon at the *Daily Record*. She'll be straight doon here wae her Dictaphone and notepad. Fuck only knows what she might uncover, eh? People in this city dinnae hud this fine establishment in the same esteem as ah do.'

Ah'm familiar wae every member ae Aldo's faimily. What's mair ah've never heard ae any cousin who's Lois Lane.

'Let's not be too hasty here,' he answers with words almost beggin fur absolution. 'And I doubt this building is the talk of Edinburgh.'

'Dinnae yae lie tae yursel,' Aldo advises him. 'Ah've even heard rumours ae a planned acid attack.'

'I don't think defacing the building would accomplish anything,' he recognises. Quickly accompanied wae a timid simper.

'Who said anyhing aboot the buildin?'

A word fae Aldo that sends this boay tae droon in his ain fear.

'I really don't think we need to involve your cousin, Mr Ali.'

'Ah'm a little conflicted,' mulls Aldo. 'Dae a lit ma cousin oaff her leash and lit her take a great big chunk oot yur erse? Or dae a wait and see what the decision oan ma claim is before ah decide whether tae sing like a canary, or no? What dae you hink, mate?'

He gawps forcefully at this Patrick. In a subtle wey ae tellin him the baw is firmly in his corner.

The guy is sweatin up his fancy suit.

'Well,' he admits actin aw fidgety. 'I think, off the record, of course, that I can say with the utmost confidence that your claim will be looked upon favourably. Do we have an understanding?'

'We do,' shines Aldo. 'Jist lit that Andrew ken that he's bein monitored. That his caird hus been well and truly marked, okay?'

Back oan cement and breathin fresh air again, ma heid is filled wae questions that ah want tae scream at Aldo. He's struttin by ma side spinnin and twirlin his cane like he's Gene Fuckin Kelly. His cripplin back pain hus suddenly become a blurred memory. Noo that he's extorted the Social, he's lappin up his heroics and is aw but tap dancin his wey along tae Princes Street. And that's why ah decide tae go oan the assault.

'Aldo,' ah say, standin in front ae him. 'What the fuck wis that aboot back there? That boay never touched yae.'

'Yae'v jist worked that oot? Sharp as a fuckin butter knife as usual, Dougie,' he laughs.

'So why did yae report him? He'll probably end up oan the register fur beasts.'

'Well, Dougie, son,' he advises 'Yous yur four standard grades, will yae? Cos that boay shut the door oan ma puss tae test ma reflexes, eh? The second ah dodged the hing ma claim wis kicked oot ae Centre Court. Thus, the cunt left me wae nae choice but tae ruin him.'

Efter presentin his case he walks awey in front ae me, ma legs feelin like they've jist stepped in treacle.

'Wait!' ah shout at him. 'You reported him cos he didnae hud the door open?'

Aldo performs a U-turn lookin aw gratified wae himself.

'Aye, that's right. Ah did. Hand oan yur hert, eh? Kin yae say fur a fact he's no a fuckin predator?'

'Of course, ah cannae,' ah accept. 'Ah only met him fur a half hour.'

'Exactly! yur startin tae doot the cunt yursel. Best case scenario we've stoapped a beast in his tracks. Worst case we've ruined the reputation ae a gid man who's a credit tae his profession. Either wey? ah'm wakin up oan the right side ae the bed themorra.'

That's when the epiphany slaps me hard acroas the puss. Reason bein ah dinnae fear death anymair. Or even hell itself. How the fuck kin anyboady, eh? If yur mates wae Aldo, ah mean?

CHAPTER 3
Hit, and Don't Get Hit
ALDO

Me and Bruce find oorselves in a jaunt along tae an emblem ae Tory Britain. That is, the Newkirkgate Shoappin Centre. A concrete monstrosity that widnae even attract flies if it wis dipped in shit. This is very much the nae frills version ae such places. Wae nuttin but cut-price retailers oan oaffer. It's a handy place fur cheaper goods and convenience though. However, it's the certain element that it draws in which gies it that *Trainspotting* energy. If shoaplifters urnae attemptin tae knoack yae doon durin a high-speed chase boltin fae store security, yur spoiled fur choice wae cunts yae widnae even want tae touch wae a cattle prod. Low-level drug dealers and junkies use the spoat tae conduct their business there tae. Then there's the pickpoackets, of course, who stalk their victims expertly and quite often wae success. Ah should ken what ah'm talkin aboot, likes. Efteraw maist ae thum are faithful employees ae ma ain criminal enterprise. Another crowd ae hoodlums who likes tae caw this place hame is the White Lightnin kids. Unemployed desperados who idle their time awey by chain smokin and guzzlin doon cheap cider. Aw oan the luxury ae a bench soaked in pigeon shit besides the statue ae Queen Victoria. By the time we arrive the wee guy is nervy, and ah notice he's stuck tae me like glue. His nerves are janglin bein surroonded by aw these dodgy cunts. Ah've telt him numerous times that he's a prince amongst thieves. These dafties ken takin a shot at the king is deadly. But even hinkin a negative thoat upon the prince wid provoke a merciless nuclear reaction.

Unsurprisingly, a group ae loud and bevvied-up hooded teenagers are hangin aboot ootside the HP Pawnbroker store. There's security gairds hired tae protect the shops but the customers dinnae gie a fuck. It's hardly a shock, likes. No when yae consider the gairds dinnae gie a fuck either. A lazy attitude which is probably a result ae thum bein products ae a dole scheme and are workin fur fid vouchers. The shoappers follae suit and choose tae ignore the fact a mob ae Generation Z are lazin aboot, pissed oot their nuts and lookin bored as fuck. Admittedly these wee fannies need somewhere tae wait until they're auld enough tae sign oan. That jewellers they've decided tae camp ootside ae is nae victim. Efteraw, they're jist aboot the only business left wae its dick pointin up when low funds become a contagious disease amongst the community. No that they cunts matter. Fur it is the Card Factory that's broat us tae the Fit Ae The Walk. His second birthday is comin up and despite Bruce playin it cool ah ken he is chokin oan a perty. The invites are ready tae be collected, eh? So that's why we've went doon here. Ah ken it will be a simple in and oot joab, likes. The fact the shoap lies in proximity ae they mutant bastards is suttin that's made the wee man visibly uncomfortable. Tae send oot a clear-cut message, though, tae ensure they keep their distance fae Bruce, ah give thum the pure fuckin evils. And when yur reputation preceds yae a piercin stare is aw it takes.

The arrogance beams oot ae Bruce yince ah demonstrate ma authority oor the local young team. Ah bolt inside and grab the invites. And instantaneously ah'm back by his side. Right awey these two doughballs begin circlin a youngster. Pushin and punchin him and cawin him names. Ah choose tae obey the example set by the other shoappers by walkin awey.

'C'moan, son,' ah telt Bruce. 'These invites urnae gonnae post thumselves.'

Ah wander oaff assumin Bruce is walkin airm in airm wae me, chattin awey ah um aboot the perty preparations. The high pitch squealin ae the lassies eggin oan the attack deafens me. Suddenly the penny droaps that he is absent fae the conversation. Ah reverse tae find he husnae moved an inch.

'Bruce!' ah shout.

A candle which somehow deflects his focus awey fae the scuffle and he looks crushed. His eyes are brimmin wae water and his bottoam lip is teeterin.

'Bruce,' ah tell him. 'Ah cannae git involved, pal. It's a street hing.'

His helpless gaze soon turns me intae putty in his paw.

'Fine,' ah relent, which pits him oan cloud nine.

Ah immediately chairge oor and smash through these muppets like a bowlin baw through a set ae pins. Ma move is met wae a loat ae thum mutterin a few choice words under their breath. Ah grab this little prick who is kickin the laddie oan the groond. Right before pushin him backwards at full pelt and intae the rest ae the hooded-toap and bagged-trousered neds. Designer claithes courtesy ae the catalogue is clearly the dress code fur Leith's youth. Their victim quickly takes refuge behind me and Bruce and seems awright apart fae bein shaken up. Ma presence hus rattled these cretins. Every yin ae thum back oaff and ah feel like that boay Blade when he crashes a vampires' perty, wae aw ae thum shitein thumselves. They keep whisperin amongst thumselves, likes.

'It's him.'

'It's Aldo.'

And that clown ah yanked oaff the boay seems particularly agitated than the rest. Clearly embarrassed that ah've showed him up fur what he really wis, in front ae his tribe. Nuttin but a coward wae nae baws. Naeboady in the shoappin centre acknowledges the drama either. Yit whilst runnin oan the fumes ae Dutch courage fae his alco pops, yin ae thum, apparently slightly aulder than his comrades and wae hysterical-lookin wild eyes and a somewhat rough puss, steps forward.

'What's your problem? Ya radge,' he spurts.

'Shut the fuck up, you,' ah tell him. 'Ah'll keep this short and sweet, shall ah? If ah see you loat hasslin this laddie or anyboady else fur that matter, ah will personally take each yin ae use tae North Bridge fur a leg and a wing. You hear me?'

'You cannae threaten us,' shrieks this talkin reason fur contraception. 'That's against the law, man.'

'Well, it's a gid joab ah'm a fuckin criminal then, eh?' ah fire back at him.

Aw his minions remain silent. Leavin this braindeid zombie tongue-tied and oot ae comebacks. Then, when masel, the young yin, and Bruce are jist aboot tae vacate the area, he decides tae mubble the aw too familiar line.

'Do you ken who ma faithur is?'

Ah back up and instinctively start tae piss masel.

'Son,' ah explain. 'See if ah find oot who the fuck he is? then ah'll be sure tae lit yur mother ken his identity.'

Members ae his legion giggle, likes. And even Bruce seems tae take great joy in that yin. Naturally incensed that his erse hud jist been handed tae him fur a second time, his threats become mair useless.

'Ah'll smash you, ya prick.'

Obviously, it's the drink clearin his throat fur him. But wae a quick thoat ah present him wae an oaffer.

'Stick yin right oan there,' ah order, lightly tappin ma chin.

Blatantly, he didnae expect that, and soon sobers up.

'Aye, right,' he gulps. 'And you punch ma cunt in efterwards. Ah hink ah'll pass.'

'You've goat ma word,' ah direct him. 'Ah willnae touch yae. C'moan, pal. You ken yae want tae?'

He quickly broods oor the oaffer until yin ae his mate's chips in.

'Chin the cunt, Tizer.'

A timely morale booster that ultimately sways his decision.

'Aye, fuck it,' he declares. 'Ah'll dae it. Jist tae show yae ah'm no some wee poof like yur damsel in distress standin there, likes.'

Soon as he pulls his airm back everyboady, apart fae me and Bruce that is, hud their breaths in expectation ae his punch landin. Needless tae say, of course, yince it does, ah eat it as easily as scoffin doon a bag ae midget gems.

'Remember?' ah prompt him. 'Breathe slowly.'

'What?' he asks.

And then. *Boom!* Ah throw a spiteful gut shot that almost

sends his bowels through his nose. The perr cunt buckles oan the spoat. Gaspin desperately fur air and hisx shocked accomplices attempt tae hud him up, back tae his feet.

'That's bang oot ae order,' pleads yin ae these other runts. 'Yae said yae widnae touch him.'

'Lit this be a life lesson fur yous aw,' ah tell thum. 'Dinnae fuck wae strangers. And especially dinnae fuck wae him if his name's Aldo.'

Bruce then concludes the ultimatum wae an endorsin bark.

Shoartly efterwards they disband wae their tails well and truly between their legs. That tool who briefly stood tall wis left pukin phlegm aw the wey oot the buildin. Ah sense that the laddie and Bruce took a loat ae satisfaction fae ma actions. Oanlookers wur practically high fivin me as we depart the mall. The laddie we rescued soon introduces himself as a local cawed James. He doesnae look any aulder than sivinteen, likes. Usually, pretty boays at high school are pit oan a pedestal and lead in the popularity polls. That wis a croass ah hud tae bear masel. Ah should ken better than maist, what wae bein handsome as fuck. His caramel hair and cloudy skin tone and his brilliant blue eyes should gie him the keys tae his teacher's panties. At the minute though he's an ootcast, and a hunted yin at that. Fur twinty minutes he chatters awey and him and the wee fella become inevitable pals. Admittedly he soonds like he's goat his heid screwed oan. Nae doot takin his studies seriously. Cos lit's face it, eh? There isnae a bigger pariah in state education than someboady who displays ambition. He soon loosens up and pits us in the picture aboot they horrible cunts fae earlier. Accordin tae him they've made his life hell in and oot ae school. Standin at nearly six fit and stocky built ah lay it oan the line.

'You could punch the cunt oot, any yin ae thum.'

A challenge he seems too timid tae accept.

Tesco Express at Great Junction Street is where ah intend tae shake him oaff. He hus been spraffin fur a while and ah'm ready tae caw it a day. That is until he stoaps and poses a question at me that ah'm no prepared tae answer.

'Kin you teach me how tae fight?'

His trampled appearance and a hard luck story that wid even huv that masked nutter Michael Myers sheddin a tear. Ah find it difficult tae rack ma brains fur a worthy enough excuse tae chew ma leg oot tae this bear's trap. Yin glance doon at a thrilled Bruce tells me where his vote lands. He watched the *Rocky* marathon oan ITV2 the week before and he hinks he's the nixt Angelo Dundee. As luck wid huv it ah recently acquired the keys tae ma auld boaxin gym. Courtesy ae Larry who asked if ah could cast ma glims oor the place while he is awey visitin his grand bairns in the States durin the summer holidays.

'Fine,' ah relent, tae his utter jubilation. 'You ken Larry's boaxin gym oan Craighall Road?'

'Nah,' he responds, humbly. 'But ah'll find it. You won't regret this, thanks.'

'Ah'll be seein yae themorra mornin then. At nine, oan the fuckin button.'

The follaein mornin ah'm awoken by an overzealous Bruce. Last night we sat glued in front ae the boax watchin *Ragin Bull*. His excitement levels only intensified efter that and he hus barely goat a wink ae sleep. Hand oan hert, though, eh? ah'm convinced that James's flame ae enthusiasm will dim intae nuttin by the time he opens his eyes. I'm convinced that he will be a no-show. The wee guy refused tae share ma scepticism, however. He is elevated at the thoat ae mouldin his ain fighter. So, fur his sake ah hud back fae airin ma reservations and play along by gittin dressed appropriately fur the session. By ten past eight we are watered, fed and in the motor oan oor wey tae the gym. We soon arrive there and ah quickly open the place up. Accordin tae Larry aw the normal regulars ken it is closed until he gits back fae his brek. He jist wants nane ae the local fannies fuckin wae the place.

It is a gid gym as far as amateur yins go. Boasts a full-sized ring and oaffers members aw the essential trainin equipment such as heavy bags, speed bags, free weights, skippin ropes along wae anything else yae might need tae work up a healthy sweat. The room is well maintained and even though the stuff is approachin its sell by date, everyhing works as it should. The black and lime colour scheme gies the room splashes ae brightness. Masel and Bruce sit patiently watchin the cloack tick doon until it strikes nine o'cloack. Ah jist aboot shit masel when the entrance doors are flung wide open. In walks James dressed in shoarts and a black Lacoste polo shirt. He looks nervous like maist lads do when they first enter a boaxin gym. The fact he hus kept his word confirms he is unwillin tae back doon. Ah go tae welcome him wae Bruce pacin behind me.

'So yae made it, eh?' ah tell him.

'Yeah,' he trickles, smilin and wavin at me. 'Thanks again fur agreein tae train me.'

Soon enough ah huv him lined up oan a mat in regimental fashion. Ah want tae take a closer inspection ae what ah huv tae work wae. Which is where ah intend tae set doon Aldo's ten commandments. At first sight ah kin see he hus potential tae be an effective boxer. His broad shoulders and toned biceps are mair like a man's than a puny teenager, which instils a belief intae me that at least he's goat some tools at his disposal. Oan the doonside ah cannae imagine he hus ever hud a square go in his puff, lit alane taken a proper punch in the chops. This explains why he hus been marked doon as an easy target by the fuckin ootsiders. Efteraw he is a member ae a generation rendered lazy by a lifetime ae Happy Meals and Instagram. The reality is nae cunt really kens if they've goat what it takes until they lace up those gloves and step between the ropes.

Ma mooth begins by makin an introduction wae ma right hand devotedly sittin by ma side.

'Ah ken yae dinnae ken me,' ah say.

At this exact moment James sticks his hand up in the air.

'Aye? What's your question?' ah check him.

'Aren't you the guy who beat up Santa?'

'Aye,' ah admit. 'That is correct.'

Ah then cloack Bruce turnin awey utterly mortified. Ah

refuse tae allow his contempt tae spoil ma openin address.

'Understand yin hing, right? Ah'm here tae teach how tae boax. Yae want a shoulder tae greet oan? Ah chairge by the hour. Gid student? Go and show yur report caird tae the local young team before they panel yur heid. Dae yae want tae become a man? Keep yur eyes and ears open at aw times. Yae'll find me tae be firm but fair. Any questions?'

James alertly lifts his airm up again.

'Will we be sparring today?' he asks me wae a real sense ae keenness. A common question that maist folk cannae wait tae pit forward when they first step inside a boaxin gym. No that it seems any less shoart-sighted or naïve the mair yae hear it.

'Ah'll decide if and when yur ready tae spar,' ah enlighten him. 'Fitness is what we focus oan first. Yae cannae punch yursel oot fur three minutes withoot huvin a thread ae steel runnin through yae, are we clear?'

'Yeah,' he accepts. 'Crystal.'

Yin full oan session ae trainin and he will be enterin early retirement. He will no even git the satisfaction ae punchin someboady in the puss wae impunity before he is runnin doon the road screamin, *'Ah Quit!'* This is the moment Bruce hus been fantasyin aboot and his paws dinnae ken whether they're comin or goin due tae the thrill ae the sport. He seems excited, likes, waitin fur hings tae git underwey and jist as ah decide tae answer his prayers, ah tell James tae start oaff by daein some press-ups.

'Sure, hing coach,' he enthuses, joyfully.

Ah felt raised by the last remark. Hearin someoady caw me coach fur the first time. Seems tae mean mair tae me than a blonde wae big tits yaisin ma cock as a pogo stick. Nae trainin session is complete, however, withoot hittin the music and crankin up the volume. Ah decide tae pit him through the ringer efter he completes his set. Ah hae him daein squats, continuously jumpin oor a weight bag and finished oaff wae some sit-ups. He quickly rushes oaff tae the toilet tae throw up his load. Tae his credit he perseveres through the pain and his endurance is inspired by Bruce oan the side lines cheerin him oan. Tae keep the momentum fluid ah introduce him tae a fighter's best weapon, fitwork. Ah huv him yaisin the skippin ropes and in a little while he is hoppin his wey tae exhaustion yit again. Buildin up speed no only allows yae tae land a punch quickly, mair importantly it also gies yae the reflexes tae dodge what's bein thrown back at yae. Lastly, but certainly no least, ah hae him performin shadow boaxin. Ah provide a demonstration and pointers and he is soon tryin tae perfect his ain stance and learnin the movements. Masterin this technique implants calmness intae a fighter, an attribute ah feel he needs tae register early oan. Especially if they mutants fae the shoappin centre are plannin a return leg. The moment his legs finally pack in and he caves intae a shattered clutter, ah bring the first session tae a conclusion. Though ah widnae admit it publicly yit, he hus shown me suttin. Ah'm quietly impressed by his resilience and wae the gloatin look oan Bruce's puss. Ah ken he is hinkin along the same lines. Three hours ae trainin is tough. Ah decide tae leave him wae suttin tae consider as he lays pantin and sweatin oan the flair.

'Yince yae git in the routine ae shadow boaxin every day, throwin punches and movin aroond,' ah tell him, 'the sweet science will become as natural tae yae as breathin. That is what'll gie yae an advantage inside and ootside the ring.'

Boaxin soon becomes yin ae mines and Bruce's five-a-day. Gittin up bright and early tae hit the gym cures us fae the grind ae everyday life. Oor desire and commitment tae oor coachin responsibilities are unquestionable. Ah literally feed oaff the wee guy's positive spirit. What started as a poisoned chalice hus been transformed intae a blessin in disguise. Maist teenagers James's age spend their summer holidays tickin oor by butcherin cunts oan GTA. No him though, eh? Cos he is inside the gym pittin the hours and hard graft in wae relish. Fur his commitment he deserves tae be drizzled in a standin ovation. As the days progress ah kin actually hear the place roll oaff his tongue when he talks. Or it kin be heard when he is workin yin ae the heavy punchbags, sweatin it oot jist like a proper boaxer. There is nae question in ma mind he hus untapped potential. Natural talent and the ability tae soak up new skills along wae a killer left hook in his locker. And, fur his size, he kin slip punches wae ease that wid send a boay twice his size tae back pedal. His confidence is soarin wae each passin session luckily fur they little bastards giein him grief. Fur their ain personal safety they've made the correct choice by layin oaff him. It's no jist coachin him that's made masel and Bruce happy. It's actually been a pleasure gittin tae ken him though he doesnae gie me much info oan his faimily life which ah find odd. We've bonded thegither oor spilled blood, sweat and tears. Tae the point ah've rewarded him wae an invite tae the maist socht efter event ae the year, Bruce's birthday perty. A request that he snaps up much tae mine's and Bruce's delight.

• • •

Ma cherub's perty is soon upon us. A loat ae preparation hus went intae makin this a day tae remember fur ma boay. Ah goat up extra early this mornin tae layoot aw his presents wrapped in the colours ae Hibs. Admittedly ah went oor the toap oan the gifts front. Ah practically wiped oot Pets at Home at Craigleith Retail Park ae toys and treats. Ah goat odd looks fae the staff and other customers when ah rolled up tae the till wae ma trolley at full capacity. The wey ah see it, ah'm entitled tae spoil him. Ah mean it's no everyday yur son reaches the big two milestone. Hence why ah treated him tae breakfast in bed this mornin. He soon sprung tae life yince the smell ae bacon and sausages hit his pallet. The weeks spent stressin aboot gittin it right fur him wis aw worth it jist tae see him smile yince. Ah'm glad tae report his cheery persona husnae abandoned him aw day. Ah even bunged Dugs Trust a grand in his name. A fittin gesture, ah thoat, considerin how we first met.

This perty is bein held at the flat. We decided tae keep the guest list strictly exclusive. Only his closest pals and their owners goat an invite. Two baby yorkies who go by the alias ae Ace and Blaze of course made the cut. These two firecrackers worship Bruce and huv appointed him the leader ae their pack. He became acquainted wae thum when ah hired a local dug walker, which is exactly where he met his other bosom buddies. Humphrey, a cheeky chappy ae an adorable pug. And a charismatic Cavalier King Charles who goes by the name Bear. This band ae misfits look sae adorable walkin aroond the flat in their perty hats. Ah even hired a toap-ae-the-line baker tae make him a dug-friendly Kylian Mbappé birthday cake and cupcakes. A nice touch in light ae the fact he's Bruce's favourite player. An array ae treats and goodies are oan oaffer fur the guests. He is lovin bein centre ae attention. Ma sis and her two bairns huv droaped by tae join the festivities. Everyboady broat him gifts and there's currently mair toys in ma flat than in Santa's workshoap. Ah've goat banners pinned across the place wae Bruce oan, documentin his two years oan the planet. Everyboady is enjoyin the gaitherin but still nae sign ae James or ma dad. Ah thoat this celebration wid gie us a chance tae relax and furget aboot trainin fur a bit. Ah pit oan a nice spread fur the adults and kids tae. Efter oor wee celebration we'll be heidin tae the local park tae meet up wae the other dugs and owners and ah've goat generous perty bags tae hand oot tae thum.

Jist as ah'm losin faith James will make it, the front door goes and when ah eagerly answer it ah'm slightly deflated tae find it's ma dad. He is a gid guy jist gittin auld and cranky. Ma dad is a tall and strong guy like masel. Oor the years his accent hus been splashed wae his noo Scots soondin patter.

'Dad?' ah puff. 'Yae made it?'

'First oot the stall as usual,' he cynically ticks me oaff before pushin past me and publicly speakin oot. 'Where's the birthday boay? Ma number yin grandson!'

When ah say ma faithur is cranky, that alweys changes yince he's in the company ae Bruce. Then he becomes a warm and friendly gentle giant. Ma mum wis gutted she couldnae come along. She's been overloaded at the restaurant but she's goat the wee guy oornight the morra, where she will nae doot hud her ain celebration fur him. In her words, *'The son she never hud.*' Hardly a ringin endorsement fur me or ma little bro.

Ma little sis Aisha is clothed in designer gear and her fast and expensive sports car is parked ootside. Her partner is a real flyer in the medical scene. She always hud an airmy ae male admirers at school. She looks fumin at ma faithur fur his remark.

'Dad!' she burns coverin ma nephew Imran's ears, who seems too young tae appreciate his position in the peckin order.

Ma faithur is too busy hittin it oaff wae Bruce, who is over the moon that at least yin ae his grandparents hus made it.

Ma dad guns doon her pleas by wavin thum awey efter he makes the wee man's day wae a few presents.

'There's nuttin wrong wae second place,' he casually harks back at her.

If looks could kill ma sis hus jist committed her first murder.

Dugs and humans in the same wey are huvin a smashin time, enjoyin each other's company and the chance tae unwind. The trouble brewin between ma sister and dad is interrupted when the door goes again. Openin the front door ah'm oor the moon tae find James standin in ma doorwey.

'Coach,' he says. 'Ah'm sorry ah'm late.'

Ma favourite student is dressed in faded jeans and a blue polo shirt huddin what looks like a present.

'Dinnae worry aboot that,' ah tell him littin him pass through. 'The important hing is yur here.'

Bruce is ecstatic tae see him and is soon introducin him tae the rest ae the gang. James makes a lastin impression oan the other guests. Ah practically witness the wumen who accompany their pooches swoon oor him. He is a handsome laddie but is blessed wae gid manners and he does me proud at the do. Later ah spy ma faithur chewin his ears oaff. Ah attempt a rescue mission but it's cut shoart when ma dad summons me tae join thum before ah kin interject masel intae the chit chat.

'Aldo,' he says summonin me wae a gless ae orange juice in his hand.

Ah come taewards him and ah kin see James is too polite tae ignore him.

'Aye, dad, what's up?' ah ask him.

'James here wis jist tellin me his work made him work an extra hour today for free,' he makes known. 'Tell him he needs tae unionise.'

'He volunteers at a charity shoap,' ah inform him, lookin in disbelief.

'So?' he shoots me doon signallin fur James tae come closer, which he does by huddlin aroond him.

'When ah wis your age ah worked in a metal factory in Delhi,' he says. 'We wur exploited by the boss. Hings soon changed when we banded thegither though.'

James's youthful puss glances at me unsure what ma dad is gittin at, suttin ah'm wonderin masel. He kindly amuses ma faithur by investigatin further.

'So, what happened?' he wonders. 'Did the workforce go oan strike?'

Ma dad takes a sip ae his juice and delivers an unexpected turn ae events.

'No quite. An angry mob kicked him tae death oan the factory flair. Aw ah'm sayin is hink aboot it.'

He then walks awey leavin me and James bowled oor. Ah jist turn awey and wander oaff shakin ma heid in disbelief.

Oan the heels ae that wee trip doon memory lane by ma faithur, ah direct the perty tae the local park where we are joined by twinty dugs and their owners. Yince the celebrations had reached their climax masel, Bruce and James are the only three left still standin. Ma number yin pupil insisted oan steyin tae help clean up the mess. Durin oor clean up ah manage tae finally uncover some details aboot his hame life. Ah kent he lives wae his mum who ah could tell he doats oan. Though there wis nae faithur figure in sight, his tone seemed tae sour and became timid when he lit slip a development.

'Ma mum's boyfriend has recently moved in.'

He didnae need tae say it but ah suspect he is unnerved by this boay. Wae the look ae concern oan his puss, ah ken Bruce is hinkin along the same lines. Ah dinnae push him fur mair details but ah decided oan giein him a lift hame. They little bullyin bastards will probably be lurkin aboot and anywey ah want tae git a look ae his digs masel.

We're soon oan the road and ah droap him oaff at a hoose oan Ferry Road, a fertile groond fur neds and junkies. A place where yae kin become a property tycoon fur the price ae a Greggs meal deal. Fae the ootside this buildin looks as if it's aboot tae be read the last rites. Aw rough and crumbly. James thanks us fur a gid day and he jumps oot the motor but no before ah remind him we're back trainin the morra. Masel and Bruce watch him enter the gairden and before he reaches the front door it swings open. A huge guy made ae a hunner kilograms ae solid muscle steps oot wae a can ae Tennent's clutched in his hand. He clips James oor the heid and mutters suttin tae him and shrinks walkin inside. Ah jist stare at the boay, eyebawin him as he takes a swig fae his tin. Ah'm fightin the temptation tae jump oot the motor as ah rev up the car again.

'Dinnae worry Bruce,' ah say aloud. 'Ah see the cunt.'

Ah rally along the road and ah cannae lose the feelin there's suttin James isnae tellin me.

Nine o'cloack the follaein mornin arrives. Ah'm sittin oan the ring apron alongside ma little helper. Ah'm dressed in ma gym gear and Bruce hus donned his blue hoodie. Ma erse is startin tae feel numb sittin doon this long. Right as ah'm aboot tae caw it quits and throw in the towel oan theday's session, at twenty-five tae ten, ma absent apprentice finally arrives and is full ae apologies fur bein late and explains he hud errands tae run fur his mother. Ah accept his reasons and so ah dinnae roast him fur his tardiness. Ah managed tae rope in a regular ae the gym cawed Alan tae spar wae James efter oor sets. The boay is slightly aulder than him but he is aboot the same size and that wey it willnae be a mismatch ae a bout. Ah made sure ma pupil is equipped wae aw the appropriate safety measures. Aw the correct protective gear is dished oot; huge gloves that are like pillaes, heid and mooth gairds, wae a cup tae protect his baws. Suttin is tellin me James doesnae huv his heid in the ring. His movement is unusually sluggish and as ah'm roarin instructions tae him aboot fitwork and boady movements. Alan lits oaff a snappy right hook which lands jist as he droaps his left. Soon, his mooth gaird is flyin across the ring and he is spread oot across the canvas, helpless, lifeless and star-shaped. His sparrin partner is full ae apologies and rushes oor tae check oan him. Ah brush awey his need fur sorrys cos he only done his joab. As fur ma fallen student ah direct a much-watered doon pep talk efter ah ensure he is awright.

'If ah've telt yae yince, ah've telt yae a thoosand times. Never droap yur left even if yae hink yur brain's bein starved ae oxygen. Cos yince yae do. Yu'll be goin doon and goin doon hard.'

His words are suppressed by his physical state but ah hink he hus accepted his criticism like a man. Ah stoap talkin and Bruce is aw oor him sprayin him in a wee bit ae TLC. That's why we're an effective partnership, eh? Cos ah ken when tae hud firm. And the wee fella is an expert in delegatin compassion. The perfect bad cop, gid cop performance. Ah bring theday's workoot tae an early end and James wastes nae time in bailin. Fuck knows. But suttin is defo up wae him and ah might need tae deploy some investigative work tae uncover the truth.

Later that night ah'm sittin doon wae Bruce in the flat tae a well-earned treat, Big Mac and fries. Jist as ah go tae take a bite ae the burger ma phone starts ringin and, funnily enough, it's Barry, an auld mate fae ma school days who took a different path in life by inexplicably joinin the filth. In spite ae bein oan opposin sides ae the law the pair ae us anyhow remained pals. He is phonin tae tell me he hus James in custody oan a drug chairge. Ah almost check oot when he tells me and ah'm even mair surprised tae find ma presence hus been requested at the station. A joab ah thoat better suited tae his mum or, fur that matter, anyboady else. Aw the same he is understandably reluctant tae involve his relatives. Barry soon relayed a crucial piece ae information in his deep and strong voice.

'Listen, Aldo,' he declares. 'Ah've held oaff pittin through any paperwork, mate. Yae'll need tae git doon here sharpish tae soart this oot. Before the sergeant starts makin the roonds at nine.'

Ah feel like ah've been teleported tae the waitin room inside Leith Polis Station oan Queen Charlotte Street wae the speed ah exited the flat. This buildin is pinpointed in the auld sheriff court and toon hall. Cawin it a strikin buildin doesnae dae it justice. It's still submerged in its original blue-blooded interior. An establishment that hus word-fur-word been loackin up cunts and throwin awey the keys fur centuries. Ah wid be lyin if ah telt yae that this is ma first time inside this enterprise ae law and order. Or even if ah blabbed it wis ma hundredth experience here it wid be a deception. But it is unprecedented that ah darkened these doors oan ma ain accord. Ah feel rather uncomfortable sittin scratchin ma baws surroonded by mair pigs that yae'll find in a slaughterhouse, as ah'm flyin solo withoot legal representation until ah remember that ah'm waitin fur James. The freaked oot looks ah git fae the officers telt me they wur unsettled by ma introduction. The lassie at the desk gave me pelters and grunted a response and tiptaed tae the cheap seats in the small-scale waitin room when ah politely educated her.

'Ah'm here tae see Officer Munro, Hen.'

She's clearly shelterin behind those in the force who cling oan tae the entertainin belief that their badge ootranks ma word oan the streets. Ah stole a quick peep ae ma environment and watched the filth munchin oan doughnuts washed doon by coffee. Aw but verifyin ma long held assumption that the filth in here is mair like *Police Academy* than *The Shield*.

Shortly efter ah sit doon, Barry's moment tae appear in the flesh ken fae the back happens. A mammoth boay wae his square shoulders. He looks the part, authentic as fuck. Aw due tae his devotion tae the gym and a lifelong affection fur rugby. Smiles flow fae his puss when he cloacks me sittin doon. Ah git up tae share in a lively handshake.

'Gid tae see yae again, Aldo,' he details, transmittin wae

nostalgia. 'Follae me.'

Ma ain personal guide tae the interview rooms, so he is. No that ah need any directions, likes. Nae questions aboot the situation are asked before he begins giein me the run doon oan the motives fur his spoat ae bother. Fae what ah learn fae him he hud bein caught slingin coke. Words that ah find hard tae absorb cos this is right oot ae character fur him. It isnae long until we are standin in some borin corridor waitin ootside yin ae the interrogation rooms. Ah'm grateful that James husnae been flung in yin ae they manky cells. Ah soon take the occasion tae git straight doon tae business in what is ma ain personal quest tae find oot the price ah need tae pey fur his freedom.

'Right, cairds oan the table, Barry. How dae ah pit this right?'

'Step inside ma office,' he instructs me, usherin me inside the room.

Ah accommodate by follaein him through where he picks up the discussion where we left oaff.

'Take it easy, Aldo,' he affirms. 'Ah stepped in as soon as he broat up yur name,' he says wae a calmness in his voice that ah find tae be slightly peculiar. 'He spoke very highly ae yae, likes.'

'Aye,' ah tell him. 'He's a decent lad. That's why it's important tae me tae resolve this problem.'

He takes a deep and an overstated breather before answerin. 'The only hing tyin him tae the deed is the CCTV footage at the Kirkgate.'

'Great,' ah exclaim. 'Is it no your lot who huv that?'

'In the evidence room as we stand here,' he confirms wae a huge shit-eatin sneer splattered across his puss.

'And what dae ah dae aboot that, likes?'

'Ah'm in chairge ae what flows in and oot ae there,' he says, as he continues tae grin. 'The security in this place is a joke. Ah'll take care ae the footage, mate. How does that soond?'

'Ah'll no furget this.'

'Well, that's handy,' he mentions. 'Cos me and the wife jist hud a bairn. An expensive proposition though. Department cutbacks mean it's hard tae make ends meet.'

'Aye,' ah tell him. 'Beautiful, Barry. Where's the boay, by the wey?'

'Ah dinnae hink yae heard me, Aldo. Ah said huvin a bairn is an expensive proposition.'

Ah stare icily at him, acknowledgin the fact that the only cunts mair crooked than us criminals, are the polis.

'Will five hunner quid cover it?'

'Normally it wid mate. But we hud twins,' he says beamin wae pride.

'You'll huv a grand in yur hand the morra,' ah assert.

Since the price hud been named, and noo met, ma concentration turned tae locatin the lad and gittin the fuck oot ae here. Barry is as happy as a pig in shit, nae pun intended, likes. The wey he effortlessly floats along the corridor tae another room tells me, in his mind, him and his missus are awready at Mothercare tae splash the cash. He takes me tae a cramped room where James is bein held. The place is equipped wae a table and three chairs. Some recordin devices, tae. That naturally make me feel nervous. Barney Fife soon pisses oaff tae gie me some facetime wae James. Ah kin see the emotion signposted across his puss and he looks as if he's been greetin.

'Ah cannae go tae Polmont, coach,' he begs, in a demented state. 'A boay ah ken? His brother kent a guy who ended up there. He telt him yin fresh new recruit is picked oot and raped wae a pool cue. Some soart ae fucked up rite ae passage or suttin.'

Ah sit doon opposite and try tae calm him doon.

'Ah'll no pretend that hings cannae git grim in there,' ah tell him. 'Though ah cannae envision that conditions huv deteriorated that much since ah wis oan holiday there.'

Seein the fear in his eyes as he waited fur ma reply, ah realise that this is ma moment tae guide him doon a different path. A real opportunity tae be a role model tae him. It's taken thirty-four years and a Bruce tae come along, eh? but ah feel genuine concern fur a fellow human bein fur the first time.

'You've goat a real shoat at makin suttin ae yursel,' ah remind him. 'You're waitin tae hear back fae uni ah thoat? Yur gonnae pish yur life doon the toilet tae make a couple ae poxy quid. Smarten up.'

'Ah never wanted tae sell that rubbish in the first place,' he pleads at me, lookin awash wae emotion.

'What dae yae mean?' ah ask, though ma question is met wae him turnin awey unwillin tae provide an answer.

Ah show him mercy by informin him that ah've taken care ae the situation. News that is met wae sheer ecstasy fae him. Ah did, however, dampen the mood slightly by layin doon yin non-negotiable stipulation fur his freedom.

'Dinnae ever pull this shit again,' ah warn him. 'This is ma world, it's no fur you. You'd never make it where ah operate.'

Ah walk oot the station accompanied by James wae oor heids held high. Several pedestrians are amblin past ootside in the fresh air. As we make oor wey across tae ma motor parked across the street, ah notice he is tryin tae disguise his pain by huddin his ribs. Ah stoap him fae movin any further by seizin his airm.

'What's the matter wae yae?' ah ask aw concerned.

'Nuttin,' he says still lookin in pain.

'Lift yur toap up.'

He hinks twice but kens that the matter willnae jist disappear. Slowly he reveals several purple bruises across his ribs. Ah'm shocked and ma first thoat is payback.

'Did Barry dae this?' ah demand tae ken, readyin masel tae go back intae the station tae make his bairns orphans.

'No,' he says. 'It wis ma mum's boyfriend. That's whose coke ah wis tryin tae sell. Honestly coach I never wanted to do it.'

James stoaps fur a split second, appearin mair scared and vulnerable.

'Ah dunno what ah'm goin tae dae? He's expectin me tae text him soon so he kin collect the money. He said if ah didnae sell it aw thenight, this will feel like a friendly warnin.'

'Aye,' ah seethe. 'What else did he fuckin say?'

He stares at the groond, aw fearful and timid.

'Listen,' ah assure him. 'It's awright. So, what did yur mum say aboot him hittin yae?'

'He hit her tae fur stickin up fur me,' he exposes. 'At first, he seemed soond. Since he's goat his feet under the table, he hus turned nasty. Ma mum tried kickin him oot but he won't leave.'

'Where's yur phone? Hand it oor,' ah question him.

He pulls it fae his poacket and passes the hing oor tae me.

'Why though?' he speculates.

'Ah'll speak tae this guy Trust me yince we've hud oor hert tae hert, he'll be rehabilitated back intae society.'

'What are yae goin tae do?' he asks, starin at me, frightened.

'Dinnae worry,' ah hearten him.

Ah gently place ma hand oan his shoulder.

'Ah'm jist goin tae hae a friendly chat that's aw. Jist so he kens his time is up at yours. So, what's this joker's name?'

Yince he tags ma intended target as Stuart, ah provide James wae the keys tae ma flat, under strict instructions tae stey put until ah return. Ah git behind the wheel again but no before ah fire a text tae this boay, daein ma best tae soond like a shiverin and scared teenager. Little does this radge realise he is aboot tae march right intae a bear pit.

Ma choice ae location fur this rendezvous is the Banana Flats. A brutalist tired high-rise hoosin scheme. Fae the ootside it presents itsel as the HQ fur the Edinburgh branch ae the KGB. A cauld faceless and inhumane environment. A perfect location fur this meet cos people fae this neck ae the wids ken the streets clean up their ain mess. Ah'm a well-kent figure aroond these parts due tae it bein a hive tae conduct business. Sure, it contains a few colourful characters but maist who caw this place hame are decent hard-workin people. Ah've telt this boay tae heid tae a small, secluded car park at the back ae thum. Apart fae a couple ae motors parked we huv the place tae oorsels.

It's gone dark noo, so ah've decided tae hang back in the shadows until this cunt reveals himself. Cos ah dinnae want tae alarm him until this particular rat is firmly in ma net.

That's when ah cloack a shit boax ae a motor draw in. Right oan schedule that boay ah spoatted ootside James's hoose exits the motor. A strong muscular boay who gies oaff the impression that he's an unfriendly cunt. He's goat jet black hair and eyebrows and is wearin black jeans and a long-sleeved grey toap. His puss is battle worn and he clearly hinks bashin up bairns makes him a hardman. Unfortunately fur him though he's aboot tae find oot that young guys grow up.

He looks aboot tryin tae see in the dark, unaware ah'm lurkin in the shadows watchin his every movement. Struttin his stuff like some pit bull who's jist chewed through their leash. Sae sure ae himself that he's toap ae the fid chain, growlin and snarlin.

'Where are yae, ya wee prick?'

A real fuckin charmer, this cunt, ah tell masel. The cunt pulls oot his phone fae his poacket and rings a number. Ah've goat James's phone oan me and it starts tae vibrate. He follaes the noise tae where ah um, still unable tae git a clear shoat ae me due tae the darkness. Ah start tae gently laugh.

'Surprise.'

'What the fuck did yae jist say?' ah snap back.

His hardman act soon dissolves yince he realises hings huv jist goat real.

'Sorry, you're Aldo? James's boaxin coach, right?' he smiles comin taewards me wae his grubby hand stuck oot.

'It's gid tae finally meet yae mate.'

Ah ignore his attempt at a peaceful handshake. An act that sets oaff a siren in his worried heid. If this boattom feeder operates in the toon, then the name Aldo should be aw too familiar tae him. Wae the wey he looks it's as if judgement day hus jist arrived and he's hopin fur a last-minute reprieve.

'Mate,' he says. 'Ah dinnae ken what that wee cunt hus been tellin yae, eh? But yae ken how it goes. Some moothy wee prick tries tae damage yur rep. Yae'v goat tae soart thum oot.'

'You've no goat a fuckin rep,' ah scald him. 'Damage? Ah've no even started yit though.'

His eyes flare wae fear and he attempts tae go oan the defensive.

'Dinnae fuck wae me, pal. Ah'm nae fuckin slouch.'

Ah step forward loaded wae a sinister smile, which encourages this bam tae take a couple ae backsteps.

'That's right,' ah tell him. 'Yur a hardman when it comes tae wumen and bairns. Which makes what ah'm aboot tae dae tae you that wee bit mair enjoyable,' andacne- ah ready masel tae detonate ma fury oan this cunt.

...

The nixt mornin ah'm behind the wheel, singin along tae the radio wae Bruce. It's nice weather ootside tae, bright and sunny. We're oan oor wey tae the gym tae meet James. Ah'm mair than pleased tae huv removed his problem. And he seemed like a new laddie when ah informed him his mum's boyfriend's been banished fae the toon. Information that converted him fae a scared little boay intae a young man full ae hope. Ma right hand is still bruised and swollen but the pain doesnae even come intae play. Cos it's a small price tae pey tae put a spring back in James's step. Comin along the road near the gym oor singalong is killed when ah spoat a few ae the mutant bastards fae Newkirkgate startin oan someboady. Yince ah focus ma eyes tae see who their intended victim is ah pit ma fit doon when ah take in it's ma number yin student. Ah veer oaff the road oantae the pavement and run oor the couple ae bikes dumped oan it. Ah slam the brakes and jump oot the car and awready ah've goat their attention. Yin ae these scaffy wee cunts come at me actin aw hysterical as their bikes lay in tatters.

'You're a fuckin nutter!' the acne-puss NED yells in frustration.

'Accordin tae ma last psychiatric report that's fuckin sugar coatin it,' ah tell him before ah shove him oot the wey.

Ah check James is awright and he doesnae seemed fazed by the scuffle then ma focus comes doon oan these runts fur a second time.

'What the fuck did ah tell you wee fannies before, eh?' ah bark at thum. 'Yae really want a pop at him, eh? Yae dae it in the ring.'

'What aboot oor fuckin bikes?, ya radge,' this tracksuit-wearin stench ae piss declares.

Ah hink aboot it fur a second or two. And then ah throw thum a moothwaterin proposition tae chew oor.

'Tell yae what?' ah mull. 'Any yin ae yous four wee fannies kin lay a glove oan him. Ah'll buy yous any fuckin bike yae want?'

'Fuckin easy!' yin ae thum overconfidently states, wae his pals clearly fancyin their chances tae.

Ah turn tae face James, jist tae make sure he's comfortable wae this arrangement, which he eagerly nods along tae.

'At the gym. Yin hour,' ah tell thum. 'But ah'm warnin yous, the nixt time yous loat see him, yae better fuckin croass the road or ah'll pey aw yur faithur's a wee visit in the middle ae the night. Are we clear?'

They scarper high oan the belief they're oan the road tae hustlin me. Ah git James back in the motor and we're oan oor wey tae git him ready fur his first bout.

Sure enough, an hour later these muppets crawl intae the gym. Loud and even mair fuckin annoyin than ah remember. Poisoned by their ain fuckin ego. As temptin as it is no tae dae it, ah insist they wear aw the appropriate protective equipment. Yince everyhing is set ah start feedin James these clowns yin at a time. Masel and Bruce watch the fruits ae oor labour come intae season fae the sidelines. James dances aroond thum, bobbin and weavin, deliverin his punches wae lightnin speed and accuracy. Me and Bruce cannae hide oor pride and satisfaction fae watchin each yin ae thum crash tae the canvas. Nane ae thum huv been able tae lay a glove oan him and it's remarkable how a loast cub oan the streets kin turn intae a roarin lion when they step between those ropes.

As the three ae us celebrate wae me liftin him oan ma shoulders in celebration, they other fannies are recoverin fae a dent tae their image. Eventually hings settle doon and James seems tae be runnin high wae his victory. They four products ae a shitty state education comes taewards us but appear mair humble.

'What noo?' ah quiz thum. 'Take yur loasses like fuckin men.'

The ash broon-haired yin nervously steps forward and is scratchin his heid as if he's goat lice.

'Kin yae teach us how tae fight like that?'

Ah'm stumped briefly by that question.

'Ah dunno,' ah tell him. 'That's no ma caw'.

Ah stare at James fur his decision.

'Yeah, sure.'

And before ah've realised it ah've goat five hormonal teenagers oan ma books. They aw wander oaff chattin tae yin another. Excited voices strangle the gym's ambiance and it's as if aw the bullyin hus been swept under the cairpet. They other lads seem genuinely aw struck by James's skills in the ring. And ah'm left chuffed by this development cos his enemies huv become pals. Ah watch thum laughin and jokin and he seems in a much better position than when ah foond him.

'Brucie,' ah say, 'we've done gid son.

CHAPTER 4

Cardboard Gangster
ALDO

Been routinely flickin through the car radio. Every single station ah land oan is inflictin oan ma ears yit mair ae that soulless pish they caw music these days. Ah mean, tunes tae slit yur wrists tae, ken? Yit it's no jist me who's bein driven tae borderline suicide, eh? Cos even Danny's littin oaff warnin signs that's he's fast approachin brekin point tae. What's mair by the wey, he keeps mumblin a series ae venomous expletives tae himsel, ah reckon ah'd be well within ma rights tae demand that the cunt pulls oor, fast. If fur nuttin else but tae take a breathalyser test. It's a soberin thoat, likes. Mainly when yae consider that its him behind the wheel, in complete control ae ma remainin time oan this earth. Fur ah um nuttin mair than his unfortunate passenger. These concerns are, of course, purely hypotheticals. It'll jist be the shite songs oan oaffur that are sendin him doolally, right enough. Kent him fur years, yae see. Thus, ah ken better than anyboady what a borin teetotallin bastard he really is. In fact, his interpretation ae hittin the drink heavy is decidin tae hae fat milk in his milkshake.

'Jist pick a station, yur daein ma boaxin Aldo,' he complains, aw serious and insistent.

So far, somehow, thankfully, he's remainin focused oan the road. Nevertheless, and, much tae ma annoyance, he briefly takes his eyes oaff the road.

'Ah'm sorry, Aldo,' he says.

'Awright? But this boay is nae joke. Fuckin Yardie fae doon south. Hings could git hairy, mate.'

'That's why ah'm here, eh?' ah tell him, honestly, in an attempt tae rock him tae sleep.

'Ah'm a calmin influence.'

And at that, eh? he rotates his eyes. An expression ae unadulterated disbelief that ah've come in peace tae this meetin. Accidents huv been made in the past, of course. Ah'll hud ma hands up, likes. Ah'm guilty as fuckin chairged. Nanetheless him and others like him kin sometimes be forgetful, eh? And they clearly doot the power ae faithurhood. Cos it changes a man, so it does. Ah mean, ah've never been yin tae shirk ma responsibilities. Ever since Bruce entered ma life ah've realised ah need tae stoap livin in the moment. Ah need tae start focusin oan the days yit tae come. Changin the minds ae the Leith Nation is nae easy task, though, eh? but ah'm gonnae show these gossipin bastards that Aldo hinks wae his heid these days, no jist his fists.

Capital FM soon seems tae be the best ae a bad bunch. Cos they've at least displayed the fortitude ae playin Sam Fender's 'Seventeen Going Under'. Danny boay agrees wae the choice ae tune, likes. Ah ken this wae the wey he's movin his heid up and doon and hummin along tae the lyrics. Besides, the song, it must be pointed oot, is haein suttin ae a therapeutic effect oan him. Cos aw rapidly he's drivin, almost at ease. Fur a scrawny ginger bastard, eh? he doesnae half huv a pair ae heavy hands, and quick feet. In spite ae that he sorely lacks confidence. Fur he's goat his panties aw in a twist aboot this Yardie ersehole we're oan oor wey tae meet. He's mair than voiced his concerns that these Jamaicans huv a reputation fur leavin a great big fuckin crater in their supplier's poackets. Cunt's nae El Chapo, evidently. Fur aw that he certainly shifts a bit ae weight aboot the toon. Still, no hard enough tae dae this mission oan his lonesome, eh? Plus, lucky fur him it's gonnae prove tae be a smart choice he made by bringin me along as his protector.

'So, what's this boay's name again?'

'Marvin,' he airs almost at a hint.

'Marvin? That's a borin furckin name. Ah wis expectin a Cypress or a King Ganja fur a Yardie.'

'This isnae a fuckin popularity contest, Aldo,' he dares me. 'Doesnae matter what his name is. This boay is heavy-duty, man.'

'Heavy Duty?' ah ridicule, laughin. 'Owns a jerk chicken joint in Moredun, does he?'

'Dinnae start yur racial bullshit, mate,' he explains. 'In fact, ah'd appreciate it if yae jist stand beside me withoot sayin a word.'

'It's your perty, mate,' ah tell him. 'You layoot the rules and ah will abide by thum.'

'It's no a fuckin perty, right?' he babbles. 'We collect the money, eh? And then we go. End ae fuckin story.'

Burdiehoose is a sight fur saire eyes, likes. It will never make the shoartlist fur the maist glamorous slice ae Edinburgh. And ah cannae see any American tourist gittin a stiffy wae photaes he might take ae the place. Hardly worth boastin tae yur pals aboot snappin a rundoon array ae cooncil hooses wae yur disposable Kodak. The smell ae these streets will linger on yur claithes fur months, likes. Bathed in toxic air pollution and foodbanks, a world far and awey fae Edinburgh's posh theatres and the fancy shoaps littered across Princess Street. It's a place yae'll never see oan postcairds. Cunts aroond here believe that a chippy or an oaff license or some cheap boozer somehow constitutes luxury. It's a fuckin dump, if ever there wis yin.

He pulls up the Range Rover ootside a dismal-lookin buildin in the middle row ae mair shinin examples ae neglected social hoosin. We baith jump oot the motor. Me, casual, him, slightly troubled. The street is calm due tae it still bein early doors. Ah follae him intae the unmaintained gairden and as we approach the front door, he's still yappin awey aboot how this boay is Don Corleone.

'Jist be careful in here, Aldo,' he warns me. 'Marv hus done three years in Brixton fur attempted murder.'

'That right, aye?' ah ask him, tryin ma best tae soond impressed. 'Well, ah'll start takin the cunt seriously when he kin git the joab done.'

Danny continues oan as if this boay should be carved intae the Mount Rushmore ae criminal royalty. Tae me, though, eh? he's jist another cardboard gangster fae doon south who hinks it's easy pickins oan the other side ae the boarder. He rattles oan the door and this Yardie cunt doesnae even flinch. Ah dinnae even gie him the opportunity tae knoack again, likes. Cos before Danny kens it ah'm slammin ma fists that hard oan the hing that they're aboot tae bruise. Suddenly, we kin hear movement comin fae inside the hoose. Consequently, what soonds like Fort Knox bein opened, the fuckin door calmly unloacks.

Danny shuffles his wey inside. Ah quickly follae his lead, dreadin tae hink what might await us baith inside a potential crack den. Pish and shite splattered across the nicotine stained wahs, probably. Or junkies lyin face doon in a puddle ae their ain vomit. Right noo we're faced wae a stocky Yardie, complete wae dreadlocks. He doesnae even seem aware that we're standin right in front ae him. The ignorant bastard guides us intae the livin room withoot utterin a single word. Awready this gangster number yin is rubbin me up the wrong wey. He stammers along the cairpet before dissolvin intae his couch that surprisingly wouldnae look oot ae place in a Sofology shoap windae. An image that unexpectedly hus tickled ma funny bone and ah cannae wipe the smile fae ma puss.

'Ah alweys wondered what happened efter the end ae *Cool Runnings*,' ah say, shakin wae laughter whilst takin stock ae the cunt.

This space cadet is too far gone tae inhale ma light-herted comedy routine. Whatever he's been puffin theday hus sent him oan a trip wae the fairies. Tae ma surprise, though, this Marvin is flyin solo and the hostile stare ah'm gittn fae Danny tells me he's only too clued-up aboot what film ah wis referencin. Realisin ah've miscalculated ma audience's sense ae humour ah decide tae regress back. Which leaves these two tae play oot this transaction.

The initial impression ah git ae the boay tells me he's similar tae masel in that he's fond ae hittin the weights. The muscles bulgin oot his simple blue vest is testament tae it. He's goat oan black shoarts tae complete the mornin look, n aw.

'Marvin?' Danny boay purrs in order tae entice him back intae the world ae the livin. Which is tedious work considerin his current nick.

Spooked doesnae quite cover the shock ah've goat fae findin a well-kept hoose. Kitted oot in aw modern furniture. Moreover, the church bells must be ringin cos Danny finally exercises his right tae speak.

'So, huv yae goat ma money, Marv?'

'It's on the tv unit, blood,' Marv unveils in a mixture ae a Jamaican, English and a strong London accent.

Danny turns and swipes a thick broon envelope oaff the unit that hus a cinematic telly planted oan it. Beyonce is muted oan the screen and is busy shakin her million-dollar erse aboot. By the time he hus the envelope in his hand he immediately begins coontin his wedge like some soart ae veteran bank clerk. Meanwile ah'm fulfillin ma duties by leanin oor his shoulder and playin the part ae his personal minder. Lookin hard, obviously, and aggressive.

A bong lays oan the coffee table, likes. Along wae a see-through bag ae green. The square mirror hus lines ae coke prepped and ready tae be snorted. A bank caird is also carelessly left oot, dipped in snow. A proper perty table it wid seem tae be, wae a mixture ae uppers and dooners. That's when a hoat plate catches ma attention. It's rested oan a bright green side table. An odd ornament fur a livin room, ah hink tae masel. Then ah remember, eh? that these Dredds yaise thum tae cook crack oan. This boay is a wrong yin ae that, ah'm in nae doot. Rollin a nice tight cone ae a spliff and identifyin a lowlife fae ten paces awey hus always been ma gift. Soart ae becomes instinctive bein able tae spoat a snake efter spendin time foldin laundry in Saughton.

Oor host lights up the bong and slowly inhales Mary Jane's side effects prior tae littin oot perfectly crafted hoops in the air. Slowly, but surely, Danny appears tae register that this guy hus miscoonted. Or mair probable than that, eh? he's testin the waters and ma patience.

'What's this?' he takes exception tae, aw dazed and huddin the envelope open.

'There's seven thousand there, Danny. You know I'm good for the rest.'

The yelly streak is awready developin across his belly. In order tae prevent this ginger cunt fae scarpin oot the front door, empty-handed, ah quickly decide that this situation is noo under ma jurisdiction. Ah brush Danny tae the side tae lit this Marvin ken that he's dealin wae me, noo.

'Yae might be able to buy yur sister fur that,' ah tell the boay, tae Danny's visible horror. 'Ah dinnae ken how hings work doon at Albert Square. But up here? yae pey what yae owe, right?'

Some demonic possession undergoes this Marvin. He's soon pacin aboot and starts actin agitated and energetic.

'Who's this guy?' he fumes, pointin his finger at me.

Ma fists are clenched and ah'm ready tae lit thum finish this heid tae heid.

'He's an auld mate ae mines, Marv.'

'Why are you here?' Marv questions me.

Which is ma signal tae come forward.

'Like he said, ya bam. Wur pals. That should be gid enough fur the likes ae you.'

'I need more time to pay.'

Furgettin this boay's debt lies wae Danny, and no me. Ah lay doon ma terms ae his submission.

'You've goat mair time,' ah yap. 'So, how does two minutes soond?'

Ma accomplice attempts tae play peacemaker.

'Ah'm certain we kin work suttin oot, lads,' Danny releases.

Ah dinnae even dignify that suggestion wae a thoat. Never mind a fuckin answer. Sensin that ah'm no a poser, eh? but, rather, that ah'm the real deal, this boay performs a swift reversal.

'No problem, big man,' he streams, almost droapin tae his knees. 'We're all friends, here. I'll pay the full amount, no problem.'

If ah widnae punch him in the puss fur it, ah hink Danny wid plant a great big smacker oan ma lip. Aw the same tae be honest, tae ma ain dismay the full balance hus been peyed. Therefore, nare GBH chairges are in the post. This boay wanders oaff tae a drawer and brings oot a thick roll ae notes, aw wrapped in a plastic band and passes it oor tae Danny.

'We are good? We are good?' Marv repeats, like he's goat some nervous tic.

Danny takes yin look at the dosh and confirms.

'Aye, mate. We're gid.'

Not satisfied wae jist gittin his approval. The boay refocuses his attention back on me.

'Are we friends now, blood?'

'Ah suppose,' ah tell him. 'Ah've been cawed worse. So, Marv? ah hear if ah want someboady nearly killed you're the man fur the joab. What are we talkin aboot, eh? close enough tae see the light but far enough awey that yae cannae pass through?'

Danny clearly wants oot ae here before the situation deteriorates. Fortunately fur him, likes, Marv seems unable tae translate Scots and aw ma class jokes seemingly go oor his heid. He creeps taewards the front door.

Tae boot that's when ma new BFF throws a spanner in the works, by pittin his airm aroond me before layin doon a proposal.

'I have very special merchandise. Let me show you both.'

Masel and Danny exchange a curious glance at yin another. Intrigue soon gits the better ae us and we lit him lead us doon the darkened hallwey. Aw the wey intae a bedroom. Ah brush his airm awey cos ah dinnae want him breathin oor me. Probably be a room filled wae knoacked oaff tellies or phones, ah tell masel. Yit what we find starin back at us brings aboot a sudden urge fur me tae scrabble fur the exit. An unresponsive and comatose scantily-dressed young black lassie is lyin sprawled oot oan the bed. Her long black hair is slightly coverin her puss and a crack pipe lies nixt tae her lifeless boady. She's no the first person ah've come upon in this state. But it's the fact she could pass fur a fresh-faced first year at high school that hus me and Danny peerin at each other, utterly speechless. This fuckin scumbag, though, eh? cunt is clearly brimmin wae a sense ae satisfaction. Like a cat who goat the milk, he inspects her drugged-up boady.

'You like them young?' he arrogantly prods us.

'Dae ah like thum young?' ah splinter, preparin masel tae poonce oan the dirty bastard.

However, before ah kin strike, Danny wedges himself between us as if he's suddenly Marv's defender. And he fumbles intae a panicked excuse fur us tae make oor exit, sharpish.

Aw the wey back tae the motor we dinnae chatter. Baith ae us are still reelin fae what resulted in there. Two bairns are playin kirby oot oan the street and they dinnae look any aulder than that lassie. Still, we dinnae even share a tattle between oorsels. He sticks the key in and the engine starts.

'Aldo,' he preaches, wae his hands white-knuckled oan the steerin wheel. 'That cunt is a piece ae shit. But it's nane ae oor business, agreed?'

'Nane ae oor business, agreed,' ah mindlessly repeat back at him.

Efteraw, it might be a tragedy. Except, still, eh? somehow, ah ken he's right.

...

Themorra brings a new day and ah'm awready feelin motivated. What that Marv did tae that lassie grated the skin oaff ma back. But, ah decide, it's in the past. An early start tae the day hus kept ma mind occupied oan other hings and ah'm chuffed wae the ootcome. Bruce is bein pampered and cared fur by the tidy-lookin dug walker ah hired. The little man understands the sirloin steaks and coontless luxuries he's become accustomed tae dinnae grow oan trees. Bang oan time the lassie hus fell heid oor heels fur the auld Brucie charm oanslaught. Well, she's only human, eh? There willnae be a dry eye in the hoose when he graduates fae 'Amber's

Doggy Academy'. Business, however, needs tae be ma yin and only focus at the minute. This isnae the time tae lit fond memories ae the wee fella sway ma priorities. That's why ah'm rallyin through Gilmerton, eh? oan ma wey tae ma mate's loackup at Bilston Industrial Estate. Yit, in what is a split-second turn ae events, ah kin suddenly hear a commotion comin fae the back ae the motor. At first ah thoat ah might hae hit a speed bump but then again it could be ma 'special' cargo bobbin aboot in the boot. Ah crank up the airwaves tae droon oot the noise, tae enjoy a rare drive oot in the sticks and a much better standard ae healthy livin. Only fifteen minutes later ah've arrived at ma mate's secluded loackup. Ah expertly reverse the motor inside. Yince parked ah decide tae heid roond tae the back tae inspect the culprit ae that clatter. Consequently, ah pop the trunk open, and the offender's face brings me absolute and unadulterated joy. It's nane other than ma pal fae yisterday, Marvin. He's bound and gagged. His phone is vibratin and his muffled pleas are the only soonds tae be heard in this rather large storage unit.

The slither ae light peerin in shines a torch oan his battered and bruised puss. Ah gie him an ominous smile.

'If you're the prayin type, son,' ah tell him, 'then this wid be a gid time tae commence' and wae that ah gie him a rocket ae a left hand.

The boay is quickly strapped and confined tae a widden chair. Soft groans come fae him, it's noticeable that he's no fully recovered fae that blow. Ah've goat ma butcher's apron oan and ah'm carefully examinin ma tool kit. Fae the rusty pair ae pliers doon tae the baw peen hammer, ah intently analyse thum. As if ah'm some surgeon aboot to pit a patient under the knife. This boay eventually comes to and the sight ae me in ma operatin gear, airmed wae mair tools than a carpenter, injects him wae an adrenaline surge. He attempts tae rock back and forth in the chair in a desperate, yit futile attempt tae brek free fae the ropes. Ah've no goat the hert tae even tell him, likes. Harry Fuckin Houdini himself couldnae perform an escape fae that seat.

'Glad yae could join us,' ah announce, wavin ma hammer in the air. 'Ah jist want yae tae ken that ah came tae yur hoose wae the best ae intentions. But showin me that lassie wis a mistake.'

This big bad gangster fae London's deep south has become a quiverin and remorseful wreck. Ah jist need tae gaze intae his petrified eyes tae ken this. However, ah return tae ma tools and tactically hud each yin the air. And every time ah dae it hus the desired effect ae ensurin he squeals fur his mammy.

Ah pit ma toys awey fur a minute, makin ma seat directly in front ae his mashed-up puss. This loackup is dingy and suffocatin, even fur me. Ah pull ma ciggie packet fae ma poacket and light yin up.

'Want yin?' ah ask wae a smile before stuffin the packet back inside ma poacket. 'Ah'm sorry aboot ma temper,' ah tell him. 'Ma mum always tells me ah should take deep breathes. But ah never remember.'

Mair than even before this guy is desperately tryin tae brek free. Ah decide tae remove his gag cos ah'm interested tae hear what's oan his mind. Plus, even the cockroaches oot there in the derelict buildins couldnae hear him scream fae here.

'Let me go!' he desperately pleas, his puss aw swollen and bloodied.

'Aw in gid time, son,' ah convince him. 'Here, kin ah lit yae intae a secret. People hink it's the drugs that sent me nuts. But they're wrong. It's jist me, eh? who ah um. Ah wis a horrible wee bastard fae dae yin. Luckily fur you ah foond masel a Bruce and ah've mellowed oot. Oan the other hand ah'm still crazy enough tae skin you like a fuckin rabbit!'

Ah jump up and gie him a bone crunchin boady blow. The boay is coughin and splutterin everywhere. This is when ah decide tae heid straight back fur ma DIY kit. Movin this cardboard gangster tae beg fur his miserable fuckin life.

'I will do anything. Just let me go!'

Ah burl aroond and grin.

'Ah need you tae fuck oaff back doon south and tell yur mates tae keep their crack and kiddy porn oot ae Edinburgh. Cos if ah git a whiff ae yur reggae-reggae sauce up here again, ah'll perform open hert surgery oan yae. Goat it?'

'Anything you say, my friend. On my life,' the boay woefully asserts.

Ah stroll taewards him and deliver yin final payoaff.

'Of course,' ah tell him. 'Yae dinnae need tae be in yin piece tae deliver that message.'

Words that quickly wash awey any feelin ae relief he hud and steerin me tae gag him up again fur what will be a long and very painful few hours fur him.

CHAPTER 5
The Committal
DOUGIE

Ah arrive at the entrance leadin up tae Mortonhall Crematorium accompanied by Craigy. We baith agreed it wid make mair sense tae git here sharpish. That wey we git the pick ae the best seats. This dafty hus been giein me GBH ae the ears wae his constant pish and moanin. Ever since we hoapped oan the bus fae The Walk the cunt husnae stoapped. He's been in the huff cos ah insisted we wear traditional and respectful ootfits. A black suit and tie wae matchin trousers and a white shirt. Bein the dregs ae this double act he wis full ae complaints. Insistin that the hunner quid ah spunked in Matalan wis a 'waste ae fuckin money'. Mibee he's goat a point, likes. In ma opinion though, it's better than showin up at this spoat like him, the miserable scaffy bastard that he is. Efter Cammy's sudden and unexpected death ah never goat the chance tae find oot much aboot the actual service itsel. This combined wae the fact ah refuse tae faw victim ae social media. Resistin any desire tae document tae the world what a borin bastard ae life ah lead. Ma only line ae communication tae aw the gossipin and busyboady bastards in Leith is this man walkin beside me. And even the details he oaffered seemed vague and unreliable, tae say the least.

'It's at half two at Mortonhall. That ah do ken. But ah hink yae kin wear fuckin anyhing. Fuck knows.'

Ah wis mair than a little conscious ae the fact that this is a funeral we are aboot tae attend. No as if it's the fuckin East End Stand at Easter Road oan a Saturday efternin. Neither is Craigy a reliable source ae information at the best ae times. A failure in his character which is maistly a consequence ae him bein pilled oot his nut aw the wey through adulthood. A point worth considerin, ah thoat. Which led me tae make an executive decision oan what we should be dressed in oan what is this sad and morbid occasion. He hummed and hawed, likes. However, he came aroond tae ma wey ae hinkin. Otherwise, he wida turned up tae the service in his tracksuit and a dirty pair ae Nikes. And before we could even station oor erses doon oan a seat we'd baith be trendin oan Leith Twitter.

Efteraw, eh? funerals are awready curlingly awkward, withoot bein the two halfwits who are standin oot fae the crowd. Naeboady is ever quite sure how tae act at these events. Apart fae, of course, oafferin the grievin faimily a few meaningless words ae support. The day it's notably braw and cloudless which is ironic considerin wur soon tae be crammed intae a room full ae pain and sufferin. The very vision ae the toap ae this sharp-edged buildin hus sent a cauld shiver runnin doon ma spine. Ah've been presented yit again wae an uneasy feelin ae déjà vu. Mainly cos this place gave me the fuckin jitters the last time ah wis here tae bury ma granny. She wis yin ae the few people in ma life who ever made me feel special.

And then, before ah ken it, an oadd awareness strikes me. Which is that wuv no encoontered any familiar pusses oan oor travels. Yin clear sight ae the chapel and it's lush woodland. Which, by the wey, looks like a mini cathedral. Besides aw ae a sudden these concerns are quickly dispensed wae, since there's awready a fair amount ae mourners present. A portrait that hus sent me and Craig clamberin tae hit pause and wur baith firmly glued tae the mark. Neither is it their impeccable punctuality that hus left the two ae us feelin paralysed. It's their choice ae attire fur this funeral, likes. They've aw went fur a casual look. In what is a clear united declaration ae '*Fuck tradition*'. Ah dinnae hink ah've seen this many brightly coloured cunts gaithered at yin event since ah chummed ma cousin Brendan tae Pride Edinburgh. Ma spider senses huv started tae tingle and that means only yin hing. Craigy is jist aboot tae spew his usual patronisin words ae, '*Ah telt yae*'.

Ah'm no aboot tae gie Patrick Fuckin Star the satisfaction ae tellin me he wis right and that ah wis surely wrong. In a pre-emptive assault ah warn him as ma eyes glare intae this rainbow coloured crowd.

'Dinnae you say a single fuckin word.'

We baith make a reduced speed and reluctant walk tae join the other mourners. In ma heid ah kin awready hear the funeral procession pissin thumselves laughin yince they cloack the gear wur wearin. Ah cannae see Craigy's puss at the minute as he walks nixt tae me but ah ken he'll be wankin himself silly the night at the thoat ae bein right.

A generous turn oot are here tae pey their respects, which is mair than surprisin when yae consider Cammy wis never really kent as 'Mr Popularity' when he wis still amongst the livin. Accordin tae Mr Leith standin nixt tae me there's a free bar at the wake which might explain why there's such a strong presence. Nae doot a flood ae crocodile tears will be shed, n aw. Shockingly, Aldo's apparently pickin up the tab at the end ae the night which is very oot ae character considerin he's a legendary tight erse. Funnily enough, eh? ah never even realised him and Cammy shared anyhin mair than a dealer and punter relationship. Still, this generous gesture gies me a speck ae hope that he still retains a sense ae humanity underneath aw ae that testosterone and droids. There's even been sightings ae him bringin messages tae the hoose fur Cammy's widow Karen and her two little bairns. Ah've no heard fae him lately although that's mair than likely explained by his devotion tae the deid man's bereaved love yins. She's a nice enough lassie, Karen, nanetheless, she's nae oil paintin and is probably the soart ae burd who farts through her front hole. A fact which pits the shutters doon oan the thoat that he's tryin tae git fired intae her.

Members ae the congregation are reservedly stood there ootside the chapel. Some ae thum are busy readin the condolence messages scrawled doon oan the cairds attached tae a cluster ae beautifully presented wreaths, which are aw lined up uniformly across the front ae the buildin. As tradition dictates aroond these parts maist ae the wreaths are coloured in the famous green and white ae the fearsome Hibees. Oan the spoat, as ah inspect the guests, ah cloack a puss that ah've no see in a long-time. It's nane other than Doc. He's an imposin figure, likes. Deep intae his forties. He's hard at work listenin tae Amanda Miller. The lassie in the shoart bright pink skirt. Doc's a bit ae a local legend oan accoont ae him bein a Capital City Service toap boay. A proper fuckin nut who, gone by his Lacoste tracksuit, hus refused tae abandon the terrace fashion. Despite him bein a grown man wae a wife and bairns and a decent joab wae the bank, his favourite pastime is that he still likes nuttin mair than spendin his weekends tourin Scotland's city centres crackin the heids ae the country's youth. Or, as he wid often caw it, performin his dutiful public service.

Fae the moment ah make eye contact wae him ah notice he's lookin the pair ae us up and doon. Nae question it's almost certainly sunk in what the fuck wur wearin. He rapidly stoaps talkin tae Amanda mid-sentence and points at us. She wildly starts pissin hersel laughin carried awey and soon he joins in. Plus, it's no long before his laughter spreads quicker than the Omicron variant, leavin us two wantin the groond tae swallow us up, and fast.

Neither yin ae us are able tae conceal the embarrassment aw this attention hus dumped oan us. Wae the hysterical laughin bein set free fae the crowd yae could be mistaken fur hinkin wuv jist executed an amazin double act at the open mic night at The Stand Comedy Club oan York Place. The curvy Amanda wae her broad hips and small waistline, finally crushes her gigglin, arguin in her obnoxious view that, 'You boays are too much fur me'. Wae that she lurks awey amongst the crowd ae fellow laughin grievers. Presentin the domineerin Doc a space tae proceed taewards us.

'Awright, Doc,' ah say. 'Long time no see, eh?'

'Aye, it's been a minute, lads,' he wheezes trying to contain his laughter wae a faint smile, delivered by a cheeky comment that he's burstin tae unleash.

'Jist yin question, lads. Do you know what they call a Quarter Pounder in Paris? A Royale Wae Cheese,' he chuckles, pissin himself sae hard it becomes instantly apparent that the cunt is indisputably his ain favourite comedian.

Craigy is standin there wae his wheels spinnin. Up until his brain cells finally awaken.

'Oh,' he natters, snickerin. 'Ah git it, Doc. *Pulp Fiction* yae mean, aye?'

Ah, of course, kent right awey what the cunt's comment wis a reference tae. Unlike Craigy ah didnae hink it warranted a response.

'Did yous no read the invitation?' Doc enquires, still half sniggerin. 'It clearly stated you wur tae dress colourful.'

'Does it look like we goat the fuckin invitation?'

'Deary, me,' he scoffs and jeers. 'Ah alweys thoat Aldo wis pullin ma leg aboot yous two.'

'Aye, well,' ah tell him directly before ah uninterestingly enquire how life's been treatin him lately.

'Dinnae, mate,' he sulks. 'Ah've goat the wife in yin ear and the mistress in the other. Only hing that's keepin me sane the noo is oor meet wae the West Ham boays. They're comin up fur a reunion nixt Saturday, eh? Pure psychopaths this lot, likes. Ma mate George loast an eye the last time we met up wae thum. Yous two should come along, it should be a giggle.'

Ah stand beaten by the Mad Hatter's suggestion and ah ken me and Craigy speak wae yin voice when ah say, 'As appealin as huvin a group ae nutjobs fae London tooled up and bayin fur ma blood soonds, ah hink we'll take a rain check oan this occasion, Doc. Cheers anywey though, mate.'

'Yae dinnae ken what yur missin? Aldo's comin along,' he dangles in front ae us through his tough guy harsh voice.

Well, that is neither surprisin nor shockin tae anyone. Aldo wis never intae fitbaw-inspired violence he's jist intae violence. When yae take this and add it tae his love fur a scrap and hatred fur Cockneys, this 'reunion' will be like a Jolly Boays' ootin fur him.

'Speakin ae Aldo, mate,' ah question Doc. 'Huv yae seen him?'

'Nah but ah heard he's arrivin in the faimily cars wae Karen and the bairns,' he confers as ah watch mair folk arrive. 'That boay's goat a hert ae gold, eh? Yae ken he's barely left their side since Cammy's unfortunate mishap.'

Ah dinnae say anyhing tae him and neither does Craigy who looks as clammed up as me by this revelation. This ordeal hus went fae a funeral tae a world premiere wae yin lash ae his tongue, likes. Four words 'hert ae gold' and 'Aldo' bein yaised thegither in a single sentence is a first. Yit ma brain is gradually drawn tae Doc's comment aboot 'Cammy's Mishap'.

It's goat me refocused oan a question that ah've been meanin tae ask.

'How the fuck did Cammy die?'

'Dae yae ken how Cammy passed, likes?'

'Aye, ah do,' he admits, soberly. 'He wis hit in the heid wae a golf baw.'

'Doc,' ah says unamused. 'This is the boay's funeral. Dae yae really hink it's the time fur silly jokes?'

'Ah'm no fuckin wae yae,' he objects. 'The silly sod wis aboot tae take a shot oan the fifth hole at Lochend Golf Club and a baw came oot tae naewhere and hit him oan the heid. Killed the cunt instantly. Pretty fucked up, eh?'

Ah'm tongue-tied at how sincere he is wae the information he's jist served up. Craig's inexpressive puss suggests he's tight-lipped tae.

'Did yae ken aboot this?' ah ask him soondin pushed.

Ah soon excuse the pair ae us fae Doc before we step through the doors at the main chapel's entrance. Craig alters his course and speeds oaff oot the buildin. Wae the wey he left wae his legs croassed ah'll take it he desperately needs a whizz. Which he confirms is an accurate assessment when he shouts back.

'Ah'll see yae inside, mate. Ah'm burstin.'

Allowin me tae set oaff oan the long walk along the aisle oan ma lonesome.

People are awready startin tae fill the place up wae the

locals. Probably gittin in early so they can nab a seat tae forecast the faimily's arrival. The height and grandeur ae the interior is still mesmerisin even the second time yae witness this place.

Its brilliantly white-painted interior is arrestin, a soarin space wae natural light seepin through, provided by the vertical windows at the rear, complimented by the glowin coloured gless and the domed light fittins hangin oan long cables. Ah estimate this venue must hud approximately two hunner grievin guests oan these fitted pine benches. Aw thum will be required if this free bar proves tae be anything mair than a rumour. Observin the layout, ah cloack what looks like an organ that's located right above the entrance door. A spiral staircase at the side leads up tae the hing.

A mixture ae friendly and no sae friendly pusses ah acknowledge. Ah snap up a seat in the centre row, oan accoont ae the grumblin voices ah heard passin doon the aisle, mines and Craigy's choice ae claithes are still a source ae amusement fur some. Ah shift doon tae the end ae the row and that's when ah notice two youthful lassies flyin aboot at the front. Since they're baith wearin dark grey tartan uniforms ah become convinced, they must be staff members. Mair and mair people are seekin shelter inside the chapel. Maist folk stroll up tae the front row which as custom dictates is occupied by some members ae his clan. Some pit their hands oan the weepin and wailin faimily's shoulders. Fae ma viewpoint an overstated wey tae pey their final respects. Cunts are sittin wae poackets stuffed wae yaised and unyaised tissues. The audacity ae others who have shown up is breathtakin cos a few people are treatin Cammy's funeral as the matinee at the Odeon Cinema oan Lothian Road by stuffin their puss wae mints. Craigy is still AWOL and naewhere tae be seen, though. His departure leaves me wonderin if he's loast his wey or suttin. Bang oan the money, ah hear a familiar and breathy voice that buzzes in.

'Hey, Dougie.'

It soon becomes clear that ah've been joined by nane other

than Lawrence Carmichael. This is a boay who wis born far awey fae the ugly side ae the toon. If yae kin believe it, his granda is a well-kent and respected judge.

'Oh, awright, Lawrence,' ah say. 'Ah'm jist waitin oan Craigy.'

'Yeah, I thought I saw him earlier,' he tells me, whilst clumsily takin his seat. And he doesnae beat aboot the bush admirin ma costume. 'Have you got a wedding after this, Dougie?'

'Nah, mate,' ah say. 'It's a long story, likes. Jist furget aboot it.'

He might no look like it, eh? especially since he's wearin a dazzlin yelly tux that's brighter than the fuckin sun, except Lawrence is the best conman in the hale ae Edinburgh, if no Scotland itsel. Rumour hus it he hud a sparklin future as an actor and wis a graduate ae the esteemed Royal Conservatoire of Scotland drama school. That, of course, wis only until he foond cocaine. Mair importantly, eh? until he croassed paths wae Aldo. Cos as soon as that happened that's when his actin dreams faded. Resortin tae becomin a simple chancer whose talents fur connin cunts wis there tae pit tae yaise by Aldo whenever it wis required. The cunt's clearly been up aw night snortin his brains oot, n aw. His eyes look wired as fucked, likes. Evaluatin his underweight physique it's obvious tae me that his diet still consists ae sivin grams ae snow.

It's no long efter Lawrence's arrival that Craigy reappears.

'Ah goat chattin tae stun gun Stevie, Dougie,' he lits slip. 'Ah couldnae git awey fae him.'

Ah quickly hush him doon as ah notice that the service is aboot tae start. Staff seem tae be preparin thumselves fur the appearance ae the hearse. But still, eh? there's nae sign ae Aldo or Karen fur that matter.

Efter the hall teems at near full capacity it abruptly becomes serene and stable. Ah try tae git as comfy as possible oan this swanky-lookin school bench. Ah take a quick gander, skimmin the room. The chapel bein inundated by so many different walks ae life highlights how effective the promise ae a free drink kin dae tae motivate the locals. Gittin cunts tae take up the COVID vaccine wid huv run a loat smoother if the government jist laid a free bar oan at the centres. It's silent, deid fuckin silent, except fur a few throats bein cleared and muffled cries drainin fae the front benches. If a pin hit the flair right noo, it wid soond like a fire alarm goin oaff. Although, the palpable lack ae noise is quickly eradicated by the blastin vocals ae The Killers tune, 'Mr Brightside'. An alarm that kick oaff is upon us and the hearse is parked ootside. In what mimics a masterclass in choreography the hale room rises as yin. The oaff-the-cuff upbeat choice ae music affirms ma earlier suspicions that this service isnae follaein normal protocol.

Six pallbearers come in through the entrance wae the coffin hoisted oan their shoulders. The spoils ae Cammy's last hoose hunt is draped in a commandin orange veil. Each boay servin as yin are suited in blindin colours and ah'm convinced that ah might need sunglesses if ah plan tae look in their direction fur much longer. In fact, it feels like ah'm gapin intae the boattom ae a bag ae Skittles. Two crestfallen pallbearers ah identify as the deceased's best pals, respectively named Gary and Scott and who are widely regarded as the Beavis and Butthead ae Edinburgh's illegal ingredient. The highlight ae their criminal career bein when they done Leith Primary's tuckshoap. Whatever their occupation or credentials it cannae be easy pittin yur mate tae their bed fur the last time. Baith ae thum are strugglin wae how unsteady they seem oan their feet. Or they might jist simply be melted. Ah mean, the boax cannae be that filled, fur cryin oot loud. Cammy never weighed any mair than Bobby Sands oan the sixty-sixth day. Ma driftin notions are reeled in by irritatin snortin soonds comin fae nixt tae me. Ah dread tae hink what ah'll find when a start ma ain investigation intae who's nibblin at ma ears. Nae surprises are thrown ma wey cos it's nane other than the cocaine fuckin cowboay himself, Lawrence. This loony is carefully yaesin a gless vial tae sprinkle some white powder oan a small silver spoon before hooverin the gear up his beak.

'Lawrence,' ah utter, in hushed tones. 'Where's yur fuckin manners?'

He apologetically huds oot the silver spoon.

'Sorry, Dougie, I didnae think you'd fancy a toot?'

Ah shamefully tell him what he kin dae wae his cocaine toolkit.

'Pit that shit awey. Yur at a funeral, fur fuck's sake. Show some bloody respect.'

'Dougie's right, mate,' Craig makes known tenderly.

Him backin up ma point shows a real sign ae maturity oan his part. Ah'm almost split open wae pride before he ruins it by lingerin oan.

'At least wait until the wake.'

'You're right boys', Lawrence reflects oan, whilst snortin air tae clear his nose. 'Just funerals get me every time.'

By the time ah shake oaff what ah've jist witnessed ah catch the pallbearers carefully layin doon the coffin. They place it doon oan this flat widden frame that's covered with a gold sheet which is positioned in the centre ae the front. Wae such grand cloths pit oan view theday, it feels as if wur here fur the burial ae the Queen and no a cokeheid taken oot rashly by a misfirin golf baw. The yins chosen tae cairy the coffin strive taewards the front benches and take their seat alongside the rest ae Cammy's nearest and dearest. Those two lassies dressed in the shortbread tin costume are circlin the boax while they await the belated arrival ae the minister and Karen. Of course, Aldo is still lurkin in the shadows waitin tae apply himself oan proceedings. The music halts and everyone is soon saddled in and in a puff ae smoke Karen becomes visible. Grief husnae aged her well cos she's every bit the staffy chew toy ah remember her tae look like. An indigo dress and heels fae Primark complete her ootfit. Her overuse ae the makeup hus her tagged even mair undesirable. She loiters doon the aisle and seems tae be genuinely grief stricken. Her nostalgic peepers convey she's strugglin tae control the pain. Soon aw the attention is zoned in oan her. Wur aw left imaginin the theatrics that will unfold yince she draws tae the nose ae the chapel. Oan the dot her legs become unstable, and they submit tae the anguish. She involuntarily collapses tae the flair in a fit ae tears. Some random wumen takes oan the role ae a carin pal and goes tae show her compassion. She pits her airms aroond Karen sae hard in fact, that ah fear this might become a joint funeral. Aldo flings the doors open makin a spectacular entry, as only he kin, wae two Saughton Mastiffs trackin along behind him, giein me flashbacks tae fuckin Darth Vader.

This diversion, courtesy ae Aldo, if no a tad theatrical, is a welcomed yin. Cos it gies the guests a minute tae furget the powder keg that is Karen. It also oaffers her pal the room tae escort her back tae her seat withoot raisin too many eyebrows. Aldo's positioned in front ae his audience and in typical fashion he's kitted oot in designer gear. An orange Fred Perry shirt and black jeans. Accompanied by his constant Timberland bits and he's broat two knucke draggers along fur moral support. These two minions ae his remind me ae a pair ae Category A prisoners who huv jist been paroled. Their hale demeanour yells fae the mountain toaps that they're baith products ae the toon's violent hoosin schemes. A section ae Edinburgh that is the breedin groond fur Aldo tae conduct his recruitment drive. Oafferin the criminally insane gainful employment.

He's in the middle ae preppin fur his much-anticipated speech when Father O'Neil materialises, a physically weak and ailin senior citizen who is laced up in a long violet robe and dug collar. His puss is timeworn and creased. This is a man who hus spent his life helpin others. He popped oot fae a side room wae a small bairn clutchin a teddy bear beside him. This poor angel's been sheddin tears and it clicks why ah recognise her angelic wee puss, eh? She's Cammy's newest yin. Her strength is increasin and that is when Aldo crouches doon tae speak tae her. Actin aw concerned and in the maist deid pan expression yae'll ever see in yur life, he delivers a line that Frankie Boyle wid struggle tae peak.

'Did he touch yae, Claire?' he lits droap, jist loud enough so that the entire fuckin room kin hear; aw gaspin in horror as soon as the words huv left his mooth.

'It's awright, Hen,' he advances. 'Yur safe noo,' he says before he bursts intae a fit ae laughter right in the lassie's puss.

This little damsel in distress looks as thrown as everyboady watchin cos she's too babyish tae ken what he wis implyin then rushes awey tae sit wae Karen. That pits Aldo face-tae-face wae a mortified Father O'Neil.

'Jist a little church humour, Father,' he tells him, follaed quickly by a playful punch.

Father O'Neil, like the rest ae a room, is still in a state ae hysteria wae the words that jist passed fae Aldo's lips. He finally mumbles and flounders a response.

'It was not very funny, Aldo,' before he hurries awey due tae Aldo buryin himself under his skin, seemingly, furgetin why he's even here in the first place. Even so, Aldo returns his focus tae his awaitin crowd and take his position oan this raised stand which ah'm guessin is intended fur the priest tae conduct his service. Prior tae Aldo ridiculin him in front ae his entire flock he looked aw set tae git hings underwey. Oan the face ae it, it wid seem Aldo hus taken oor the operation. Kennin the loon like ah do ah've goat a feelin he's aboot tae shout suttin that'll guarantee tae will makes this a funeral fur the history books.

The lowbaw joke hus certainly sent tongues waggin, though. What wae the extent ae dronin voices ah kin hear in the area. And that's when Craigy, in a low voice, asks, 'What dae yae hink Aldo's plannin, Dougie?'

'Well,' ah tell him. 'Ah'll jist pull the crystal baw oot ma erse and find oot. Ah ken as much as you do, dafty.'

He eases up withoot giein anything back in return whilst Lawrence remains quieter than a library. In advance ae cautionin us aboot what might lie behind Aldo's true reasons fur bein centre stage.

'It's not worth thinking about, boys,' he notes flappin.

Ken, what? Fur the 'Coked Up Conman ae the Year', he's pit thegither a lucid and logical statement. Cos it's no long before Aldo quietens the room tae settle those in who huv turned up, tae grant him the flair so he kin voice his peace which is a command wisely obeyed. Cos it's nae secret that Aldo's no a boay who repeats himself.

'Ladies and Gentlemen,' he declares, standin oan his platform like some world leader addressin the UN. 'We are gaithered here theday tae say gidbye tae yin ae oor ain. Nevertheless, before the service begins ah wanted tae address a rumour. Ah ken people here are expectin a free bar at the wake. But, sadly, eh? there's been a change ae plan. There's nae free bar. In fact, there never fuckin wis yin.'

This is hardly an earth shatterin news tae me, eh? Through painful personal experience ah ken the lengths he will go tae avoid gittin a roond in. Never mind fundin a piss up fur hundreds ae people he barely kens. His confession does, however, send the mourners tae question why they've even showed up. Maist ae thum are awready heidin fur the fire exit. Suttin that oaffers an inklin as tae why this funeral hus pulled in mair supporters than Leith Star. Bless him, it's jist Cammy wis often viewed as a simpleton ae the highest order. Even Lawrence and Craigy tried tae bail but no before ah hampered their early escape.

Durin aw the ruckus Aldo maintains his self-indulgent sermon.

'Precautions huv been taken,' he makes known. 'Anyboady who leaves noo will find twenty others like these two waitin ootside. This is of course, a democratic society. So, yae are free tae leave. However, be warned, eh? yae will be runnin the Saughton gauntlet.'

Realisin that this is nae veiled threat, yin and aw who stood up tae leave are quick tae reclaim their seats. Accordin tae the pusses littered aboot the hall this fiasco hus rotated intae an abduction and no a memorial service at aw. Besides, likes, ah've goat a hunch that we've only touched the edges ae Aldo's warped mind.

His palm doon gesture is his wey tae try and keep alive order oor his disappointed spectators. Miraculously it seems tae work, n aw. Cos the groans and murmurs come tae end at that moment.

'Noo,' he tells loomin intae his listeners. 'Ah ken everyboady here is gutted by this news. And ah'm a man ae ma word if nuttin else. So, this bein the case, ah propose we hud a whip roond tae cover the drinks. Lit's show people that Leithers ken how tae take care ae their ain. Um ah right?'

This call tae airms goes doon quicker than Monica Lewinsky in the Oval Office. Aldo's puss faws flat by the reception and ah kin hear him talkin tae himself.

'Tough crowd.'

His two meat heids huv stuck oot tae me cos they are noo huddin a clipboard and bucket. A strange sight ah tell masel and ah'm unable tae pinpoint what this means fur the rest ae us. Aldo composes himself and accelerates his lecture.

'Listen,' he declares. 'Ah ken what yur aw hinkin, eh? Aldo, this is a fuckin funeral and ah've no came wae any money cause it wis meant tae be a free bar. But like ah've alweys emphasised, eh? yur credit's gid wae me.'

An ootbrek ae turbulence quickly passes through the chapel. It wid seem naeboady is able tae remember what broat thum here in the first place. Even Father O' Neil husnae came oot ae hidin yit. Karen cryin her eyes oot fae the front hus clarified that this is a hert-brekin moment. First of aw, Aldo bein Aldo, he widnae allow a mournful widow tae take awey his moment in the limelight. What's mair he begins talkin boisterous enough tae droon oot her tears.

'Give generously people. We're no tryin tae feed some starvin village in Africa or grant yin final wish tae a dyin bairn. Shrapnel will not be accepted. It's a twinty quid minimum contribution. If yae dinnae huv peyment provide yur details tae ma two public relations officers and they will arrange a hoose visit tae collect.'

His two goons step forward and Aldo gits oan wae an icebreaker.

'These two upstandin members ae the community will start takin donations durin the interval,' he firmly establishes.

Aldo then motions tae thum.

'Please meet Mad Dog and Dangerous Darren McCormack. Dinnae be alarmed, though. They are under strict instructions tae commit nae acts ae violence...unless provoked.'

Unless provoked? Does that jist mean eye contact or wearin the wrong shoelaces ah assess. Cos, these two radges dinnae look as if they need their airm twisted tae go tae war. And this is when some boay who looks recognisable is oan his feet takin exception tae the course this funeral is takin.

'This is a fuckin joke. We're meant tae buryin ma brother!'

Aldo stares at him and looks irritated by his provocation.

'Yin mair remark like that and you're oot ae here, pal.'

In denial aboot who he's dealin wae the boay admirably stands firm.

'Fuck you!' he strongly shrieks.

Yae dinnae need tae be CID tae infer that's he's simply overcome wae pain. Like ah mentioned earlier, Aldo doesnae say the same hing twice.

'You're oot ae here, daft cunt.'

Aldo then prompts his two thugs tae remove the boay fae the buildin by any means necessary. The knoacked-fur-six grievers, includin masel, watch in horror as these fireworks haul Cammy's brother oot the chapel constrained and forced. That's when a quiet flowery voice reminds Aldo that it is Cammy's siblin and he's expected tae deliver the eulogy.

A compellin point, likes. Yin which is withoot delay disregarded by a livid Aldo.

'Well he should huv thoat aboot that before he turned this hing intae aw aboot him,' he roars throwin a temper tantrum.

Then he persists.

'Ah'll dae the fuckin eulogy masel. How hard kin it be eh? The boay's gonnae be missed by aw. The cunt wis a lovin husband and faithur n aw that crap. Ah kin lie as well as anyboady.'

Efter this compassionless comment he departs the soapboax

disbandin the service fur an intermission. Ah've only ever been at two send-oaffs in ma puff except suttins tellin me the wae the room wis so still, that an interval isn't the done hing. Suggestin this day is fast becomin Aldo's very ain yin man show. Ma heid's that scrambled ah start tae feel that ah'm hallucinatin and ah'm right back at that yin Justine dragged me along tae durin the Fringe last year. Funnily, enough, eh? ah wis forced tae ootstare the cloack through that ordeal. Bearin in mind Aldo's welcomin perty is waitin ootside, ah bow tae peer pressure by no flinchin. Aldo hus loast sight ae today's agenda which is that we're only gaithered thegither tae bury Cammy. It's hard tae avoid the strikin reappearance ae his muscle who are forever perusin those here tae pey their respects. Yae cannae look past the reality that the deceased's coffin is a trivial prop fur Aldo tae shake doon his fellow Leithers. As fur him, he's oaff playin the concerned friend ae the faimily and seems tae be at hame in his role. Strange, when yae bear in mind that he appears deid set oan prolongin their misery so he kin add tae his bank accoont.

Thankfully his unconventional methods huv gave me some time to look back oan some ae the highlights so far, allowin masel the fortune tae assess the situation by consultin wae Lawrence and Craigy aboot current events. What wae the weight ae speculatin voices we're surroonded by likeminded people. Far fae bein casual acquaintances wae Aldo, unlike thum, we ken tryin tae second guess his nixt move is senseless. Truth is, yae need tae weather the storm and hope tae fuck yae somehow survive long enough tae share yur story. Even when faced wae immense fear ah still cannae shake the fact these two disciples ae Aldo havenae shown their hand yit. They've noo started orbitin those gaithered brandishin their buckets and notepads. Happily, distribuitn a menacin catchphrase tae the petrified mourners.

'Twinty quid? or step ootside?'

A simple, but nanetheless, effective, proposition, eh? cos folk quickly produce their wallets or purses and hesitantly part wae their dough. Or, in maist cases, they provide these fruitcakes wae their address. Some patrons even concedin details ae their peyday. Or their nixt jiro or their pension, or whatever else payment method is acceptable. Ah remain defiant in the eye ae such hostility. Efteraw ah happen tae be yin ae Aldo's auldest and closest pals and despite lackin many morals he kens the worth ae friendship. They dinnae come along very often but noo and again perks tae bein his mate come intae play. And gittin oot ae kickin intae this kitty is surely yin ae thum. Ah'm busy conferrin wae Craig and Lawrence aboot what will happen nixt yince Aldo's pantomime returns fur its second act when they suddenly turn chalk white and shit thumselves oan the spoat. Ah turn behind me tae identify exactly what's caught their imagination, likes. It doesnae take long fur me tae regret takin an interest aboot what's goat thum sae skittish. Cos ah've goat those two undesirables attached tae Aldo's pinny breathin doon ma neck. Baith ae thum bear a resemblance ae a croass between Mike Tyson and Travis Bickle fae *Taxi Driver*. Neither ae thum speak a word, though. Rather they remain still and ah cannae lie, eh? ah feel uneasy. Fightin against ma better judgement ah decide tae jump before ah'm pushed.

'Kin ah help yous?' ah say in ma maist polite tone ae voice.

The taller skinheid wae tats oan his neck steps forward. He's massive wae cauld eyes and ah doot the word compassion is in his vocabulary. Mr Fee-Fi-Fo-Fum might no huv a name tag attached tae his active pink adidas hoody but ah place him as the illustrious Mag Dog.

'Listen tae this fanny, eh, Daz,' he gies awey in a towerin rage. 'Askin questions, demandin fuckin answers. You've goat some pair ae baws oan yae, son.'

Ah'm pickled, likes. Ah dinnae ken why ah've been handpicked fur such a roastin.

'Ah wis only askin yae if ah kin help yae.'

As ah explore deep intae their eyes it's like glancin intae a boax ae nails. Nae emotion in thum, nae nuttin.

'You owe a hunner quid,' Mad Dog declares, snarlin.

Ah delay committin masel tae make sure ah've goat ma

story straight.

'Ah thoat it wis twinty quid?'

'Naw,' he states, 'That's they cunts. This shit's between you and me.'

'O...k,' ah tell thum. 'But, ah mean, huv we at least met before? You two do ken ah'm Aldo's best pal, eh?'

His accomplice takes offence tae ma attempts at a peaceful resolution. He leans down and whispers in ma ear, 'Dinnae fuckin name droap us,' then slaps me hefty oan the shoulder.

Another yin ae Aldo's Hell's Angels, ah convince masel, the silver-tongued Dangerous Darren. Ah observe him lookin every bit a lean, mean, unstable fightin machine. Ah almost ask fur a humane death when ah take a quick peep at his brawler's hands which hus some specs ae what looks like fresh blood. Cos Cammy's brother remains oan the missin person's list and loast somewhere in the Bermuda Triangle. Such strong evidence suggests that he'll no be reappearin anytime soon. Ah'm too scared tae cough in case it's labelled an act ae incitin violence. Ah nervously inspect where ma backup hus scarpered tae cos they've perfected how tae impersonate a mime. Nae fuckin wonder ah didnae hear thum bail oan me cos these two move quieter than a leopard. They've, right under ma nose, left the area and made it tae the other side ae the chapel withoot leavin a clue. It looks as if they've became influencers and started a trend that's caught oan cos everyone else hus follaed their lead. Me and Justine are fond ae bingin oan Attenborough's documentaries oan the iPlayer, likes, eh? and ah've learnt a loat aboot the animal kingdom. When yae corner a wild animal the last hing yae dae is poke the scary bastard in the puss. So acceptin that ah'm oan the battlefield fightin a war ah ken ah kin never win ah meet their ultimatum.

Ah regretfully admit ah'm overpowered and ah decide tae obey their rulin.

'Ah'll gie yae ma address and square yae baith up later, okay?'

'Git a load ae Mr Big Shoat, Daz,' Mad Dog articulates, wae a wicked grin. 'Agreein tae pey a hunner quid like it's nuttin durin this coast ae livin crisis pish. Ah bet you hink yur better than me?'

By this point he's practically nose tae nose tae me. And kennin the nixt words oot ma mooth might be fatal, ah preserve masel in ma ain fear ae dyin but Aldo interjects himself in the debate.

'What's aw the commotion aboot, lads?' he asks, in his thunderous voice.

Soon he looks at me seated oan the bench and ah ken what's he's awready hinkin.

'Doc texted tae tell me aboot you and Craigy,' he foolhardily informs me. 'Ah wis hoapin he wis takin the piss.'

Ignorin his latest pop at ma expense ah'm feelin mair assertive through Aldo showin up. Ah conclude this disagreement might end withoot any needless bloodshed. So, ah shape up.

'Aldo,' ah tell him. 'Gonnae tell yur mates that me and you are very dear pals. Tell thum ah'm exempt fae peyin.'

The courage and cockiness that these two heid crackers displayed hus became buried. They baith shamefully gawk at the groond when it's confirmed ah wisnae spinnin thum a line aboot ma shared brotherhood wae Aldo.

'No that ah wid normally admit this sae publicly, eh?' Aldo confesses. 'Aye, he's right enough. It could be argued that wur gid pals.'

'Ah'm sorry boss,' they baith croak, seemingly still unable tae make eye contact.

'That's awright boays,' Aldo encourages thum. 'Only even ah'm no the soart ae guy tae lit his mate take a kickin oor twinty quid.'

Ah've went fae a shrunken midget tae feelin ten fit tall, likes. An underwhelmin admission oan his part by him, then again, ah'll no be demandin a second opinion cos it's at least cawed oaff the hounds. Hence ma ego hus become revitalised and ah'm noo settled and sure ae masel. That's when Mad Dog lifts his heid up and spoils the endin by informin his employer ae ma planned fate.

'It wis a hunner quid we wur askin him fur.'

These words seem tae cast some soart ae voodoo spell oor Aldo. Cos jist as he looks ready tae depart the space, he instead becomes pasted tae the flair. Incapable ae wanderin oaff and returnin tae the mournful family's side, he stands there, halted, paralysed in deep thoat. Until the moment finally arrives when fae left-field it appears his lackey's piece ae information hus rubbed the two stanes in his heid thegither. And they've produced a spark.

'Ah hunner quid, yae say?' he chews oor aloud.

'Aye, ah'm sorry aboot that boss. Ah ken it's a bit steep, eh?'

'Dinnae apologise,' Aldo tells him, calmly. 'In fact, ah'm very fond ae the idea. Yur right lads. The cunts here are laughin at me. Lit's up the ante slightly wae this fundraiser, eh? Dougie here kin be an example.'

'Gid yin, Aldo,' ah giggle, happily.

Shockingly he's no laughin. Is he fuck, oan second thoat he looks deadly serious. Wae a set ae eyes tellin me that fuck aw aboot this is a joke.

'Yae jist made it known yae widnae lit a mate take a kickin fur money? What happened tae aw that?'

'Nah,' he notes wae a sinister laugh. 'Ah made it known ah widnae lit a mate take a kickin fur twinty quid. Three digits pits a hale new complexion oan hings.'

'Well, ah'm no fuckin peyin,' ah fight back, still securely believin that's he's bluffin and that any second, he'll burst oot howlin and corroborate that this wis aw jist a wind up.

'As yae wish, Dougie,' he reveals. 'As yae wish. Jist make sure it's nuttin too permanent, lads. Efteraw, like he mentioned, he's ma best mate.'

This sneerin prick starts walkin awey and doesnae seem like someone who is plannin oan turnin back. Which leaves me tae be judged by these two heidcases who are lickin their lips and crackin their knuckles, itchin tae pounce. Ah scrap their fantasies aboot kickin ma heid in wae diplomatic immunity, by shoutin loud enough fur Aldo tae hear, insistin that it's me who's bluffin and that.

'Ah'll pey fur heaven's sake.'

He soon performs a yin eighty and looks delighted through his self-congratulatory puss.

'Gid lad, Dougie,' he beams. 'Ah kent yae wid come tae yur senses. The boays will be at yours themorra?'

Ah then begrudgingly provide these twa wae halfwits wae ma address, involuntary personal info, which they take great joy in receivin, lovinly notin doon exactly where ah'll be anchored.

'Wu'll be seein yae themorra then, daft cunt,' bares Mad Dog. 'Mind and answer when we knoack.'

Back at *The Carousel* fur the wake and the place is rammed wae aw the familiar mad cunts. Total bampots, cunts who ah've heard complainin mair aboot a missed opportunity than Cammy's premature death. Remarks like, '*Ah wish ah hud borraed money oaff him, tae be honest,*' huv been uttered mair than condolences. Yae'll no find a mair community-spirited race ae people than Leithers.

However, that bein the case, people fae this wey ken the value ae a quid or two especially these days. Wakes, of course, it hus tae be noted, are normally sombre events, real tearjerker moments only this hing is gradually becomin increasingly like an evenin spent at T in the Park.

Lawrence and Craigy departed the table tae go and powder their noses again in the bog. The guests are preoccupied, likes, drinkin and indulgin in the aw-yae-kin-eat processed and pre-packaged provided buffet which is laid oot oan the long table at the other side ae the room. This city rains squalor and destitution, and people often seek cover in shiteholes like this boozer. Its clientele is made up ae petty criminals and those left scarred by the last thirteen years ae Tory dictatorship.

Ah've no hud a chance tae dae a recap wae that Judas Aldo yit. The greedy bastard wis seen stuffin his puss wae sandwiches n that at the buffet. It hus tae be commented oan eh? His delivery ae the eulogy wis almost Yeats worthy, a feat which is mair impressive considerin it wis written and performed oan a whim. Those tunin in wur eatin oot the palm ae his hand and, by the finish, a standin ovation ensued, practically demandin a repeat performance.

...

Ah'm settled in, waitin oan the return ae Lawrence and Craig. The quicker they come through the crowd bearin some essential alcohol the better. In the meantime, though, the lyrics ae REM are providin a welcome escape fae reality. That's until, unanticipatedly, ah hear an intimate and blarin soond comin fae the corner ae the pub. This ear-splittin voice is yelpin, 'It's jist no fair'. And at first ah'm hesitant tae stand up and oversee. Fur ma instincts are tellin me that surely tae fuck it cannae be him. Ma view is bloacked by a group ae cunts hangin aboot the bar so ah'm unable tae confirm who it is that's producin this immediate spasm ae despair. The rhythmic cries become harder tae blank and, tae quench ma natural inquisitive nature, ah glimpse oor the bodies impedin ma viewpoint. The sight booncin back hits me sae hard that ah'm left sufferin fae concussion. His emotional side is, tae the letter, thawin in front ae the hale pub. People choose tae pit his blow-up doon tae an unnecessary intrusion oan their drinkin and general debauchery, except me. Ah decide tae bite the bullet and approach the final frontier. Mibbie he buried his agony aboot Cammy's death, eh? and we're noo faced wae a volcanic eruption.

By the time ah'm standin in front ae him his sorrow hus performed an invasion ae the boady snatchers and his tears flow wae sentiment. Ah rest ma hand oan his shoulder in an attempt tae comfort him.

'Dinnae worry, mate,' ah tell him, aw herfelt n that. 'Ah ken yae miss Cammy but he's in a better place noo.'

He looks up at me wae his eyes watery and puffed up before he manages tae frame himself long enough tae commentate.

'Aw fuck him, Dougie. The only hing that ever missed that cunt wis the number forty-nine bus.'

A statement that hus plummeted me in vertigo, a sensation ae feelin oaff-balance and dizzy. Nae sooner huv ah written ma response does he git up and leave me tae fly solo.

Declarin ma sentiments exactly, 'Ah need a stiff fuckin drink,' he acknowledges.

Aldo practically walks through me like ah'm a poltergeist or suttin. He's still very troubled aboot whatever hus happened and the nutter nearly knoacks me oan ma erse wae the force he's movin at. Aldo seems pulled taewards Craig and Lawrence who are noo back at the table, only his fondness fur thum seems mair like a consequence ae the tray full ae drinks that they've provided. A mayday caw that he's only too willin tae accept cos he wastes nae time in seekin thum oot. Keepin pace wae him proves a thankless task but ma pathwey back there is wiped clean thanks tae him rudely rubbin up against the other guests. His revelation earlier is the source ae ma loass ae equilibrium and it stands tae reason that ah'm entitled tae answers. He's awready sittin doon and slugs back a couple ae whiskies in quick succession before ah kin even start formulatin a question. Retreatin, Craigy and Lawrence eyebaw me fur some answers. Then again ah ken they suspect it's answers ah dinnae own.

'Everyhing awright, Aldo? Is it Cammy?' asks a jumpy Craig.

Ah answer his question wae a cautious shake ae ma heid that he is barkin up the wrong tree. Fae ma intel, Cammy's death is a minor inconvenience fur him, a findin that poses a bigger question at me, eh? which is why hus he bein actin like a grievin widow's medicine, a role he seemed tae thrive in until minutes ago. Ah join thum at the table in preparation ae a planned Q & A wae Aldo. Lawrence, who hus steyed oan the sidelines propels himself intae the public eye.

'Don't worry, pal,' he tells Aldo at ease. 'Have a line.'

And that's when he produces a bag ae white powder fae the square front poacket oan his suit. He begins danglin it in the air as if he's tryin tae entice a dug wae a treat. A gesture that is surprisingly rebuffed by Aldo.

'Well,' Lawrence breks, 'I tried my best, Dougie,' before stuffin the bag back where it belongs.

His rather pitiful attempt tae lift Aldo's spirits leaves me tae draw yin conclusion. If wur gonnae git answers, likes, then ah'll need tae play sleuth. At that time, it hits me, eh? in a flash his gran's been hooked up tae a pump battlin Covid. In a proper bad wey, she is, by aw accoonts. Ah'll stake ma mineral rights ah've cracked his severe case ae the blues.

'Listen, mate,' ah say, gently. 'This is aw aboot yur gran, eh? is she awright?'

Finally, Aldo relents. Lookin fur aw the world like he's ready tae pull the three ae us oot ae this mind fuck. His throat tightens as he comes clean and lits the cat oot ae the bag.

'Ah wish, Dougie. But, naw. No such luck. It's Mr Snuggles, mate. He's gone.'

And wae that he starts bawlin again.

'Mr Snuggles?' ah contemplate, clearly. *'Dae ah ken him? Soonds a bit poofy.'*

Ah gape at the dynamic duo tae see if they ken who this allusive Mr Snuggles is but they seem as vexed as me. And then, by surprise, Aldo gradually begins tae sit up in his seat as if mair adjusted and level heided.

'You fuckin ken him, awright,' he belittles me. 'Yae'v met him coontless times.'

'What does he look like?' ah ask, utterly hoodwinked by his claim.

'You should be a fuckin gameshow host wae the amount ae questions yae ask,' boils Aldo.

'He's goat distinctive long ears and large eyes,' he testifies. 'Ring any bells? Angela Fuckin Lansbury, dafty.'

Ah mentally compute his description in ma heid and then ah softly laugh.

'He soonds like the Easter Bunny, mate.'

'Aw, it's no Brucie's favourite teddy, is it? That's a fuckin blow,' blurts oot Craigy in a strange moment ae accuracy.

'That's right, Craigy,' admits Aldo. 'Auld Mrs Henderson phoned tae tell me they loast him doon the park.'

As ah'm sittin stunned and speechless by this declaration, Craigy cairies oan.

'How's Bruce takin it, man?'

'He couldnae even come tae the phone,' leaks Aldo.

'Fur fuck's sake,' ah fracture. 'A boay died and this cunt's greetin oor a teddy. Buy him another yin.'

'That bunny wis like ma bairn, Dougie,' implores Aldo, starin straight-faced at me. 'It wis the first teddy me and Bruce boat thegither doon at Portaebelly.'

Ah snatch a shot ae whisky oaff the tray and send it doon ma throat in the hope it might erase this conversation fae ma memory.

Lawrence, who's played the role ae Switzerland in this exchange, promptly raises his gless in the air.

'A toast,' he proclaims, aw hopped up oan snow.

They two imitate him wae their ain gless. Despite ma initial reluctance tae follae suit, eventually ah cave, becomin yit again a victim ae a climate ae opinion.

'To, Mr Snuggles. The best bunny a dog could have asked for. Rest easy, my friend.'

'Better than fuckin Shakespeare,' issues Aldo wae a tear tricklin doon his cheek.

Ah dinnae air ma disgust ah jist leave these three escapees fae the asylum tae soak up their remembrance service fur 'Mr Snuggles'. Ah want tae furget, but fur that tae happen mair booze is needed.

'It's you're roond, dafty,' ah calmly remind Craigy.

He is soon ready tae make his wey tae the bar and Aldo shadows him. Only they're oan the road tae suttin much stronger than a boattle ae beer.

'C'moan boays,' he says, gesturin fur Lawrence tae stand up. 'Time fur a pick me up.'

This is his well-mannered wey ae broadcastin that he is chokin oan a nice thick line ae white. A Pepsi challenge that the three ae thum are only too willin tae welcome wae the wey they stampede fur the manky bogs. Whereas ah'm back bein cast again as Billy Nae-mates until they return wae some refreshments. Pusses tell a thoosand stories, eh? And wae the yins gaithered here they scream that this social event is bein treated as an excuse fur a celebration. Which goes totally against its intended purpose which is tae allow those who ken Cammy a moment tae reflect aboot his life. Ah've still tae grill that shyster aboot that stunt he played back at the chapel. Only he wid take a horrible situation and turn it intae a few quid fur himself. In another life ah hink he wid huv made an ideal candidate tae be leader ae the fuckin Scottish Tories. The lunatic is still tae answer fur his growin list ae crimes includin extortin me oot ae a hunner quid. And worse still, eh? he hus played Cupid by arrangin an intimate date wae me and those two certifiable employees the morra. Then there's a million poond question itself, which is, '*What is the root ae his unquestionable devotion tae the deceased's faimily?*'

...

In a high speed forty minutes, they're back in ma aim. Only this time there is yin noticeable absentee cos Lawrence is naewhere tae be seen. They baith shuffle past the other guests occupyin the flair space and heid straight back taewards the table. Craigy places the two boattles ae beer he's cairyin doon oan the hing.

'Cheers,' ah tell him, before snatchin yin and takin a quick swig fae it. 'So, where's Lawrence, lads?'

The two ae thum resume their position oan these less than desirable seats.

'Bit ae business, Dougie,' Aldo lets me ken.

He conveys this wae such conviction that ah should be able tae decipher this statement withoot even hinkin aboot it. Like wur talkin aboot some captain ae industry and no a low-level crim whose soulmate is a bag ae the devil's dust. Ah dinnae push the matter any further cos what ah dinnae ken cannae be yaised against me in a court ae law later doon the road.

Two minutes wae these two and ah kin awready witness they're undergoin the full boady coked-up makeoor. The sweat is pishin doon Craigy's milk white pale skin and he is demonstratin the nervous energy ae an insomniac. Aldo oan the other hand is focused, surveyin the landscape. He

115

clearly appreciates the loud music wae the wey his meaty heid is in tune wae the lyrics. Every passin second seems tae urge thum tae become mair sociable and talkative, till the point finally arrives where ah jist want tae surface and yell, '*Shut the fuck up. Ya pair ae fannies!*', in a desperate hope ae curtailin their endless drivel. A slight, consolation though is that Aldo hus stoapped goin oan aboot that fuckin bunny. Watchin that dafty sit there aw cheesed up, nursin a boattle ae beer, and seemingly sae proud ae the misery he's caused theday, ah feel like there's nae better moment than this tae pit him oan trial and ask him some pointed questions tae git some overdue responses. Then before ah kin even focus the first question at him, eh? he's saved by the bell when ma phone pings. Ah grab it oot ma trouser poacket and briefly take a gander at the text.

'Who's that Dougie?' Craigy asks, bein the nosy bastard that he is.

'It's Justine, mate. She's wantin me tae grab her a boattle ae rid oan the wey hame.'

Aldo remains focused oan the guests. Probably in search ae locatin an emotionally-vulnerable relation ae Cammy who he deems shagable. Some perr oaffgaird burd is aboot tae land straight oan her knees thenight. But his hunt comes tae a standstill jist long enough fur him tae oaffer his unsolicited opinion.

'She's finally goat yae hoose-trained, eh? Taught yae tae play deid yit?'

'Aw shut yur puss, Aldo,' ah grunt, slidin the phone back inside ma poacket. 'It's no like ah'm her skivvy, or that. She's jist askin me fur a favour.'

'Skivvy?' he laughs. 'When did you git a promotion?'

'Ah dinnae need tae hear this, Aldo,' ah tell him. 'Especially efter that stunt yae pulled back at the chapel'.'

'What's that meant tae mean, likes?'

Ah sneek a peek at Craigy, utterly rugby tackled.

'Is he huvin a laugh?'

Unsurprisingly he's lapsed back tae bein closed-moothed,

unwillin tae pitch his tent in either camp. Ma attention, though is soon back-geared taewards Aldo.

'What aboot settin Burke and Fuckin Hare oan me, eh? Yur auldest fuckin mate in the world.'

'Dinnae bring oor friendship intae it,' he airs, faintly. 'This is business, mate. Nuttin personal. Ah wis lookin at takin a right hit efter promisin tae cover the bar tab. This wey ah'm jist passin oan the loass. Turned oot tae be very profitable in the end. Ah'm well chuffed.'

'Ma fuckin hero,' ah tell him, clappin loud and sarcastically. 'Mean, is there no that wee voice in yur heid that tells yae the difference between right and wrong?'

He takes a moment tae consider the question.

'Yae mean, Bruce?'

'Naw, no fuckin Bruce,' ah vent, practically leanin oor the table. 'Ah'm talkin aboot yur soul.'

'Ma soul?' he questions, smirkin in ma direction. 'Aye and mibee themorn ah'll donate the whip-roond tae the local foodbank in memory ae Cammy. Git a hud ae yur senses fur fuck's sake, Dougie.'

Ah shrug and sag intae ma seat, recognisin defeat in ma search fur a beatin hert inside the Tinman sittin opposite me. In a shockin development Craig designs an idea and he itches a scratch that's been nippin ma tits ever since we arrived at Mortonhall.

'What's the score between you and Cammy's faimily?' Craigy asks, aw apprehensive and movin restless like fuck. 'Ah'm sensin yur no as choked up as yae first made oot by Cammy's passin?'

A hundred conversations are underwey. Every yin ae thum tryin their best tae droon oot the ear-splittin tunes, aw ae which seem far too upbeat fur such a dull occasion. Nanetheless, ma gut feelin is screamin at me that the punchline tae come fae Aldo willnae be toapped by anyone.

'Ah always thoat ah wis workin class boays,' he groans, gloomy as yae like. 'Yin week aroond The Munsters' though and ah'm startin tae hink ah'm actually fae a higher breed.'

Ah beat Craig tae the buzzer.

'Cammy wis yur mate, wis he no?'

'That fuckin waste ae a jiro?' he taunts, before takin a chug fae his beer and slammin the boattle doon oantae the table. 'Take it fae me, eh? that golf baw committed an act ae euthanasia. Daft cunt died owin me fifteen grand.' A brutal assessment ae Cammy's time spent oan this planet. Try as yae might it's difficult tae pit forward a constructive opposin argument. Efteraw Aldo talks in poonds and pence and the thoat ae him loosin oot ae fifteen grand does make this ootin worthwhile.

'Well, that's that,' ah relay.

He gapes at me, up and doon, as if ah've jist droaped a load and cleared oot the fuckin buildin.

'A boay dies and yur willin tae right oaff his debt?'

'Well…aye.'

'That's why oor gid pal capitalism invented life insurance. Ah wis watchin the telly wae Bruce a while ago and oan comes some advert wae a tit who slips oan a banana peel and breks his neck. The miserable cunt left his faimily wae fuck aw. Anywey, it gave birth tae an idea, eh? which wis that anyboady who gits gear fae me needs life insurance.'

A confession that hus left me rooted tae ma seat. And ah want tae scream until ma lungs burst. But ah decide restraint is the safer option. Ah then sneak a look at Craigy in the hope he'll provide me wae a hint that Aldo hus been pullin ma chain.

Craigy broods the insanity ae Aldo's words whilst takin another sip fae his beer and he points oot the facts.

'Ah'm wae the Co-op.'

A lukewarm retaliation that only motivates me tae challenge Aldo yince mair

'That's too far, mate. Does Karen ken?'

'She kens only what she needs tae,' he explains. 'Which is fuck aw. Why dae yae hink ah've been playin the kind-herted Uncle Aldo, eh? Forty grand wid inspire any cunt tae deliver an Oscar-winnin performance.'

'Did you no say it wis fifteen?'

'That's what he owed, aye. But ah've goat tae make suttin oot ae it, huv ah no?' he squeezes oot, glarin at us. 'Ah mean, that cunt snorted and selt mair ching than ten ae they fuckin junkie fucks pit thegither. That golf baw hus coast me a lot.'

'Yae mean it coast his family a lot, Aldo?' ah attempt tae correct him.

'Well, if yae want tae split hairs, Dougie. Ah suppose they're doon a joabseeker's peyment every fortnight.'

Ah'm yit tae find a new depth that this loon widnae sink tae. Fur a man ae few words Craigy is capable ae droapin a cairpet bomb or two.

'Yae'll need tae bring it up soon, mate. She's movin tae Spain tae be closer tae her mum.'

'Slip back intae yur fuckin coma, Craigy,' fizzes Aldo before sippin his boattle ae beer.

'Nae cunt ever mentioned anyhing aboot Spain tae me.'

Craigy shrugs his shoulders.

'Ah'm jist passin oan the message ah goat fae ma cousin, Paula. They two are best pals.'

Aldo's lack ae willingness tae pey Craig's notice any heed gradually wanes. Cos he's achieved suttin nae teacher or legal system hus ever done. Cos he's inspired Aldo tae hink and while he ponders this unsuspected dilemma, he stares up at the ceilin.

'That bitch,' he babbles tae himsel.

'What?' ah gasp.

He resembles someone awash wae the fear. He hesitates briefly before accumulatin the bravery tae express himself.

'Ah never thoat aboot it at the time. But she telt me the other day that ah'm yin ae the gid guys.'

Wae that he gies us baith a dubious leer.

'Oh,' concedes Craigy, in a quiet voice.

'She kens aboot the debt, lads.'

'Well, this might be the time tae mention it tae her,' ah reply, signallin behind him where Karen is huddin cooncil wae some guests. 'She's a far cry fae the mess ah saw at the chapel. She's laughin and crackin jokes.'

Yince Aldo accepts there's a fly in the ointment, he's up pushin and shovin the other guests oot the wey tae reach Karen. In the middle ae aw this Craig starts ramblin aboot this and that. Aw ah'm bothered aboot noo though is how Aldo will approach this touchy subject wae her. He tries his best tae open a dialogue wae her except aw that does is set the tears flowin again. The other guests swarm tae her like locusts tae oaffer her a helpin hand in her hour ae need. Yit, Aldo is left ragin that his efforts failed and even fae here ah kin spoat the veins bulgin oot his smooth bald heid.

Efter tirin masel oot watchin him developin intae a frustrated figure, owin tae the impenetrable wah she's built aroond herself, ah decide it's time fur a smoke.

'Crash me a cig, mate?' ah ask Craig, whilst risin fae ma seat.

'Sure,' he says, takin yin fae his packet oan the table and passin it oor along wae a lighter.

'Ah thoat yae stoapped, Dougie?'

'Aye,' ah tell him. 'Least that's ma story when Justine's aboot.'

Ah begin ma journey oot the bustlin room as inconspicuously as humanly possible, managin tae make it oot tae the front ae the pub unscathed. Ah spark up the ciggie and inhale the boggin yit relaxin smoke. Ah feel it heavy cos ah git heid rush since ah'm only a social smoker. In a calculated move ah dinnae bum rush the fag cos ah'm in nae position tae deal wae Aldo who is decidedly oan the warpath. Yince ah finish up and toss the beefed ciggie awey, a black taxi draws up ootside the pub. Ah figure somebody inside must be feelin worse fur wear, so ah go tae make ma wey back inside and that's when Karen nearly sends me flyin. She hus a couple ae suitcases in tow along wae her kids.

'Watch it, Hen,' ah say, as an instinctive reaction.

She looks at me stressed. In her frenzied escape she's hastily droaps suttin. Ah go tae pick it up and right awey ah cloack 'Edinburgh Airport' written oan the hing.

'You gone oan a trip?' ah ask as ah hand her it.

'Please, Dougie,' she begs. 'If Aldo asks, eh? dinnae tell

him anyhing. Ah kent fae day yin that miserable bastard wis efter Cammy's life insurance.'

Still feelin sore fae Aldo littin loose those two nutters oan me at the service, ah decide tae grant her a heid start and ah even help her wae her bags and the bairns before we say oor gidbyes. Her demands placed oan the driver tae 'Git the hell oot ae here' are met when the motor speeds oaff. Five minutes later and Aldo promptly chairges oot the entrance doors lookin like a dementia patient wonderin what the fuck is goin oan.

'Huv yae seen Karen? That cunt's Keyser Soze, mate. She's been playin me aw along.'

'She's awey tae the airport, man,' ah tell him, a statement that hus him impersonatin an astronaut whose helmet hus jist come oaff in space.

'What fuckin airport?!'

The balloon doesnae even gie me a chance tae answer him when he's gone mental, likes. Spittin oan the groond and cawin me everyhing bar the Antichrist, which makes ma decision mair enjoyable.

'Glasgow, mate. She's flyin fae Glasgow Airport. Ah dinnae hink yur gonnae make it in time.'

'Bless yae, Dougie,' he replies. 'Ah'm well aheid ae yae. Ah'll jist phone in a bomb scare. That'll pit the brek oan her escape plan.'

Watchin this cunt dash awey in search ae a taxi, ah almost want tae jump up and fist pump in the air. Fur yince Aldo is the yin gittin bumped, eh? And mair important than that, oan this instance it's me who's goat the last laugh.

121

CHAPTER 6

Inside Out

ALDO

The mere sight ae the Royal Edinburgh Psychiatric Hoaspital is almost enough tae make me brek oot in a cauld sweat. Mean, tae the average punter, likes, this institution represents itself as a marvel ae twenty-first century engineerin. A fuckin grand monument tae picturesque mental health. Even though it is Edinburgh's answer tae Arkham Asylum, it doesnae half gie oaff the impression ae a warm and welcomin environment. Unfortunately though, fur the coonuncil that is, ah've watched films like *Shutter Island*, and they've helped in gaitherin enough information tae ken the only hing these places sell are nightmares.

Ah stand ootside the entrance wae ma nerves aw frayed, fumblin aboot in ma poackets tryin tae locate ma lighter tae spark up a soothin ciggie. Yince baith boaxes are eventually ticked oaff, ah take a deep drag and exhale, efter which ma eyes start tae wander as ah'm confined in a daze watchin the smoke swirl in the air. Ah then focus oan the inmates' loved yins arrivin, each yin ae thum equipped wae what ah judge tae be hame comforts fur the respective patients. Insteed ae smoothin oor ma concerns the sight ae thum only accelerates ma anxiety levels cos ah kin see the trail ae terror and worry creepin in behind thum, like masel, ah mean. They appear hesitant tae step oan the set ae the live action version ae the *Looney Tunes*. Wae the shape ae their eyes they probably possess between thum mair bags than Heathrow Airport. Efter ah'm finished taken twenty years oaff ma life ah flick the fag tae the groond before crushin the butt under ma fit. Only then dae ah decide tae bow tae fate by steppin through the automated double doors.

Fae the very first second ah kin see the interior hus underwent somewhat ae a transformation. It's now become a relaxin and therapeutic settin, yin that wid even send that Charlie Sheen oan the road tae recovery. Soft lightnin, vivid seaside colours and some greenery in the form ae plants create this illusion. They've probably even forked oot some dough oan providin the inmates wae a new chew toy and a bedframe tae go wae their mattress. Still, ah remain hilehertedly unconvinced cos cunts wae nae respect fur laws or human life very likely roam these corridors unchecked. And ah'm no talkin aboot they fuds who flow through the Hooses ae Parliament. Which is why ah've decided tae investigate whether the décor is matched by the customer service… a thoat that spurs me oan tae advance taewards the reception desk.

Ma first introduction tae the death eaters who keep everyboady in line compels ma boady temperature tae plummet as this tall boay wae hollow eyes greets me. The mere sight ae him leaves me wonderin whether ah should hae garlic aroond ma beefy neck. It's no a stretch tae confess this boay wid keep the Brothers Grimm awake at night. Ah pass him ma visitin order which he takes withoot declarin a word. Demostratin the people skills ae Osama Bin Laden at a fourth ae July firework display, his grubby finger points tae the large deserted seated area and ah recognise this is where ah'm meant tae wait. Ah oblige his command by trottin oor there and plantin ma erse doon. Restin up ah decide that they kin pin as many abstract paintings tae the wahs that they want, nuttin kin sway the vibes ah'm gittin that bein under loack and key in this facility is worse than any illness.

Ah sit patiently, observin a diverse range ae members ae society arrive and exit the buildin. The telltale sign that they're here oan their ain accord lies wae the fact that nane ae thum happen tae hae a leash attached tae their collar, which is why ah estimate that they're either visitors or cunts employed by the hoaspital itsel. It's no long before ah spoat a muscular wuman in a nice plum print blouse appear oot ae thin air. She starts chattin tae Harold Shipman's protégé at reception. Truth is, and yae might no believe me when ah tell yae this, but ah'm no ashamed tae admit this, likes, ah honestly reckon that she could bench press mair than me.

Ah soon lift a mag oaff the small orange side table, quickly pressin it up against ma puss, hopin and prayin tae fuck that she's no bein sent ma wey. Jist then ah kin hear the soond ae weighty fitsteps drawin in closer, threatnin noises that tell me ma future hus never looked bleaker.

'You're Aldo?' asserts the wuman in her deep strong voice. 'I cannot believe you're an actual person.'

Ah lower this pishy magazine and it's official, ah've been paired up wae Miss Trunchbull fae *Matilda*.

'Deh ah ken yae?' ah probe her, nae doot soondin unnerved and confused while ah slide the mag back oan the table.

Her mind is gone, and she looks blown awey. She, however, cautiously but surely begins tae communicate.

'Not personally, no,' she confirms. 'My name is Dr Crowley. I've worked on Mr Peters' condition for the past six months. He has made remarkable progress in this time. Speaking frankly, if you don't mind, I must admit with his description of you that myself and the other members of staff here were certain that it was just a symptom of his psychosis.'

Ah stand up and begin shufflin ma feet wae ma hands firmly tucked inside ma poackets. A tactic deployed because ah'm unsure how tae react.

'Well, ah hope yae heard only gid hings aboot me, eh?' ah laugh self-consciously.

She remains hushed and her blank puss tells me that ma reputation hus yit again preceded me. Whether that's a gid or bad hing, likes, only time will tell.

She starts leadin the wey and ma heid remains oan a swivel. At least in the jail even the screws follaed the script. Them and the other prisoners respect reputations but lunatics are an entirely different walk ae life. Mean, they come in aw different shapes and sizes, eh? Ma hert begins tae race and that's why ah stoap the nurse at the end ae the corridor. Ah need some safety guarantees before ah venture any deeper behind the wah.

Ah take in the name tag arrogantly pinned tae her blouse. Ah then somehow manage tae summon the courage tae chitchat while glarin through the hallwey doors.

'Ah'm guessin yae'v goat a few live wires oan these wards, eh? Should ah no huv some soart ae protection?'

She soon gits tae work decipherin ma question.

'Do you mean a whistle or something?'

'Nah,' ah tell her. 'Ah wis hinkin mair along the lines ae some type ae truncheon?'

'Mr Peters wasn't kidding about you, was he?' she exposes, smilin. 'Anyway, all the patients have been medicated this morning.'

Ah walk that closely beside her that we could easily be identified as Siamese twins. Ah'm happy tae reveal that nae desperate screams are echoin through the hoaspital though. Nae lights are unnaturally flickerin, either. The buildin is insteded lit brighter than the Christmas tree in Princess Street gairdens. Such calmness in the trenches that ah'm convinced Hollywood hus pulled the wool oor ma eyes. The nurse unhooks her walkie-talkie and starts raisin the alarm.

'This is Doctor Crowley,' she makes known wae real excitement in her voice. 'Operation Aldo is a go! I repeat operation Aldo is a go! Be at the Meadows Ward in five.'

Such a comment warrants me tae pull ma nominated minder tae the side and grill her fur answers, although, obviously, ah choose tae live in ignorant bliss cos ma focus lies squarely at the feet ae makin it oot ae here in yin piece. Rather than divulgin any mair information aboot ma impendin moment under the spotlight, she reassures me how well-behaved the patients are and wae any luck they only pose a risk tae thumselves. An overloadin smell ae hygiene and medication lingers through the corridors. We eventually land ootside dark widden stately doors that hus 'MEADOWS WARD' written in capital letter above thum. Yince inside groond zero ah'm relieved tae find the riff-raff are doapped up tae the eyebaws. They're movin aboot slowly, blunderin aroond. Aw their actions seem in slow mo. Yit, despite the positive signs ah keep ma wits aboot me at aw times cos yae dinnae ken when their happy pills will wear oaff.

Ma hert almost bursts oot ma chist when ah feel a bony hand grip ma shoulder, sendin me tae cower behind the gigantic nurse. As ah look up ah find an elderly wild-eyed patient starin back at me. The guy appears tae live where the buses dinnae stoap. The wrinkles oan his puss screws up wae madness and ah'm ready tae cut and run. Ah'm yaisin this lassie as a human shield, likes. And even though ah cannae stoap flutterin wae nerves, she somehow remains unfazed.

The auld timer comes forward, his glazed eyes loacked oan me.

'The man in the mirror revealed you have come to take me home,' he broaches, pathetically, his words leakin oot slurred and stuttered.

'Please tell me he's the man in the mirror?' ah beg the nurse, peerin oor her square shoulders.

She walks oaff chucklin awey tae hersel.

'I wish I could,' she forfeits.

At this point ah'm clingin oan tae her apron-strings fur dear life, realisin that ah should never huv bothered liftin ma heid oaff the pillae this mornin.

She escorts me along tae a room that seems isolated fae the mainstream ward. In the back ae ma mind ah figure this must be a panic room, or suttin, a safe space fur me tae process ma confrontation wae insanity. She hits the light oan as ah follae her inside. It takes a few seconds fur ma eyes tae adjust tae the brightness. And ma relief is soon transformed intae a livin nightmare. Ma eyes dart across the wahs. Aw ae which are covered in horrible and bloodied images ae decapitated bodies. Worse than that, though. The name Aldo is smeared across every inch ae the concrete.

'Someboady's a bit too fond ae his arts and crafts, eh?' ah tremble.

'Don't worry,' she replies, aw calm and reassurin. 'Mr Peters is a reformed character. Just last week we removed his mask. Please take a seat and he'll be with you shortly.'

Ah'm noddin along erratically, practically shreddin ma nails in the process. The significance ae her words finally hit the mark.

'Wait. What mask?' ah pant, turnin aroond.

Withoot me even realisin it she's awready bailed. The soond ae the door closin behind her yells loud and clear, '*You're oan yur ain*'.

This day trip hus soured bigtime, particularly since ah feel like ah've jist been cast as the lead in M Knight Shyamalan's latest mind fuck ae a film. A small desk positioned in the centre ae the room is invitin me tae sit doon. Suddenly, though, ah click that there's a large windae that fur whatever reason escaped ma attention, like the yins yae see in the movies where a bunch ae fannies observe the scene airmed wae a notepad in hand. Ma sense ae dread intensifies upon the arrival ae two staff heavies who bring in a mental lookin boay. This guy reminds me ae that mad bastard Rasputin. He's goat the same long unkempt hair that practically touches the flair. His puss is hidden behind a thick black beard and it's hard tae tell whether he's young or auld. Ah've never seen the cunt in ma life, likes. Unusually his piercin baby blue eyes do hit me wae a strange feelin ae nostalgia.

The two boays sit the guy doon at the table and leave. Ah join him and sit uncomfortably waitin fur him tae blink first. At last, he admits defeat in oor starin contest and revs up the engine ae oor conversation.

'It's been a long time, Aldo,' he proclaims, wae a rather surprisin sweet well-spoken opinion. 'You look good, healthy.'

Ah dinnae exchange a word. Choosin tae lit him dae the talkin. Yince he starts and finds his momentum there's nae stoappin him. He rhymes oaff his past ten years oan this planet, confessin how he wis a thrivin businessman until ah single-handedly ruined his entire life. Apparently, so the cunt says, we first met in Saughton.

Ah'm laid oot wae the volume ae bile that spews oot his mooth aboot me until he finally winds doon his biography by gittin doon tae the nuts-and-bolts aboot why ah've been summoned in the first place.

'You remember my wife, do you? Tina? She divorced me. And surely you must remember my daughter Lucy?' he makes public, wae an increasingly croaked soondin voice.

'I'm getting out here soon and Lucy has given me a second chance. She wants to start her own beauty business. I need twenty thousand to make that happen. This is your chance to right a wrong. You owe me.'

'Uh huh, uh huh,' ah say, absolutely flabbergasted and overwhelmed. 'Kin ah ask yae yin question, though?'

He immediately straightens himsel up. Lookin like a double-decker bus hus been taken oaff his shoulders. He sits wae his airms foalded, confidently.

'It has been a long time. I bet you have a million and one questions. The floor is yours?'

'Ah jist hae yin,' ah tell him, pointin ma finger in the air. 'Who the fuck are yae?'

Despite possessin mair facial hair than Chewbacca, ah kin see the anger shine through in his cheeks.

'Who am I?!' he clamours. 'You ruined my life! That's who I am and if you don't know who I am then why did you even come here?!'

'Well,' ah tell him. 'Cunts huv been sayin fur years that ah'll end up here. Ah thoat it wid be a gid idea tae check oot the digs. Ah've goat tae admit, ah'd rather be fuckin deid.'

'Isn't it marvellous?' he sarcastically spits oot. 'You're the real lunatic and I'm the one who ends up in every mental health facility in the country.'

Ah rack ma brains tae locate him in ma memory bank. Ah'll be the first tae admit, likes, back in the day, ma Saughton days ah mean, ah really wis a monster. Ah wis that far gone wae the drugs and violence that every hing is blurry. Ah focus oan him. A few minutes slide before ah finally feel a brekthrough happenin so ah take a quick stab in the dark.

'Ah remember yae noo!' ah leap up fae ma seat. 'You're Bernard Thompson's cousin, right? You goat yur dick ripped oaff wae a hoover?'

His rage explodes right in ma puss. Wae nae time tae hink he lunges across the table wae intent tae dae me serious damage overflowin fae his eyes. Oor wee scuffle doesnae last long, though, as it's broken up by in-rushin staff. Ah dust masel doon and punctually vacate the buildin, exitin wae a determination inside me tae find the missin pieces ae this jigsaw.

Durin the bus ride hame ah'm the ideal passenger. Ah jist sit there loast in ma ain uncertainty, the conversation earlier still replayin in ma mind. Fur the life ae me ah cannae make sense ae that freak occurence. Nuttin ah try works and ah still hae nae recollection ae who this boay claims tae be, this pure stranger who quite literally named me the architect ae his lifetime ae misery. He's mistaken though, hus tae be. Cos ah dinnae ken the cunt. And yit, he seemed convinced. Which makes me wonder whether tae caw in some ootside help fur cooncil.

Bruce is droaped back oaff by the dug walker in time fur dinner. But before anyhing is sliced and diced ah reluctantly check intae the last resort by cawin up Dougie and Craigy. Within two phone caws ah find two-character witnesses fur the prosecution. They dinnae need seduced tae substantiate his version ae events and take full advantage ae the chance tae remind me what a horrible cunt ah wis back in ma younger days. Years spent bein a slave tae ma substances. Ah hink that's what hus triggered early Alzheimer's cos despite these two supportin his claim that ah did indeed ruin his life, ah still cannae place him.

Later that evenin ah'm sittin doon wae Bruce in front ae the boax, ready and willin tae tuck intae ma spaghetti carbonara wae still nae progress in findin any memories that will point me in the correct direction. So, fur the time bein ah zone oot in front ae the telly tae enjoy a nice meal. Ah twirl ma fork through the strands ae pasta, takin a moothful ae this rich and creamy spaghetti. Inexplicably, it somehow brings wae it a tidal wave ae regretful memories that come crashin doon oan me. In this instance ah'm transported back tae the day ah made a lastin impact oan that guy's life. His story does indeed check oot. We did in fact meet each other inside. He owned a trendy pizza and pasta joint. But firstly, eh? lit me explain the circumstances. Only then kin you judge fur yursel whether ah owe him a debt, or no.

Eighteen-year auld is usually a milestone fur maist cunts. The moment a boay becomes a man in the eyes ae the rest ae the world. The possibilities are endless when yae finally enter adulthood. Heid doon tae the boozer wae yur mates fur yur first legal pint. Git yursel a nice wee motor or sign up tae kill randoms fur yur politicians. Fur me though, eh? it wis when ah went fae bein a rookie criminal, tae steppin inside the NFL. It wis as if the gods thumselves hud aw agreed tae piss oan ma heid fur ah foond masel in the dock oan ma eighteenth birthday: March 1st, 2007. The judge dribbled such a sense ae superiority that ah didnae need her tae open her mooth tae confirm ah wis aboot tae be sent oan a state-funded holiday. The polis hud me bang tae rights, eh? and ah didnae need Saul Goodman tae tell me ma luck wis aboot tae run oot. She handed doon that two-year sentence wae such satisfaction. Ah wisnae quite sure whether she hud handed me a custodial sentence or a first-class trip tae Amsterdam.

Regardless ae when the hammer came doon, likes, ah didnae whine, or piss in ma boaxers. Instead, ah spared ma supporters bein there the dramatics normally oan oaffer fae these first-time prisoners who shite thumselves at the prospect ae bunkin up wae some homicidal lunatic. That judge whose idea ae witnessin the 'real' world is probably tunin intae *Eastenders*, well, ah've goat nae doot she thoat ma first stint in the Big Hoose wid deter me fae embarkin oan a lifetime ae crime and that ah wid leave the prison system a reformed character and a fully-fledged member ae society. *But* Saughton wis tae become ma education, much like how these brainiacs heid oaff tae uni tae study fur four years. Ah went there tae learn some new tricks ae the trade and tae gain some useful contacts. Ah'm glad tae say ah hit the jackpot and passed wae flyin colours. Tae speak candidly, ah wis a bit underwhelmed wae the brains ae the criminals ah foond in that hellhole. Ma reputation hud awready follaed me tae the jail. At that early age ah weighed 221 poonds ae granite muscle, terrifyin power fur such youthful shoulders. Ah set ma stall oot early in ma criminal career by forgin a reputation fur extreme violence. Neither the crims in Edinburgh nor in the prison system wur prepared fur someboady like me. Anyboady who wis anyboady in there ah knew personally, or they kent me by reputation. People understood when it kicks oaff ah dinnae stoap or hink twice. Ah'm the soart ae cunt who goes aw the wey. They didnae like it but even the Weegies kent tae toe the line when ah entered the prison wings. The vast majority ae thum in there wur minor players: junkies, and the soart ae dafties society wid rather scrape oaff its shoe. The few boays who hud any real notoriety wur mainly playgroond bullies who hud lived oan their reputations ever since childhood.

The screws acknowledged they needed an Alpha like masel runnin the bloacks, an intermediary who wid make sure the inmates kept order when they wur tucked up nice and cosy in their beds. It didnae take me long efter arrivin tae assert ma will oor the rest ae thum. Ah loast coont of the amount ae times ah foond masel stormin the cells, pilled oot ma nut, brandashin a blade. Ah demanded everyhing fae money right doon tae the shirt oaff their back. It didnae matter whether it wis some runt ae a bag snatcher or yin ae the maist feared faces in Scotland. Naeboady goat a free ride and everyboady peyed 'Aldo's tax'. Ah hud a thrivin business through the protection rackets. The drugs. The smokes. And the burner phones. Pit thegither, it aw accumulated intae a nest egg. A stash that ah planned tae pit tae gid use yince ah wis lit loose oan the streets again. That day wis tae arrive sooner than expected, n aw. When ah goat an early release halfwey through ma sentence, oan the groonds ae me bein an 'exemplary prisoner'. Mair fiction than fact, of course. Nanetheless ma glowin reference fae the screws wis ma reward fur makin their lives a little shielded.

Naeboady kent aboot ma scheduled release and that's exactly how ah wanted it. Ah couldnae deprive masel ae the shock, and dare ah say it, the doonright horror painted oan the pusses ae the locals. Ma ain parents wurnae advised aboot it and as surprised tae see me as any cunt else. Anywey, ma incarceration wisnae ma mum's favourite topic oor the dinner table. She could never git her heid aroond the wey ah turned oot but she loved me anywey, eh? Oan the mornin ae ma departure fae the jail, ah wis feverish aboot gittin straight back tae action. Ah hud enough irons in the fire that they wid melt yur fingers. Aw there wis left tae dae wis tae git ma chess pieces in position. As soon as the cell's double bolts unlatched and the door unloacked, ah wis whizzed oaff along wae some personal belongins by a guard tae reception, where ah wis processed and hud tae run through a continuous volume ae paperwork which wis wrapped in rid tape. Within an hour ae leavin ma cell ah wis standin ootside the main entrance, a free man. Ah took a second tae reflect. The world somehow seemed brighter and the air ah inhaled fresher than ah remembered. Fur months ah hud envisioned inside ma heid how this day wid pan oot. Honestly even ah hud misjudged the events that lay in front ae me.

Maist cunts who are released fae Her Majesty's establishments are dismissed wae the same sense ae direction as a heidless chicken. Nae support network, likes, apart fae a place tae pitch yur tent and a voucher fur yur nearest foodbank. Fortunately fur masel, though, ah've alweys been self-reliant and despite ma yearlong sabbatical, ma flat wis still mines. And luckily fur me, ma entrepreneur skills hud ensured that a stack ae cash wis burnin a hole in ma poacket fae the minute ah goat oot. Ma first port ae call wis tae Dougie. He still hud digs wae his parents at the time. They hud a semi-detached oan Bernard Street. God bless, Anne, ken? Dougie's mum, ah mean. Fur it wis clear tae see she hudnae loast her green thumb in ma absence; still retainin and maintainin a gairden that wid make that Alan Titchmarsh faint wae envy. Two polis like bangs oan the door wis aw it took fur movement tae be heard inside the hoose. Ah stood there in ma size 12s waitin fur the hing tae swing open oaff its hinges.

In the end, the door finally opened and ah wis issued wae Dougie's innocent puss. He stood in the doorwey wae such bulgin eyes that it wis as if he wis starin doon a ghost. He wis in his boaxers and wis wearin a wrinkled Scotland toap. His eyes wur rid like a demon and his black hair wis aw messy.

'Aldo,' he stuttered. 'Should you no be in a cage, or summit?'

'It's nice tae see you tae, mate,' ah telt him before ah manoeuvred past him tae enter the hoose.

He closed the front door quietly behind him as he follaed me in.

'Seriously, though,' he stutters. 'How come yur oot?'

'Gid behaviour, Dougie, son. 'Peys tae be an Angel, sometimes.'

Two seconds later his parents wur standin in the hallwey tae. They baith mustae recognised ma voice and wur makin sure ah wisnae an illusion. Anne hud tears in her eyes yince she finally accepted ah wisnae a mirage. She reminded me ae Mrs Robinson fae *The Graduate*. She wore her smile well and cairied a certain elegance. Joe, oan the other hand, stood there fastenin up his robe while graspin a copy ae the *Racing Post*. He wis infamous fur bein apathetic but even he lit his defence doon when he hugged me. Much tae the annoyance ae Dougie.

'The only time ah goat a hug fae him,' he mocked, 'wis when ma date ae birth wis the winnin numbers fur his Irish Lottery ticket.'

The four ae us enjoyed a blether in the livin room. The inventory ae the room included leather couches, a stylish coffee table alongside a large flat-screen telly which hud the Mornin Line muted. As we sat doon sippin oan a cup ae tea suttin felt oaff aboot Joe's appearance. Hard as ah try, fur the life ae me ah wis stumped as tae what it wis. That wis until ah decided tae gie wey and jist ask him straight oot.

'What's different aboot you, Joe?' ah pit tae him.

'Fur fuck's sake, Aldo,' split Dougie, who nudged me in the ribs. 'He's goat a shiner.'

'That's what ah wis aboot tae say,' ah confirmed, turnin back tae face Joe. 'Is there suttin yae want tae tell me?'

Ma question wis met wae a gag order. Naeboady spoke up. At full tilt Anne leaped up fae her seat and insisted oan makin me yin ae her delectable fry-ups. Suttin telt me this wis tae deflect ma attention awey fae the matter at hand. It worked, n aw, likes as well. Cos before ah kent it ah wis sittin aroond the kitchen table wae Dougie. He gossiped, and ah listened. Meanwhile, Anne wavered oor the fryin pan creatin a smell that wis tantalisin, tae say the least.

'Ah'm tellin yae, Anne,' ah telt her, 'in the jail ah wid huv taken a boay's eye oot wae a teaspoon fur a plate ae yur hame cookin.'

'Ah bet yae say tae that aw the lassies, Aldo,' she giggled, like a loved-up teenager.

Apart fae coppin a feel fae the prison nurse, female attention hud been scarce. Make nae mistake aboot it, ah intended tae rectify that soon. The sexual tension between me and his mum hud Dougie hoat under the collar. Seein this, ah thoat it wis the perfect time tae kick him in the bollocks.

'Listen, mate,' ah lit him ken, lookin expressionless. 'Kin ah ask yae suttin? It's serious, likes.'

'Aye, what is it?' he exhaled, leanin oor the table.

'Be honest, eh? How wid yae feel aboot cawin me dad?'

His puss turned powder white as he subsided back intae his chair, dumbstruck. Me and Anne pissed oorselves howlin and ah hink she enjoyed windin him up as much as ah did. She soon dished oot the plates oan the table.

'This looks fantastic,' ah telt her.

She then sat doon and joined us. And in record time ah wolfed doon this taste ae heaven.

'So huv yae been tae see yur folks yit?' inquired Dougie, tryin tae maintain his spotlight oan his mornin meal.

'Nah, mate,' ah telt him. 'Be seein thum themorra. Need tae soart oot some business first.'

Ah jist hope yur parents coont their blessins huvin a son

like you,' Anne underlined, ensurin that Dougie looked pissed by her comment.

He was that repulsed in fact that ah thoat he might choke oan his Richmond sausage.

'He's jist oot the jail. He's no been buildin wells in Africa fur a year.'

'It wis a fit-up though, Aldo, eh?' she spoke while takin oor plates and began cleanin up.

'That's right,' ah telt her. 'Ah thoat aboot takin the polis tae the highest courts in the land. What wae it bein a miscarriage ae justice, n aw. But ah thoat tae masel, eh? ah cannae allow the taxpeyer tae pey thoosands in legal fees fur ma freedom.'

'You worry too much aboot other folk. That's always been yur problem, Aldo,' she stated as she threw fid wrappins in a nearby bin.

'*Please*,' expressed Dougie, acidly.

A single slow burn in his direction is aw it took fur him tae clamp doon oan his unasked opinion.

'Well, ah guess it's time ah made tracks,' ah asserted, standin up before giein Anne a peck oan the cheek.

'Dougie? a word in private, mate?'

He soon stood up and follaed ma route through the hallwey. Joe's black eye still needed addressin so ah tackled him at the door.

'What's the score wae yur faithur?' ah demanded tae ken. 'Did someboady hit him?'

Ah could see wae the worry in his eyes he wis cautious aboot spillin the beans. Eventually he relented.

'It wis that radge, Smudge,' he cracked. 'He took a pop at him ootside Willie Hill's. It's aw water under the bridge noo, mate.'

'Well, the cunt's gonnae be workin fur me, as it happens. So, ah'll hae a quiet word wae him. That wey he kens never tae go there again. Okay?'

Dougie agreed tae ma oaffer.

'Aye, Aldo,' he chipped. 'That wid be fine.'

'Ah nearly furgoat!' ah admitted, roarin tae square oaff wae him. 'That bit ae business we discussed. It's a goer thenight. You and Craigy be at mines fur sivin?'

He took a big gulp ae air and closed the front door slowly. Clearly he wis traumatised that his and Craigy's big moment wis upon us. Also, he wis crippled in the knowledge he hud awready been boat and peyed fur. There wis nae escape hatch and fine well Dougie kent it. Ah decided efter ma visit tae Dougie's ah should make ma face known in a few auld haunts, mark doon ma territory, in a manner ae speakin. Practically aw the faces ah encoontered wur left seein stars by ma presence, probably cos maist ae thum still owed me money and they kent that the time hud arrived tae pey up. Yince ah re-established masel in Gotham City and droaped by Craigy, it wis time tae talk business. And, within a couple ae hours, ah foond masel jumpin oot a taxi at Newington and stood right ootside this Italian establishment, a large and popular pizza parlour which did class pasta, tae. Ah walked straight up the stairs and intae the busy restaurant. It wis certainly roomy, likes, wae at least a dozen fancy lookin tables. A gormless cunt a couple ae years ma junior stood at the coonter. He wis wearin a t-shirt wae the place's logo oan it and he seemed tae display a great deal ae satisfaction in showin it oaff.

'Ah need tae speak tae yur governor?' ah telt him, starin right intae his dim-witted acne-riddled puss.

Yit before he could reply the familiar delicate soondin voice ae George Peters rang oot, crammin the room.

'Aldo,' he stressed. 'Come over here.'

When ah follaed the soond ae his voice he wis standin up at the back and hintin wae his hand fur me tae join him. It wis a noisy joint and a lengthy queue hud begun tae develop behind me. George wis the owner ae this accomplished operation and we hud become acquainted in the jail. He wis in his early forties, privately-educated and well-read and fae a wealthy faimily. His stylish fashion sense screamed money and his refined voice confirmed he'd been a student ae Eton.

Certainly, no yur typical prisoner. Coupled wae his defined jawline and a kempt beard it could be argued he wis handsome tae and he hud the charisma tae back it up. Fae his entry intae Saughton he wis a condemned man, mainly due tae his self-entitled image and ability tae read and write. A long story shoart ah saved his erse and we're no talkin metaphorically.

'George, long time no see, eh?' ah underscored, walkin casually taewards him.

As we met, we shook hands and were soon sittin doon opposite each other.

'Would you care for a slice of pizza?' he asked me, wipin his puss wae a napkin. 'Or, perhaps, a drink?'

'Nah, Ah'm gid,' ah telt him. 'So, this deal thenight? Defo a goer, is it?'

'So,' he replied, lightly. 'Am I to take it this means you have the money? The *full* amount?'

'Aye, ah do,' ah said. 'Course, it'll sting a wee bit, likes. But if this product is as gid as yae say, then ah'll be quadruplin ma money in nae time. Before we complete the transaction though, eh? ah'm gonnae need some mair details.'

Fae start tae finish he ran me through the hale hing again. Ah needed piece ae mind in advance ae money passin hands. This deal hud been in the works fur a couple ae month. Wae the figures we wur talkin ah jist couldnae allow any false starts, likes. Accordin tae George an auld pal fae his purebred school hus became a toap judge. This boay wanted early retirement, eh? so he started filterin some ae the drugs the polis hud seized, puntin large quantities ae thum oan the side tae a select few and at a marked doon price. The best ae gear reputedly. Well, least that's how Georgie boay pit it.

Ah accepted his motives but gave him a friendly caution aboot the responsibility he wis takin oan, jist so he wis aware ae the serious repercussions he'd be facin if anyhing went wrong.

'Okay, fair enough,' ah telt him. 'Ma boays will be at the exchange. Bang oan the button, n aw. Hings go South though, George? Anything at aw. Then ah'll be furgettin ah ever kent yae. We understand each other? Ah'll leave yae exactly where ah fuckin find yae.'

'Aldo,' he pointed oot, wae a shy smile. 'Malcolm is like my brother. Nothing can possibly go wrong. You do trust me, don't you?'

He then slid me a piece ae paper across the table.

'Tell them to be at this address. Not a minute past eight.'

Ah removed it and slyly stuffed inside ma Levi's poacket. The time came tae sae oor gidbyes when a mag fell lazily oot his coat poacket and when ah picked it up tae hand him it back, ah detected it wis a travel brochure fur Mexico.

'Oaff tae somewhere nice, are we?' ah asked him, tryin tae delve a bit further.

He jist brushed oaff ma question though wae a laugh.

'Me? No. It's the girlfriend. She has always wanted to go snorkelling at the Coral Reef. Her birthday is coming up so I thought I would surprise her and her mother with two first-class tickets.'

'Nice fur fuckin some, eh?'

Before makin ma wey oot the place, ah decided tae stoap by the fridge which wis positioned at the front, removin a boattle ae ice cauld Irn Bru along wae a bag ae cheese and onion crisps fae the stand nixt tae it.

'These are oan yur gaffer, pal,' ah telt that dweeb stood behind the coonter.

Oan ma wey oot ah could hear him cawin me back.

'Sir!' he yelped. 'Come back, please, Sir!'

Ah jist shook ma heid and laughed tae masel, ignorin his pathetic pleas, makin ma wey back tae ma flat.

• • •

Ah wis camouflaged in ma two-bedroom oan Albion Road. Durin ma absence Craigy hud been its caretaker, likes. Bestowed upon him the sole purpose ae makin sure the roof hudnae caved in or that. Tae ma pleasure he hud taken his duties tae hert cos it wis exactly how ah'd left it. Admittedly, though, ma mind wis directed tae mair pressin matters than the décor ae ma hoose. Ever since ma meetin wae George ma erse hudnae stoapped squeakin. Cos the fact remained, eh?

ah wis jist fresh oot the jail and oan the brink ae committin a major drug deal. Although this wisnae the root cause ae ma sudden case ae the tension. Efteraw, ah hud been conductin such high stakes transactions since the age ae sixteen. Insteed, ma worries wur foonded oan the basis that ah wis relyin oan the quick wit and fortitude ae Dougie and Craigy tae bring hame the bacon. Fifty grand ah wis pittin in their hands, an eye waterin sum ae money but ah wis lookin tae make four times that giein the quality ae the product. Oan time the deal goat the green light last month and ah hud tae find folk who could be easily manipulated and who better than ma two best pals? Durin their visits tae see me they made it well-kent they wur baith potless. Presentin me wae an openin ah pit an oaffer ae five grand a piece doon. Suttin that the pair ae thum reluctantly accepted. Giein ma mules wur baith compensated fur their troubles, aw there wis tae dae wis wait fur their arrival tae run through the plan again before kick-oaff.

Ah switched oan the boax and indulged masel in the mundane efternin telly schedule, aw in the solace ae bein douced in ma ain reservations aboot the deal. Despite ma freedom bein a cause for celebration ah demonstrated self-control by no hittin the snow or bevvy. Too much wis at stake, likes. As hard as ah tried tae bypass ma concerns suttin wis tellin me ah needed a clear heid. At least until this piece ae business hud been rubber stamped. That entire efternin ah paced aboot the hoose. Efter chain smokin sixty fags and runnin oot ae nails tae bite, the cloack struck sivin and a familiar knoack at the door hud me scurryin along tae answer the hing. Dougie and Craigy hud arrived better late than never and wur baith stood in the doorwey lookin scared witless.

'Ah thoat yae wid be here sooner?' ah huffed, dressin thum doon.

'We hud tae collect the money first,' Dougie poonded back, raisin the rucksack, wheezin.

Ah hauled the pair ae thum inside. Then we goat straight doon tae the point ae this meetin by tallyin up the money and runnin through the details. Craigy wis stood there clammy in his tracksuit while Dougie wis startin tae be bombarded wae second thoats.

'Ah dinnae ken, Aldo,' he begged. 'A judge and fifty grand. Ah'm paranoid, man.'

Ah showed Dougie ma shark eyes.

'This isnae the time fur you tae start hinkin fur yursel,' ah telt him. 'It'll be a walk in the park.'

He wis stood in a sports jacket, lookin aw nervous and juvenile, wae Craigy boay bonded tae his side. Each ae thum appearin mair oan edge than the other. But tae ma surprise, it wis Craig who broat up ma absence fae the meetin.

'How come yur no comin wae us, Aldo?' he pit the screws tae me, unable tae take his eyes oaff the flair.

Ah approached him, slowly, pittin ma face straight up tae his.

'Mibbie it's goat suttin tae dae wae the fact ah'm the polis's public enemy number fuckin yin,' ah simmered.

'And remember, eh? yur no daein charity work, here?'

It wisnae long before they seemed tae accept their fate. Ah soon turned tae a ciggie tae calm ma ain nerves, anxiously puffin awey oan it before deliverin yin final stipulation.

'Anyhing seems oaff, lads. Anyhin at aw. Yae walk. Sae much as a gram under the agreed weight? Yae walk...'

'We git the picture, Aldo,' Dougie cut me oaff by statin.

Ah stood firm, though, and passed him the piece ae paper wae the address. Gratefully they seemed mair at ease wae the fact ah wis sendin thum tae the posh Old Town area ae the toon insteed ae some war torn hoosin scheme.

'We need money fur a taxi?' they baith cried oot in agreement.

'Fur fuck's sake,' ah huffed before flourishin a thick roll ae twinties fae ma jeans, plantin forty quid in Dougie's paws.

They wur soon oot the front door and oan their wey tae the contact. Ah lit up another cancer stick, and ah cracked open a tin. Ah didnae rush it doon ma throat, though. Ah sipped at the hing, takin ma time. This can ae beer wis fur medicinal purposes only. Well, that, and tae keep me company whilst ah commenced a battle ae whits wae the large cloack oan the livin room wah. Ah plonked ma erse doon oan the couch and fur some reason ma legs felt numb. It was as if ah hud spent aw day in front ae the telly playin FIFA wae the lads. It wisnae long before ah realised that it wis Baltic in the flat. So, ah rushed through tae the hallwey tae check the thermometer. It wis 26 fuckin degrees. That's when it made sense that ma nerves and angst wur simply fuckin wae ma heid. An hour later rapid and erratic bangs could be heard comin fae the front door. In that moment ah foond masel convinced that ma taste ae freedom wis tae be temporary.

Ah tiptaed intae the dimmed hallwey, quietly closin the livin room door. Ah then went aw stealth doon the hallwey tae catch a peek ae who wis bangin behind the front door. It wis too dark tae git a clear shot ae who it wis, though. Jist as ah wis aboot tae swing the hing open, Dougie's unmistakable voice could be heard shoutin, 'Open the fuckin door!' As soon as ah did as he asked, him and Craig bum rushed past me. Pair ae thum desperately oot ae breath and actin aw strained. Dougie, withoot hinkin, slammed the door behind thum, frantically loackin it shut. Straight awey ah could see suttin wis up.

In aw honesty, ah knew straight awey the deal must ae went sideweys. Nae investigation wis needed, likes. That'd be a waste ae time cos the pair ae thum wur clearly in the midst ae recoverin fae a traumatic ordeal. Insteed, ah decided tae play the voice ae reason. And, mair importantly, git straight doon tae what's jist transpired at the meet. Truth is ah hud a loat mair at stake than ma pals' mental health.

'What the fuck happened?!' ah belted oot. 'Where's the snow?'

Eventually, Dougie caught his breath before sendin a dagger straight through ma hert.

'The polis busted in,' he panted. 'It wis a total mess. We goat oot ae there by the skin ae oor baws.'

'At least tell me you've still goat the money?' ah implored.

Craigy resembled a boay who hud jist done a few laps aroond Arthur's Seat. Surprisingly, he still hud enough puffs left in his lungs tae pit yin final nail in ma coffin.

'They goat the coke, mate. And the money's gone, tae.'

Ah stood there taken aback, utterly staggered until the mental image ae ma ill-gotten gains emerged. And yince it did, ah felt like a defibrillator oan ma chist cos suddenly ah wis shocked back tae life.

'Jist tell me what the fuck happened at the meet?'

'Everyhing wis goin tae plan,' depicted a quiverin Dougie. 'But as soon as we handed oor the money, the polis come chairgin through the door. Ah thoat me and Craigy wur gonnae hae ten year rammed up oor erses. Listen, your pal is a fuckin diamond. He took care ae the situation.'

These two dweebs might hae boat that line. But no me, eh? Efteraw, in the world ah operate in there's always some cunt wantin what you've goat. It wisnae common knowledge the moves ah wis makin wae George. It wis strictly ah-need-tae-ken basis. And neither Dougie nor Craigy possessed the smarts or the baws tae pull oaff such a stunt, which left only George and this boay Malcolm as the prime suspects. But before ah prepared the guillotine fur thum ah wanted a better understandin ae what actually happened. So, naturally ah decided ah needed the testimony ae two eyebaw witnesses.

Craigy remained numb oan the yin seater. The room wis shadowy but ah didnae need a 4K picture ae him tae tell that in his mind he wis awready droapin the soap in Barlinnie. So, ah accepted he wisnae a reliable witness. That's when ah decided Dougie wis the yin ah needed tae stand up. He'd be mair a soond narrator than Craigy ever could.

'Brek doon exactly what happened?' ah telt him. 'Enlighten me, eh? ah want tae ken how yous two urnae doon the station bein grilled?'

Dougie wis still very pale and looked distressed. Ambushed by the constant questions.

'Two polis cunts burst through the door,' he stated. 'They wur ready tae cuff us until yur mate fed thum a line aboot how we didnae ken what wis in the rucksack, that the coke wis awready in the hoose when we goat there. The polis cunts agreed that it aw made sense.'

Ah thoat fur a moment, wonderin if he kent jist what a complete and utter retard he wis. Totally unforeseen Craigy somehow developed a pulse.

'Come tae hink aboot it,' he considered, talkin oot loud tae himsel. 'They did buy that line oaffy easily. Almost as if they wur thick as fuck.'

'Where the fuck's George?' ah rumbled, grabbin Dougie by his scrawny neck. 'That cunt and this fuckin judge are tryin tae pull a fast yin!'

'He fucked oaff back tae his restaurant tae keep his heid doon. Yae'v tae phone him, he said. Honestly, ah really dinnae hink he wis tryin his luck. Shoulda seen him brek doon when the polis left.'

'Aye, mate,' added Craigy. 'It wis pretty pathetic.'

Ah lit Dougie go tae gie him some air. Whatever the reason fur this 'raid' ah could smell nuttin but foul play.

'The law aroond this manor normally couldnae find the ring oan the centre ae their erse withoot a compass. Nae CID and only two fuckin officers? And yur sayin they lit yae walk when they caught yae rid-handed? Suttins up. Suttins definitely up!'

In a matter ae breaths, the three ae us wur in a cab and oan oor wey tae Newington. George might hae preferred a phone call but ah've alweys been a firm believer in direct action. Oan oor wey through the busy night-time traffic ae the toon ah pit a call intae an understandin member ae the local pig brigade who confirmed ma growin suspicions wur correct. That nae such raid ever took place. That's when ma mind and aw ma focus turned tae revenge.

In ma ear ah hud they two balloons tryin tae reason wae me. Tellin me no tae act first withoot hearin George oot. It wis easy fur thum tae say, likes. Efteraw, it wisnae as if either ae them wur in any rush tae hand back their five grand. The two ae thum hud evidently hud enough excitement fur yin night. Desperate tae avoid anymair bombshells, ah busted through the front door, bayin fur blood. Ma aim fur a dramatic entrance, however, somewhat fell flat oan its puss as ah wis met by the sight ae a couple stoned oan love conversin at a table. That fuckin goofbaw fae earlier wis still mannin the coonter, though, like some soart ae Coldstream Guard. He seemed thrown by ma entry, particularly when ah hollered, 'Where's yur fuckin boss?!' But before he even hud time tae find his dummy, the Talented Mr Ripley made a quakin emergence fae the back.

'Aldo,' he professed, almost peein himself oan the spoat. 'I was just about to call you.'

'Oh, aye,' ah said. 'Well, ah prefer face tae face chats, eh? That wey there's nae misunderstandins. Ken what ah mean?'

He shepherded us tae the back, where naeboady could listen intae oor summit. Ah sat doon across fae him. Waitin fur him tae eventually find his voice, Dougie and Craigy kept their distance, eh? by plantin their erses doon at a table at the other side ae the room. He practically furgoat his ain name as he set aboot beggin fur pity.

'I swear to God, Aldo,' he broke, almost greetin. 'I don't understand what happened. Neither does Malcolm, for that matter.'

Ah intently look straight intae his eyes and it hit me how backwards he noo looked. 'Ah've hud it confirmed fae a reliable source that they cunts wur in fancy dress. You better no be implyin this leak wis in ma boat? Cos ah want ma money.'

'No, of course not,' he recognised wae a shake ae his heid. 'But please be reasonable Aldo. All my capital is tied up in this place.'

Ah looked aroond the restaurant before ah eyed up George again.

'Ok, ah'll see you on the last Friday of every month partner,'

'I can't believe this?' he shot back in fearful wonder. 'I was doing you a favour and now you're taking a slice of my business?'

An unpleasant silence rippled in the air. Ah focused on George wae an intimidatin glare, as ah weighed up his fate. Then ah proceeded tae lean oor the table and gently rub his hands as the fear set intae his mind.

'This unfortunate incident isnae worth losin a leg or an airm oor, is it?'

His defeated sigh confirmed tae me we wur oan the same page. So that's when ah decided tae wrap up this business meetin. Ah cloacked the lad's takin this as the sign fur theym tae dae the same. Jist as ah wis aboot tae leave George tae stew in his misery, ah spun aroond tae pull the pin oan another grenade.

'Ah nearly furgoat mate. Did you ever read aboot the Gilmerton Massacre a few years back?'

He lifted his heid up that wis planted intae the table. 'The *what*?' he asked lookin aw demented.

'Furget it,' ah telt him wavin awey his question. 'Lit it die a death. Ah'll cut tae the chase, ma mate's gittin oot efter a ten stretch. He's wantin tae hae a faimily do and ah'm hinkin here is the perfect venue.'

He soon goat oaff his erse efter that piece ae information and he follaed the three ae us tae the exit. Aw fur the chance tae voice his concerns aboot this social gaitherin.

'Aldo, I really don't think this is the appropriate location. Surely your friend would like something more up market?' he said.

Ah turn tae face oaff wae him and ah put ma hand up fur him tae hit pause.

'Dinnae worry, they're a faimily ae gypsies. Indoor plumbin and cutlery. This place will feel like a five-star resort tae thum.'

• • •

The nixt mornin ah woke up wae a renewed sense ae optimism. Nae hang oor or a come doon tae drag me doon either. Giein the events ae the other night it wis ma right tae git wasted and tae celebrate ma freedom. Ah showed strength ae character and maturity tae resist temptation and no tae wage war wae George and the judge. A surprisin admission considerin fifty grand hud jist been swiped fae ma poackets. Suttin wis tellin me that everhing wis aboot tae faw intae place. Prior tae ma two amigos arrival at 2pm ah hud some bits and pieces tae take care ae first. Then Dougie and Craigy wid be at the flat under the ruse that we were goin tae be hittin the toon's pubs and clubs but that wis only half right. Cos ah hud some crucial details aboot oor mystery coppers and ah wis rarin tae share ma findins wae thum.

Two o'cloak arrived and bang oan schedule it wis accompanied by rapid pressin oan the doorbell. Ah didnae move a muscle though, bein too busy kickin back oan the airmchair, nonchalantly chillin oan a fat, expensive and authentic Cuban cigar. Ah kent it wis they two clowns, likes. Dougie and Craig. They wurnae giein up, either. And before long ah could hear thum enterin the hoose withoot a written invitation. They stumbled intae the livin room tae find me in full Tony Soprano mode. It wis immediately clear that ma high spirits surprised thum.

'Pour yursels yin, lads,' ah said, confidently, raisin ma gless.

Dougie stood in front ae me as ah sat comfortably in the chair. He looked like roadkill and wis still strugglin wae the events ae the other night. Straight awey he hit me wae an erratic barrage ae drivel.

'What the fuck, Aldo?' he pondered. 'Ah've barely slept in case the polis showed up at ma folk's hoose. And you're sittin here wae yur feet up. What's the score, eh?'

Ah took a few reflective puffs ae the cigar. Then blew a backdraft ae smoke straight in their direction. The pair ae thum almost gagged fae the musky smell and fumes fleein fae the hing.

'Turbo! Lawrence!' ah shouted.

A combination ae light and heavy fitsteps became noticeable in the hallwey. The three ae us wur focused oan the livin room door until ma two special guests popped their heid inside tae unveil thumselves. Two figures that left Dougie and Craigy thunderstruck and they wur quite literally loast fur words.

Lawrence, cairyin a rucksack, walked oor tae the coffee table before placin doon the bag. He stared at me.

'The money and coke are in there, Aldo.'

Efter which he acknowledged the dynamic duo who looked mair rattled than ever.

'How you doing, lads? No hard feelings, eh?'

He wis the brains ae his and Turbo's partnership. A similar age tae us three, likes. Turbo wis known as the brawn ae this alliance. He hud the frame ae a rugby league player and wis fast approachin fifty. Lawrence wis much smaller and newer than him, likes wae a mair benevolent appearance. But what he did huv wis a natural wey wae his words. And could punt snow tae an Eskimo.

Dougie stood frozen tae the cairpet. Eventually he raised his palpitatin airm and tipped at theum.

'These are the boays who raided the deal. They're no the fuckin polis at aw.'

Ah laid ma cigar in the ashtray oan the side table. Then rose and gave Turbo and Paul a wink.

'And he's the smart yin ae the two ae thum.'

Ah soon unzipped the rucksack. Pullin oot two five grand bundles that wur wrapped in an elastic band.

'Until nixt time, lads,' ah telt Lawrence and Turbo whilst providin thum each wae a stack ae notes.

They baith left kennin their mission wis complete and that acquirin their services wis a safe investment. The expression 'deid as a doornail' came tae mind, likes. As ah sneaked a look at Dougie and Craig, neither yin ae thum hud the brain power tae formulate a question. But ah kent they hud many still tae ask. So, ah planted ma erse back doon in the seat and puffed yince mair oan Cuba's finest.

'So,' ah confessed, wae a sense ae wonder in ma voice. 'Yous two really dinnae huv nuttin tae say?'

Wae this the clouds suddenly parted and the sunshine shone through when Dougie attempted tae speak his mind.

'You're tellin me you planned this hale hing? That yae set me and him up?'

Craigy alweys looks as if he wis a boattle shoart ae a full crate. His communication skills wur somewhat underdeveloped. He remained so in that moment. So, ah jist pit ma cairds doon oan the table. Casually inhalin and exhalin smoke fae ma cigar, ah laid doon ma confession.

'C'moan, eh? Yae didnae really hink ah wis gonnae pey Jeeves and Fuckin Wooster fifty grand fur a product that wis otherwise goin fur free?'

'It wisnae goin fur free, though. Wis it? Ya fuckin lunatic,' the self-righteous Dougie explained. 'And who exactly are they two?'

'Two ae the best conmen this side ae the Forth Road Bridge,' ah grinned. 'And if yur no happy aboot it. Yae could always phone the polis?'

Craigy sniggered and Dougie growled.

'This is aw a big fuckin joke tae you, eh?' Dougie answered, as he paced aboot the flair, unnerved. 'That George seems like a decent bloke. You royally shafted him. And if that wisnae bad enough, eh? yae take a piece ae his restaurant? No tae mention fuck oor yur two best mates. Why the fuck did yae even send us tae that meet?'

Ah flicked the heid ae the cigar intae the ashtray, takin a deep draw before answerin his questions.

'Pick yur fuckin dummy up oaff the flair,' ah telt him in a ridiculin fashion. 'Who in their right fuckin mind is gonnae expect someboady tae pit their two closest pals through that ordeal, eh? Ah couldnae tell yous anyhing. Ah wis daein yae a favour. The robbery hud tae look authentic. Yae wur there merely fur appearance purposes.'

'You dirty bastard!' Dougie lambasted me.

'Okay, Dougie. Jist hink aboot it, mate,' ah coonterargued. 'Ah've goat enough coke tae lit oaff an atomic snowbaw in the toon. Plus, a cut ae a thrivin business and thanks tae George ah've also goat a fifty grand credit wae a high rankin judge.'

'That's…That's,' stuttered Dougie, who seemingly began tae appreciate ma checkmate move. 'Actually…It's smart.'

Since we wur noo oan the same wavelength ah decided tae reward thum baith wae a healthy bonus. Ah leaned oor the side ae ma chair and produced two sealed see-through fid bags. Each filled wae money.

'What's this?' questioned Dougie.

'That's yur compensation right there,' ah telt him. 'An extra five grand a piece.'

The pair ae thum jist aboot creamed in their boaxers. Dougie still insisted oan remainin in the moral highchair, though.

'That's nuttin but blood money,' he moaned.

Craigy hud nae such qualms aboot the source ae the money. He spoke tae Dougie, but his eyes never wavered fae the sight ae the dosh. He wis quite literally lickin his lips and probably awready hud the money spent in his heid.

'Dougie,' he expressed, wae a nervous energy. 'Ah live oan sivinty quid a week fae the dole. That money could be drenched in the blood ae a small bairn. Make nae mistake ah wid still spend it.'

Then he swiped his bag oaff the table, before addin, 'Thanks very much, Aldo.'

Ma eyes zoned in oan Dougie who ah knew wid soon cave. He likes tae take the high groond whenever an opportunity arises. In spite ae this he kent fine well gid intentions buys yae fuck aw. In a matter ae seconds, he wis stuffin the money inside his jaicket.

'Well,' he started, 'ah suppose what that George doesnae ken willnae hurt him, eh?'

Yince the three ae us wur satisfied wae the ootcome, ma focus shifted back tae huvin a gid time.

'Git a drink lads and we kin sample this gear, eh?'

Dougie shook his heid.

'No fur me, mate. Ah hink ah need a lie doon. Ah'll catch yous later.'

It went withoot sayin Craigy wis guzzlin doon drink and choppin lines before ah could even reconsider the proposal. That's when ah announced tae the departin Dougie some news that wid cheer him up.

'Yur smudge problem is dealt wae, mate.'

He looked fried by ma statement.

'Smudge problem? What fuckin smudge problem?'

Then it came tae him. A glare ae recognition pulsatin oot his eyes.

'Oh, that's in the past, mate,' he says.

'Well, anywey,' ah continued. 'Ah hud a word. Efterwards ah droaped him oaff at the hoaspital.'

Wae that Dougie left the room, unable tae talk. As fur Craigy, eh? he served his purpose in life by greedily snortin his brains oot. Leavin me wae the realisation that this wis ma first step in claimin the toon's crown.

...

Gradually ma mind lapses back intae the present. Who knew grub huds the key tae the memory volt, eh?

Bruce is lyin spark oot across the rug. Ah'm a little shaken wae that torpedo reminder ae ma days spent as a savage. If memory serves me well, ah'm sure George ended up daein another stint inside thanks tae oor business arrangement. The authorities wrongly fingered him as the leader ae a criminal enterprise. His business went under along wae his faimily's name. Ah walked awey unscathed and he kept his mooth shut. And efter that, thanks tae oor reunion, it looks like hings quickly deteriorated fur him. Twinty Gs though? Ah dunno. And who widnae want tae be waited oan hand and fit?. Plus, ah ken too much aboot extortion tae faw victim tae it. Sittin in front ae the telly ah'm wrestlin wae ma conscience. Yin look at Bruce snoozin and it rattles ma heid. Ah wis giein a second chance at life wae him, eh? Showin personal growth. Ah've decided tae grant George his wish. Only it will be an anonymous donation cos ah dinnae need chancers hinkin Aldo hus accomplished the unhinkable and developed a hert.

CHAPTER 7

Return to Me
ALDO

Every second Friday ae the month means only yin hing, collection day. The moment when aw the coke heids and pill poppers across the toon and Lothians cough up fur their weekend high. Cunts wae barely two pennies tae rub thegither along with the blue-blooded social elite. They aw huv ma number oan speed dial. There is nae credit check involved fur those who seek oot ma services. Ah dinnae concern masel whether yae live oan sivinty quid a week, or a hunner grand a year. Each yin ae thum is viewed as a trusted and valued customer, highlightin that this business remains yin ae the few endurin 'classless' industries. Yin minute ah'm knee deep in high-class housin and minglin wae a line-up ae upstandin members ae the community, folk that wid only as a rule git tae meet local entrepreneurs like masel oan Crimestoppers. Then ah find masel bein transferred tae the ghetto that is Muirhoose tae ply ma trade wae a pair ae marble-mooth kit heids, opportunists that society wid rather furget even existed. But, ken, no Aldo, ah jist see poond signs and they're aw that matter.

There wis nae tales ae woe or tears shed theday, likes. Somehow, naeboady came up shoart and they aw peyed up tae the penny. Which meant ah didnae even huv tae scatter oot any verbal threats nor did ah huv tae commit any actual acts ae physical violence. Suttin which must be considered a right result at the oaffice. Ma satisfaction ae a joab well-done is brief though, cos ma phone starts vibratin and yin quick gander at it tells me it's that nippy bastard, Craigy, which is soon follaed by relentless calls fae my other imbecile pal, Dougie. Nevertheless, ah ignore the phone and maintain ma focus oan the traffic.

Ah tasked Craig wae yin simple instruction.

'Look efter Bruce until ah dae ma roonds,' ah telt him.

He's probably jist ringin me up tae tell me he's been gittin the run aroond fae ma lad, Bruce. Efteraw, he hus reached that teenage rebellious phase where he pushes his boundaries as he pleases. Soon enough ah'll be back at the apartment bloack, and ah kin hear aw aboot the many hoops he's hud Craigy jumpin through.

Ah enter the flat, briskly. Hang up ma jaicket and wait fur Bruce. Ah'm somewhat fretful though to see that he isnae burstin through wae his usual hugs and kisses. He must still be bearin a grudge, ah tell masel, efter ah'd left him in the custody ae the toon's number yin dipstick, ah mean.

'Listen, pal,' ah shout through tae him. 'How aboot ah treat us tae yur favourite thenight, eh? a Domino's? Hink aboot it at least!'

That's when, tae ma surprise, Dougie comes oot the livin room and looks troubled and storm-tossed.

'Dougie,' ah say. 'What are you daein here? Where's Bruce and Craig?'

'Ah'm sorry mate,' apologises Dougie wae an ah'm aboot tae greet face. 'Bruce is gone.'

Ma eyes begin wellin up like some natural reflex. And ma throat suddenly becomes croaked.

'Yae mean he's deid?'

'Nah,' Dougie tells me while takin a step backwards. 'Craig loast him doon the Links. We've hunted high and low fur him, likes. He's still oot searchin. We tried phonin yae, mate.'

Gradually everyhing starts tae decelerate and ah feel like ah'm oan the brink ae the worst comedoon ae ma life before ma worry quickly channels itself intae anger and then rage. Ah lash oot, pinnin Dougie up against the wah wae ma iron stranglehold.

'You better be windin me up?'

But, alas, his fearful gaze tells me he isnae pullin ma leg.

'Ah wisnae even there, mate. We'll find him. Ah swear.'

Ah loosen ma grip cos ah'm no sure whether ah should

pummel his puss or greet masel a river. Ma restraint soon motivates a huge sigh ae relief fae him. This moment ae self-pity that ah'm feelin powerfully refuses tae linger. Ah cannae allow it tae cos Bruce is oot there somewhere, eh? and by fuckin God he needs me. Ah quickly fire ma jaicket back oan and we're baith oan oor wey tae join the search fur the yin true love ae ma life.

Four hours we spent interrogatin every inch ae Leith Links. High and low, north tae south, right tae fuckin left. Yit, no even as much as rumour in return. Naeboady, it seems, hus seen a hide nor hair ae him. It's every faithur's worst nightmare, so it is. Yin minute yur dug's there and the nixt they've disappeared.

Ah withdraw back to the flat wae the Chuckle Brothers. We retreated there oan the oaff chance there's been word aboot Bruce's whereaboots. Naively, as it turns oot, it's jist wishful hinkin. There's depressingly nae news tae report. Ah cannae even look in Craigy's direction withoot wantin tae commit heinous acts ae violence oan him. Dougie, in the meantime, hus pit the word oot oan social media. Pleas fur assistance tae accompany a few snaps ae Bruce. Ah make dozens ae calls aw aroond the toon. Tellin everyboady and anyboady who gits a whiff ae him tae shout me right awey. Yince this demand spreads aroond Edinburgh it seems that there's nae shoartage ae willin volunteers. Men, wumen and bairns hit the streets. Brucie, yae see, is a popular character aroond these parts. His warm personality melts herts like ice-cream oan a rid hoat summer's day.

Ah pit the phone doon and ah'm embed tae the couch, too overcome wae fear that ah might never git the chance again tae tell him how much ah love him and that ah didnae rescue *him* and in truth he wis *ma* saviour. Dougie's seated oan the chair wae the laptop positioned oan his lap. He rubs his eyes but admirably remains focused oan sendin oot distress signals tae the toon's Twitterverse, in the hope we kin git a lead on Bruce's location. Clearly Dougie is takin full advantage ae the opportunity tae show oaff his newly developed computer skills courtesy ae his course at Edinburgh College. This is yin ae those rare moments when the power ae education is bein used fur the greater gid. Still nae bites though and we're nae closer tae a favourable ootcome. If anyhing ma mind hus started tae become polluted wae pessimistic scenarios aboot Bruce's fate. He might huv been hit wae a motor? Some dirty bastard might huv nabbed him? Or he could be stuck somewhere worried that ah'll no find him. The creator ae the worst day ae ma life, bein Craigy, is irritably marchin up and doun ma flair.

He's continually bitin his nails and spitin pieces ae thum oot and paints the sketch ae a guilty man. Ah've stoapped masel fae yaisin brute force oan him though the longer Bruce is awey fae ma side, the closer the expiration date oan ma temper draws near, and he kens fine well he's against the cloack. We've scoured aw ae oor usual haunts and some hotspots further afield includin Calton Hill. We've banged oan every neighbour's door and phoned up every dug kennel within an area postcode. They twats at the microchip company proved tae be nae use either. Ah cannae lose this feelin that suttin horrible hus happened and that ah've no been there tae shield him fae any herm. Bruce kens no tae talk tae strangers or wander oaff awey oan his ain. At this point when ah remember that he could make the walk back tae the flat blindfoalded, it spells a troublin result.

In yin final desperate attempt tae try and reason wae stupidity, ah shine the light intae Craigy's eyes again.

'Right, you!' ah bark at him. 'Tell me again, what exactly happened?'

'Ah telt yae, man,' he appeals sittin doon nixt tae me, lookin shitless. 'Ah turned ma back fur two minutes and when ah burled back aroond he wis gone.'

'That's aw it takes, ya thick cunt! Huv yae no watched the news? A fuckin trained chimpanzee could huv taken him that walk and broat him back hame safely. Ah gave you the benefit ae the doot though, eh? Ah showed faith in yae and yae royally shafted me.'

Dougie lifts his heid up fae the screen wae a speech ae appeasement at hand.

'There's nae point in arguin amongst oorselves, mate,' he says. 'We'll find him, Aldo.'

'We fuckin better,' ah warn him whilst directin the dirtiest and meanest look ah kin possibly assemble straight at him, which persuades him tae take in gulps ae baith fear and anxiety.

Ah feel like ah'm breathin wae yin lung, eh? largely due tae the lack ae incomin calls comin fae ma phone and the sight ae Dougie still relentlessly typin awey oan his keyboard withoot utterin a single word aboot a positive lead. The options oan the table are growin ever thin. The very idea ae Bruce bein oot there somewhere loast and thrown intae a panic is too much fur any man tae bare. That's why ah've decided tae roll yin final hopeless throw ae the dice. Ah've picked the phone back up and dialled a number that ah swore ah'd never caw.

'Hello,' ah say. 'Polis please. Ah wid like tae report a missin bairn.'

'Yae cannae phone thum aboot a missin dug, Aldo,' screeches Dougie quietly.

And, ken, mibbie he hus a point. In simple terms this is ma son we're talkin aboot here. His name is fuckin Bruce and ah love him. In record time a rush ae polis sirens come dartin taewards the flat. Suttin ah've no heard in such force since that Greggs delivery van banged intae the back ae that lorry oan Gordon Street. The fuckin hing strewed a variety ae doughnuts aw across the main road. Anywey, what seems like only seconds later the ominous polis knoack oan the door arrives. Goin against what's expected ae him Craigy makes himself useful and fires through tae lit thum inside. He leads thum back through tae where we are waitin wae the officers trailin behind.

'It's the filth fur yae, Aldo?' he quips, noaddin behind him, resultin in me and Dougie cringin at his absent-minded comment.

Two polis officers enter the room. The shoartest yin, a blond-heided lassie, who looks mair like a beauty therapist than an officer ae the law, turns and shoots doon his comment wae yin lash ae her tongue, provin that she's nae brainless bimbo.

'We prefer police officers,' she reprimands him. 'Am I understood?'

'Ah'm sorry,' Craigy shyly replies, wae a shrug ae his shoulders, 'Force ae habit.'

Ah rise tae receive the pair ae thum cos if ah leave him tae dae aw the talkin then we'll probably end up spendin a night in the cells. The lassie appears tae be the yin in chairge cos the shoart, chubby, awkward-lookin boay that's accompanyin her clearly hus nae baws. He's diligently browsin the flat in search ae some incriminatin evidence. Ah might no ken thum, eh? but suttins tellin me through this boay's beady eyes that ma reputation hus preceded me. Efter we discard the formalities ae a swift introduction, the officers are quickly perched awkwardly oan the edge ae the sofa. They begin their routine by rhymin oaff question efter question in an attempt at buildin a profile ae the situation. They somehow seem mair concerned wae the answers provided by that parasite Craigy then anybody else. Ah'm guessin this aw stems fae the fact he wis the last yin tae see Bruce, which, intentionally, or no, at least shows me they are takin ma concerns seriously. Dougie is sittin amicably, likes, keenly watchin and detectin oor interaction wae the polis. He still looks in a state ae utter shock and disbelief that ah rang thum up in the first place. Eventually, eh? the lassie gits straight tae the point by askin an obvious, but important question.

'The first twenty-four hours are crucial in any missing persons case, sir,' she confesses, in her appealin voice. 'Do you have an up-to-date photo of your son? So, we can make it available to all the officers at our disposal?'

'Of course,' ah holler, leapin up fae ma seat.

Ah rush oor tae the side cabinet and grab a treasure trove ae photae albums filled wae cherished memories ae me and

Bruce. Ah plant thum doon in her lap and retake ma seat. They baith look dismayed and taken aback by the size ae the stack.

'Just one photo will suffice,' she proclaims before Holmes and Watson start flickin through thum.

'I like dogs too, sir. Only can we please see a picture of your son?'

'That's him,' ah tell her. 'That's Bruce, right there,' ah point doon oan the photae. 'Look at him. We've even goat the same chiselled jaw line.'

Her partner takes a closer inspection ae yin photae and leans in pointin it oot.

'Is that dug wearin a sombrero?'

'Aye,' ah tell him. 'It wis faithur and son's day at a nice restaurant in toon cawed Viva Mexico.'

Blondie hastily closes the picture book and shuns thum tae yin side.

'Okay,' she announces before gittin up. 'I think we have seen enough.'

'Where are yae goin?' ah ask thum.

Tae which she politely tells me where tae go.

'Please don't worry,' she quietly reports. 'We're just on our way back to the station to tell our colleagues to forget about all the murders and rapes in this city. Every able-bodied officer must be on this case 24/7. We'll be in touch.'

Ah watch ma infantry desert me.

'Aldo, their no comin back,' ejects Dougie.

'Ah fuckin ken they're no,' ah admit bitterly.

Suttin hus tae give and this isnae the time fur a path ae self-destruction. Aw that matters is that ah find Bruce and bring him back hame where he belongs. It's time fur action which is why ah've made a scramble fur a map ae the city that ah remember is stashed inside the ottoman in ma room. By the time ah come back through the two morons are awaitin tae see what ma sudden departure wis aw aboot. Yin sight ae the map and ma marker pen and even these morons kin figure it oot withoot directions. Ah spread the hing oor the flair and ah gesture fur thum tae gather aroond. Ah expertly mark doon a target radius aroond the links and the rest ae Leith. Proper Eisenhower precision goes intae the plannin and nae stane is left unturned. Noo we huv a clearer picture ae the groond we need tae cover. Aw hands are firmly oan the deck and oor nixt task is tae mobilise the search team and lead this fuckin manhunt. Impressively, Mrs Henderson hus insisted oan daein her part by mannin the flat in case Brucie turns up. She's in complete bits aboot the hale situation.

We return tae the spoat, Leith Links, where ah find a site that reminds me nae bell hus soonded oan this search cos loats ae familiar faces huv answered ma battle cry in their droves. Ah attach masel tae that erse, Craig, tae spearheid the hunt in the western area ae the place, the section ae the Links that contains the play areas and fitbaw pitches. Ah'm pittin ma faith in that suttin might jog Craig's memory and a crucial piece ae evidence ignites in his heid. As fur Dougie, he's been tasked wae takin apart the eastern section ae the area. Ah've placed him under strict orders tae notify me if Bruce even burps in his direction. The hale toon has virtually been placed under lockdoon again by me. Anyboady who is anyboady is oot searchin fur him. Ah've even placed a handsome bounty oan his safe return which hus led tae the young team gittin their torches oot tae scan the city. Ah'll gladly take this city apart a brick at a time if that's the price ah need tae pey tae be reunited wae him. Nae buildin site, park, garage, shed, in a two-mile radius will remain untouched. Frantic appeals ae 'Bruce!' flow throughoot the Links and beyond and nane are mair demoralised than ma ain. Ah detain every jogger or dug walker walkin aboot tae wave a crystal clear photae ae ma missin companion in their puss. Ah've even resorted tae squeakin his favourite squeaky toy aboot, a rid and bright yelly lion cawed Memphis, in the hope it might coax him oot fae wherever he's went undergroond. Sadly, it's aw fur nowt cos nuttin ah dae seems tae bring us any closer tae findin him. Ah steel masel and widen the search tae the surroondin streets. The Likely Lads are daein their part by painstakingly helpin me tae channel the other volunteers ootwards. Maistly due tae his daily drug intake since the age ae sixteen, Craigy hus the memory ae a sivinty-six-year auld Huntington's patient. Ah remained hopeful that he wid be struck doon wae total recall but predictably he's proven a lit doon. Consequently, ah've hud tae deploy a change in tactic.

Fur three long and very emotional hours we've combed the area. Efforts that doesnae even unearth as much as a pawprint fur oor troubles. Ah wis, though, sent oan a near sprint taewards Seafield Crematorium aw because Dougie received word that a dug wis sighted wanderin aboot withoot an owner. Tae the detriment ae ma blood pressure it turned oot tae be a false alarm. Time is tickin doon, likes, tae locate Bruce and recover a positive ootcome. Cos the dark overcast above suggests the weather nae longer seems a friend tae this livin nightmare. Ma morale is shattered cos naeboady, and by that ah do mean absolutely naeboady, hus cloacked his glowin smile. Aw along fae Mitchell Street tae Lochend Road he's become nuttin mair than an invisible dug. Aw the while ah've constantly been oan the phone but it seems the rest ae the toon is ignorant as tae where exactly he could be. A painful fact that hus left me battlin the gut wrenchin question, *Will ah git tae see that beautiful wee puss again?*

This answer cuts ma baws oaff and flushes thum right doon the bog. Cos, ah mean, truthfully, eh? ah dinnae ken if the band will ever git back thegither again. In a jiffy the efternin light ae day becomes pitch dark. An aw at yince transformation in the conditions that leaves me questionin whether some higher power hus turned the lights oaff. Fae that time a dounpoor ae torrential rain commences soakin everyboady tae the bone. And it wid seem that nae cunt present owns a waterproof jaicket. Hings cannae possibly become any bleaker until *Dumb and Dumber* come stormin taewards me.

'Aldo, we need tae caw it a day, man,' reveals Dougie who's

tryin his best tae shield his face fae the rain by huddin up his airm. 'We'll catch pneumonia standin oot here. We'll heid back oot first hing.'

Ah impulsively burst intae tears. Inside ah kept tellin masel that he wid show up. The simple idea ae Bruce bein scared is overbearin. A nauseatin image that hus triggered ma legs tae buckle under the weight ae a broken hert. Ah'm practically face doon in some wet and muddy field unable tae fathom a future withoot ma four-legged soul mate.

'BRUCE!' ah scream, weepin and yellin intae the Leith night-time.

Ah'm escorted back tae the flat by the two bams. Clearly, they could see ah wis in nae state tae breathe never mind drive. So, Dougie volunteered tae be ma designated driver and took me back hame. Despite feelin mair blue than fuckin *Avatar*, the fact remains, which is that ma main man still needs me. That's why ah will never wave the white flag. Efter ah send a crushed lookin Mrs Henderson awey ah clean masel up and dry masel oaff, ah slip oot ma trackies and trainers, replacin ma ootfit intae a black cashmere Superdry toap and a pair ae matchin jeans along wae ma Timberland bits and ma North Face waterproof jaicket. Yince ah'm suited and booted ah jump back in the motor tae resume ma search. At this time ae night, the toon's streets are haunted wae the hameless and a mixture ae druggies and pissheids, cunts that wid probably fail tae remember seein a man eatin a lion who'd been shot efter prowlin Princes Street Gardens. No that it matters fur it seems that naeboady fae The Royal Mile tae Lothian Road huv caught sight ae Bruce. Ah even went aroond some local businesses tae make enquires, tae nae avail. And since fawin asleep behind the wheel is becomin a strong possibility ah've unwillingly decided tae heid back tae the hoose.

Normally ah wid jist stick the key inside the door and enter the flat, and, hey presto, Bruce wid be there jumpin five feet in the air, wearin an expression ae pure ecstasy. But noo aw that awaits tae salute me is an empty hallwey. A stomach turnin reminder ae what ah've loast. Fae the second ah flick the light oan, the tap starts runnin again and ah'm back tae impersonatin the only survivor ae a train wreck. The word sleep isnae even in ma word list whilst in this state. Mean, if ah took forty winks withoot Bruce lyin at the fit ae the bed, snorin his wee heid oaff, it wid somehow feel like committin sacrilege. Before too long ah've goat a chilled boattle ae Jameson's and a tumbler in hand. Along wae some ching tae self-medicate ma hertache. Back oan the sofa ah'm busy droonin ma sorrows wae only the photae albums that contains a selection ae oor unfurgetable exploits thegither tae keep me company. Then, fae a side glance, ah catch sight ae suttin that crushes ma lungs like a crisp packet. It's nane other than the wee guy's favourite companion, 'Alfie', a cute meerkat teddy that's rested oan the sofa.

Mixin sauce and snow hus clouded oor ma recollection ae the night's events. Ah distinctly remember embarkin oan a coke-powered search ae the local area late last night. And if ma memory hus supplied me wae the correct information, then ah almost certainly owe quite a few apologies. Ah hope tae fuck ma flashback ae the scene at the local Chinese is false. Otherwise, they might be filin fur a restrainin order this very mornin.

When ah'm wasted ah tend tae lose sight ae what's real and what's no. And ah soon find masel tapped fur ideas and strugglin tae come tae terms wae the reality that the missin piece ae ma jigsaw might never be located. It's been hours, eh? and nae cunt is any the wiser where he could be. Etta James's soppy classic 'At Last' is appropriately playin oan ma Bluetooth. A fittin soondtrack fur ma ain personal implosion.

Seconds later, ah hear the front door creak open, and a voice waves.

'It's only us, mate!'

Their appearance comes like suttin ae a missle. Baith Craig and Dougie slip intae the livin room, shuttin the door behind thum. They find me wastin awey oan the couch, resemblin a man who's jist loast a fiver and foond a penny. Craigy still possesses the fashion sense ae a sixteen-year auld, wae his

Burberry cap and Adidas trackies tucked intae his Nike soacks. Of course, Dougie is dressed mair formal and proper. Sportin simple dark jeans and a long sleeve dress shirt. Exactly the dress policy fur someboady who is scratchin and crawlin his wey up the social totem pole.

'Aldo,' Dougie spurts, breathin hard, surveyin the damage. 'It's only been few hours since he went missin. C'moan and git dressed. We'll find him, mate.'

'What's the point?' ah snap, starin intae the boattom ae ma empty gless. 'He's gone and he's never comin back' and jist as the words leave ma tremblin mooth, that's when the dam bursts again and tears wash doon ma puss.

Naeboady talks as ah bubble awey. Prior tae Bruce abscondin, ah alweys pit masel doon as The Terminator. Ah wis never Eeyore fae Winnie the Fuckin Pooh. And ah ken these two are oan the same wavelength. Craigy takes the first step forward by speakin up.

'Noo,' he declares. 'Ah'm no blamin anyboady here fur this nightmare. Undeniably ah've been ruminatin oor what happened and ah've came tae ma conclusion...Dougie really droaped the baw wae this yin.'

Finally, a cure fur ma endless amount ae greetin arrives cos suddenly the tap is turned oaff and ah'm able tae lift ma heid. That accusation fae Craig is unforeseen. And neither did Dougie expect tae be pit oan trial wae the wey his face hus contorted. He instantly proceeds tae lit rip right in Craig's gormless puss.

'And how did Inspector Clouseau work that yin oot, eh?'

As Craig oaffers his defence ah kin tell he's tryin tae claim diminished responsibility fur his carelessness.

'It's a well-kent fact that ah'm a fuck up. If you hud jist looked efter Bruce aw this might hae never happened.'

Sittin watchin these two huv a heated exchange is like watchin a scrap doon at the local tearoom.

'Ah hud tae take ma mother tae the doacturs,' Dougie eventually presents his ain testimony aw the while lookin helplessly at me.

Ah'm only shocked that he's no oaffered me a sick line fae his mum.

Dougie gits straight in Craig's puss, squarin up tae him, clearly wantin revenge. He shoves his finger in his puss.

'You fucked up wae Bruce and noo yur worried that Aldo will blame yae, eh?'

'Naeboady is tae blame,' he laughs, uneasily. 'Ah'm jist sayin if there is any retribution it should be directed oan those responsible. And ah reckon that wid be you.'

Ah determine that the pair ae thum share joint custody ae this complete mess. Whatever viewpoint tells the story nuttin removes the pain fae ma hert cos Bruce isnae any closer tae bein back by ma side.

'Ah must hae been oot ae ma boax trustin yin ae you two cunts wae him. Neither yin ae yous are even fit tae shine his shoes.'

Craig stares at Dougie, lookin aw perplexed, n that.

'But why wid we want tae shine Bruce's shoes?'

'Is this bastard oan the winde up?' ah simmer at a dampened Dougie. 'Or is he really wantin me tae flip?'

Tae his credit, Dougie tries tae draw oor attention back tae the bigger picture.

'Git dressed, Aldo. We've goat a loat ae groond still tae cover.'

Withoot an invitation he opens the curtains, beckonin intae the room a strip ae sunlight that mair or less blinds me. This, by default, only worsens the pain ae ma hangover. Craig then goes oaff topic by sharin reports that reached him through the grapevine. News that confirms ma mind husnae been playin tricks oan me, efteraw.

'Aldo,' he sprays. 'What's this ah hear aboot yae turnin oor the Golden Dragon last night?

'Oh, that,' ah tell him. 'Well, ah jist wanted tae make sure they wurnae plannin oan pittin Bruce through a batch ae chow mein.'

'Yae cannae dae that,' Dougie insists. 'Yin, it's criminal damage, no tae mention racist as fuck.'

'Dinnae gie me aw that political correctness pish, Dougie,' ah tell him. 'They eat fuckin dugs by the poond.'

'That's a common lie, he confidently gloats up until he cloacks ma ragin puss and quickly reverts back tae the pressin matter at hand.

'So, there wis nae sign ae Bruce, eh?' he asks wae a glazed look.

'Nah,' ah confirm. 'There wis a few cats sufferin fae PTSD though.'

Craigy pushes himself tae the toap ae the endangered species list when his feeble mindedness pins him doon.

'Cats are mair lovin than dugs.'

A sloppy oaff-the-cuff comment that pits fuel in ma engine cos aw ma anger collapses in oan him. Ah've goat ma hand wrapped aroond his neck, Schwarzenegger style. He gasps and grabs ma wrist, tryin tae brek free fae ma hold though he kens there's nae stay ae execution.

'Take yur cats and droon thum in the fuckin river,' ah convulse. 'A dug's faimily! Blood! That's a bond that kin never be broken. Dae yae fuckin understand?'

'Whatever yae say Aldo,' he rocks, his throat achin sae much he kin barely squeeze oot the words.

'You better listen up,' ah bite, his eyes beggin fur help. 'Fur aw the bad ah've done in ma life, ah'm still capable ae much worse if ah dinnae watch masel. Bruce makes me want tae be a better person. If there's even a scratch oan his claw, then yae'll die over a four- tae five-day period. You ken what ah'm fuckin sayin?'

Craig starts shakin, fightin and scratchin tae escape ma clutches. Dougie steps in between us tryin tae cool off the stress.

'Aldo,' he pleads, pullin us a part. 'C'moan, mate. We need tae find Bruce.'

He kens fine well it will take mair than the combined might ae the Super Mario Brothers tae loosen ma grip.

Cleanly then, aw ae a sudden, a familiar bark in the distance draws ma notice. It's nane other than the heavenly tunes produced by Bruce.

'Did yae hear that?' ah ask the pair ae thum, tae which they respond wae dooncast eyes. A picture that tells me that ma grief is messin wae ma sense ae reality.

'See that, eh? Ah kin still hear his angelic bark in ma heid. That's gonnae haunt me fur the rest ae ma days.'

Then, like a miracle, that same bark caws oot again. Only this time it's mair intense and recognisable.

'Ah kin hear that tae, mate,' twitches Dougie.

Craigy seems tae agree, projectin the image ae a boay who is oan death row but who's jist received a last-minute pardon minutes before they flick the switch and light him up like a Christmas tree. Ah release ma King Kong hold and he hits the flair, coughin and gaggin. Even though ah'm only in ma boaxers and white vest, ah bolt right oot the hoose, ah drive masel doon the flight ae stairs nearly knoackin the fledglin couple who are cairyin shoppin bags oan their erse. Collateral damage as far as ah'm concerned. Nae time tae stoap and apologise either. Ah burst through the big entrance doors ae the apartment bloack takin frantic glances tae ma left and right side ae the pavement. Apart fae a tiny wuman pushin a big pink buggy doon the pavement, ah cannae locate any signs ae life oan the street. That's when ah hear another bark which immediately hus ma ears twitchin. And tae ma utter joy ah've cloaked him oan the far end ae the street. The two ae us huv goat hert emojis painted oan oor eyebaws. He lits oot another jubilant howl and ah respond in kind wae a high spirited.

'Brucie! Ma boay!'

Neither me nor him manage tae remain calm as the movin force between us chairges baith oor batteries. We dart oaff taewards each other, dribblin in happiness. Fur a pure muscle staffy he's lightnin quick, likes. And wur soon rollin aboot the groond. Showerin yin and anither in passionate hugs and kisses. He's slobberin aw oor me while ah'm checkin tae make sure he's unhermed.

'God, ah've missed yae, son,' ah tell him, rubbin his ears.

Yince ah've checked him oor and confirmed that he's no got a mark oan him, ah adopt a mair serious tone ae voice yince he's finally settled himsel doon. Ah stare deeply intae his wee puss which is glistenin in the daylight.

'Dinnae you ever dae that again tae me, pal. Ah thoat ah loast yae,' ah say, huggin him as tightly as ah kin.

He jists glares intently at me. Happy as Larry, so he is. Wae his tail almost takin a seizure wae the relentless wey its shakin. He's bright eyed wae a relaxed opened mooth, n aw. And ma tough faithur routine soon fades awey when he leans intae me and we find oorselves embracin in a warm cuddle before he starts tae desperately lick ma face.

Oor bromance is, however, soon interrupted by the arousin and lyrical voice ae a goddess.

'Excuse me?' she bursts.

And that wis that. Fur ah hud fell in love wae the mere soond ae her withoot even seein her. Ah quickly git up, turnin tae face whoever it is who's speakin. And yince ah've cloacked her ah'm immediately left snared by her beauty. She's a real cutie, likes. Wae proper showstoappin gid looks. Nae word ae a lie but ah kin honestly say that ah've never seen the likes ae her aroond these parts in ma entire puff. This lassie, yae see, unlike aw the others, that is, she doesnae need four inches ae thick makeup or a season ticket tae the sunbeds tae be what any man in sight wid refer tae as stunnin. Her long brunette hair and big tits wid be a hit in any straight boay's books. She's clearly goat an abundance ae style tae spare, tae cos her chocolate broon turtleneck suggests nuttin but genuine class. She possesses a Liz Hurley like jawline. And her lips are that ae Angelina Jolie. She's probably goat an erse oan her that yae could boonce a quid coin oan, n aw.

Ah look her up and doon, unable tae speak. Somehow feelin compelled tae blurt oot suttin ah've no said since the first day Bruce entered ma life, *Ah'm in love!* ah want tae squeal. Insteed ah resist and ah'm suddenly paranoid aboot ma ain appearance. Cos ah ken a look worse than a badger's erse and ah nae doot smell mair than jist a little funky.

'Are you okay?' she politely asks, wavin her hand in front ae ma puss.

'Eh, me? Aye, ah'm fine. Sorry, who are you again?'

She cannae even respond tae ma question, though. Cos before ah ken it, her and Bruce are aw oor yin another. She might no ring any bells fur me but fur some unknown reason he certainly kens her. It wid certainly appear that ah'm no the foondin member ae her fan club. Yince their love-in settles doon she eventually rejoins the conversation.

'Sorry, my name is Roxy,' she informs me. 'My daughter, Jennifer, found him in our shed. I think the perr mite must have crept in there because he was so afraid of the dark. We've just moved into the area. I noticed a post on Facebook about your missing dog. I would have brought him over sooner, you see but I've been working the graveyard shift at Tesco's.'

How kin ah ever repay you and yur daughter?' ah ask her. 'You've goat nae idea what Bruce means tae me.'

She smirks, perceptively.

'After that showing of adoration,' she tells me, 'I think I do. Please, don't mention it. We loved having him. He's a real credit to you. I don't think I've ever met a dog with such good manners.'

'And what did yur partner hink ae him?' ah jokingly ask, kennin at the same time ah'm chokin tae hear the answer.

'I don't have partner,' she shoots.

And ah want nuttin mair in that moment than tae punch the air in celebration.

'Oh, ah'm sorry tae hear that,' ah tell her.

'Don't be,' she says. 'It's just been me and my daughter for a while now. We moved here for a new job and a fresh start. I'm doing a course at Edinburgh College to train as a receptionist. Speaking of which. I'm afraid I need to shoot off to my class.'

The second love ae ma life then bends doon tae make a departin fuss ae Bruce who really does seem keen oan her.

'It was lovely chatting to you,' she admires, as she wanders oaff.

Ah'm now left wae the reality that ma shot at romancin

her is gone and that it'll probably never be comin back. But yince ah see Bruce noddin in her direction, as if tae say, '*C'moan ya dafty. What are yae waitin fur?*' Ah directly begin tae throw masel at her mercy.

'Roxy!' ah exclaim.

She swings aroond, lookin mair beautiful than she did a second ago.

'Yeah?' she says.

'Wid yae mibbie like tae go fur a drink sometime?' ah ask her. 'Ah could gie yae the lowdoon oan the area, eh?'

'Sure,' she blooms. 'How about Friday night? Say 8 o'clock. My daughter is having a sleepover at a friend's house.'

Ma puss cannae hide the elation that she's said, 'aye.'

'That wid be barry. Ah'll book us a taxi and pick yae up. What's yur address?'

'Twenty-three Carron Place,' she informs me, lookin surprisingly well chuffed. 'What's your name, by the way?'

'Aldo,' ah tell her.

'Aldo? That's a nice name. I like it. I'll see you on Friday then.'

She trots oaff leavin me unable tae take ma eyes oaff her. Tae be honest ah quite literally feel reborn. This hus went fae the worst twenty-four hours imaginable tae endin oan the highest note possible. No only is Bruce back in the pack but ah've goat a hoat date wae a wuman who makes me want tae start writin poetry.

CHAPTER 8

Puppy Love
JENNY

That's ma mum awey doon tae London fur another big fancy conference. Ah pleaded wae her tae take me wae her. Actual tears streamin oot ma eyes. She wis huvin absolutely nane ae it. She didnae care.

'I will be too busy with work to keep an eye on you, Jenny,' she said. 'And you've got school to go to, mind. You'll stay here at home. Aldo and Bruce will look after you.'

Me and they two huv goat previous, likes. Not only is the human, Aldo, noo seein ma mum but it wis soart ae me who unwittingly pit thum thegither. Yae see, Bruce, the dug, well he went missin a while ago. It seemed as if the hale ae Edinburgh wur oot oan the streets tryin tae save him. Cos fur some reason his ersehole ae an owner is a popular figure in the city. And efter ah wis the hero, him and ma mum somehow hit it oaff. He's a wide-moothed dafty, likes. The idiot's no even that gid lookin. But, aye, that's what happened. That's why he's now busy in ma kitchen cookin up breakfast. Smells annoyingly gid as well. And even though ah love his dug, ah seriously cannae stand that bastard. What ma mum sees in him, ah'll never understand.

Ma eyes are still a captive ae sleep as ah crawl oot ma kip, fried bacon and eggs fillin ma nostrils. Tantalisin aromas that sway ma belly tae rumble. Ah move doon the hallwey at an injured tortoise tempo until eventually ah reach the kitchen door. As ah creak it open ah'm met wae the sight ae that daft cunt sportin an extravagant lookin chef's hat and colourful apron. Wee Bruce cloacks me before he does, dartin up at me, barkin his wee heid oaff in comical affection. Ah cannae help but lean doon tae and clap him enthusiastically. And ah find masel laughin as he attempts tae lick ma puss.

'Ah see yae, Bruce,' ah tell him. 'What a gid boy you are.'

That's when the wannabe Master Chef finally takes note ae ma presence.

'See that, Brucie?' he says, wae half a grin appearin oan his face as he carefully slides bacon and eggs fae the fryin pan, oantae a plate. 'Oor hame cookin kin even raise the deid, eh? Tuck in, Hen. Before it gits cauld.'

'You're such a chauvinist pig!' ah crack, fur ma boady might still be in ma bed but ma mind is tasked wae challengin this caveman's naïve view oan wumen.

He stands there staggered by ma comment.

'Who? Me? What? Because ah cooked yae brekkie?'

'Aye! *You*,' ah pit him in the picture. 'Ah dinnae lay eggs, dae ah? Ah'm no a hen. That's so ninety fifties! Wumen theday are strong and independent. We dinnae need men fur anyhing.'

'Ah alweys thoat hen wis a term ae endearment?' he admits. 'Ma bad, likes,' the dafty winks at me as the words leave his mooth.

He then picks up the plate ae food and waves it in front ae me.

'So, ah take it yae dinnae want this then?'

Unknown tae him ah'm starvin and the grub looks tidy. Ah kin feel ma eyes lighten up as ah stare helplessly at the plate. Bruce is peerin up at me wae his big cheesy grin, ah sight that well and truly pits me oan the retreat cos ah dinnae want tae disappoint him.

'Ah will, aye,' ah inform him, swipin the food fae his grasp. 'Obviously only because Bruce went tae aw this trouble.'

Ah sit doon at the kitchen table. He might no show it, likes, but ah kin sense that deep doon Aldo is revellin that ah took the bait. The sweet smell ae crispy bacon is divine. Ah immediately tuck in, pourin a splash ae HP Sauce oor the entire plate tae complete what is absolute perfection and greedily washin it doon wae a fresh gless ae Tropicana which ah've poured masel tae guarantee ma mornin vitamin C boost. In truth, eh? and although ah try ma best no tae, ah leave nae trace ae what he'd pit thegither. It's clear that ah loved it. And ah resent masel ever mair fur failin tae resist. Deathly hush soon ensues, promptly ended as Aldo delivers a surprisingly worthy point fur yince.

'Will you no need tae git ready fur school soon?' he asks, wae a magnified glance at his watch.

Ah nod as ah git tae ma feet. Yin look at the kitchen cloack oan the wah confirms he's right, likes. Ah see that it's jist turned eight. Josh will be here in half an hour tae pick me up. Ah fly up the stairs tae git ready. Leith Academy is ma fifth school in eight years. It seems as soon as ah settle in somewhere she finds a new joab. Or she's worried that ma dad will find oot where we live. Ah never even knew ma faithur. It's always really jist been me and her. He's been in prison since ah wis two year auld, yae see. And aw she wid tell me wis that they met while she worked in Liverpool. Oan the rare occasion that ah mentioned him she wid readily shoot me doon.

'He's rotten tae the core, Jennifer,' she wid say. 'That's yin man you dinnae need in yur life.'

If fur nuttin else but tae satisfy ma ain curiosity, ah Googled his name, eh? And aw the reports said he wis a feared and well-kent criminal oan Merseyside, an undesirable who wis convicted ae bein the mastermind ae a large-scale drug operation. Ah'm no even certain if Chef Boyardee doonstairs kens the full story. However, ah suspect he'll no be aroond long enough tae find oot. Mean, fur months ah've tried tae make his life hell, gie him a hint tae fuck off and never return. But nae matter how obnoxious ah um wae him, the great Aldo keeps comin back fur mair. Only everytime he does, eh? he returns wae a brighter smile than the yin before, unlike ma mum's other boyfriends who ran a mile yince it hit hame we are a package deal. This guy demonstrates will power that ah've never encoontered. And, although it pains me tae admit it, his unprecedented persistence is suttin ah privately find somewhat admirable.

Ah spring oot ma jimjams and git dressed intae ma school uniform which includes a rather steamin bright blue tie. Ah sit in front ae ma dressin table stylin ma beautiful shiny hair and applyin ma makeup. Bein the new kid at school is a role ah've accepted. Luckily fur me, though, ah've never lacked confidence and ah'm blessed wae ma mother's gid looks. Long eyelashes, pink lips, and a pretty face is a hit in any high school year. Boays are mere putty in ma manicured hands. No tae mention maist other lassies want tae be me pal. But unlike other girls ma age ah kin see beyond ma iPhone and Instagram. Ah read books and achieve gid grades. *'Education gives you options'* is basically ma mum's catchphrase. Words that ah took tae hert even if ah didnae show it at times. Yince ah'm set fur school ma phone chimes and unsurprisingly it's her checkin in. It's a shoart and straight tae the point message: *'Remember to behave while I'm away, Jenny. Please give Aldo a proper chance. I really like this one. Love Mum xxxxxxxxxxxxx.'*

Oor relationship hus hit a few bumps in the road, lately. Undeniably, ah've mibbie been too rough oan her, eh? and even that bampot she's datin. The truth is, she's never been this happy before. Fact is, ah dinnae hink anyboady hus made her laugh like him. She's overdue some happiness and ah reckon it's only fair that ah gie him these three days tae prove himself. Anywey, in two years ah'll be at university, studyin law. Oot the hoose and aboot tae write ma ain memories. The noise ae Josh's car beltin doon the road and his continual honkin soon sees me dart doon the stairs. Aldo and Bruce are awready lyin in wait, inspectin the commotion fae the livin room windae.

'How many times, eh?' fusses Aldo. 'Tell that village idiot tae keep the racket doon.'

Ah take great delight in informin him ae Josh's recent gid news.

'Ah'll huv you ken that efter the summer Josh will be studyin Sports Science at Edinburgh College. He's been accepted oan the course.'

Composed, and still dressed in his Ready Steady Cook costume, Aldo effortlessly swats ma rebuttal awey.

'Jump Street's oaff tae college?' he asks, veneered in

ridicule and wae his airms positively foalded. 'First in his faimily tae read and write, eh? That is very much a cause fur a celebration.'

'Git stuffed,' ah fire back at him, aheid ae sayin ma gidbyes tae Bruce.

Ah burst through the front door and run taewards Josh who's stood ootside his motor like Brad Pitt himsel, lookin sae dreamy and handsome. He lifts me up in the air, lovinly caressin me wae his broad shoulders. Ah gie him a quick kiss oan the lips. Anytime ah'm aroond him ah almost furget ma ain name.

Ownin a car at school is the supreme social symbol. Ultimately ah somehow managed tae go yin better than that by bein chaperoned by the maist popular guy in school. Everyboady stoapped and stared yince Josh pulled up ootside cos his wheels really do represent freedom. Maist ae ma day is spent navigatin ma wey through the busy corridors alongside ma bestie, Emma. She struggles badly wae social insecurity and ah hink she recognised ma ability tae chat tae boays as a psychological miracle. As lovely as she is, she's the soart ae lassie who turns crimson whenever the teacher caws oot her name at reggie. The day is relatively shoart-lived due tae ma Modern Studies teacher, Mr Hughes, turnin up fur the final two periods reekin ae drink, makin certain that ah arrive back at the hoose much earlier than expected.

Ah arrive hame tae find the door loacked and the blinds drawn. An unusual sight giein Aldo never mentioned he wid be goin oot theday. Ma bangs oan the door go unanswered, likes. Normally Bruce wid be alert tae such a clamour. That's why ah've accepted the fact Aldo and him must hae nipped tae the shoaps, or suttin. Ah hud masel back fae ringin up ma mother tae find oot what's gone oan yince ah remember she keeps a spare key underneath the large rid gairden gnome aroond the back. Weather wise theday's been rather mild fur November, which is a blessin giein ah'm ootside withoot a jaicket and only ma white shirt and dark skirt tae keep me warm. A sign that global climate change is upon us. This time a gid hing as otherwise ah'd be a shiverin wreck by noo. Ah unloack the gairden gate and stroll along the pathwey until ah reach the gnome. Ah soon remove the key fae under it. And yince ah'm inside the kitchen ah'm shocked tae hear music blastin fae the direction ae the livin room. Ah'm undaunted by it, though. Fur ah doot any self respectin burglar wid brek in and tell Alexa tae fire oan 'Island in the Streams'. This song might date back tae before the dinosaurs but ah grew up wae it as ma mum's song ae choice come karaoke time.

'Aldo?' ah utter under ma breath. 'Bruce? Yous two aboot?'

Ma question goes unanswered. Though ah kin hear voices comin fae the livin room. So, ah use ma twinkle taes tae craftly spy oan exactly who they voices belong tae. And the livin room door is luckily open wide enough that ah kin see who the culprits are. Ah'm left speechless by the picture ae Bruce standin oan the orange three-seater wae Aldo noo dressed in joggies and a t-shirt as he stands directly in front ae his wee pal. Alarmingly, however, he's clutchin a microphone that belongs tae ma mum's karaoke machine. They're baith unsuspectin ma attendance. Ah make a point tae stoap breathin cos ah want tae see how this pans oot.

'C'moan, Bruce,' says Aldo, whilst jiggin awey tae the music. 'A singalong isnae the same withoot ma main man,' he passionately declares.

Bruce is clearly undergoin a sense ae embarrassment and is cringin the same as ah do whenever ma mum hits the karaoke. He lies doon and pits his paws oor his eyes which almost hus me pissin masef laughin then peers through them briefly tae see if Aldo shows mercy and shuts the fuck up. But there seems nae stoappin him, and as if tae say, *'Fuck it then. Ah might as well'*, Bruce leaps up and starts joinin in. He starts prancin fae side tae side oan the sofa, howlin along, somehow impressively hittin the high notes wae pitch perfect vocals. The little guy is clearly a natural. As a result, ah find masel grinnin fae ear tae ear as ah watch thum.

Before too long Bruce takes the lead and Aldo busts an

impressive set ae dance moves oan the laminated flair. Ah'm itchin tae fire oot ma phone and git this hing trendin but as ah go tae slide it oot ma poacket it spills oantae the flair. The noise tips thum oaff tae ma sneakiness and Aldo suddenly goes intae a state ae total panic.

'Jesus Christ!' he screams, lookin oor at me in utter shock. 'Alexa!' he demands. 'Turn the fuckin music oafff!'

Ah walk through the livin room doorwey and play it cool. Ah dae ma best tae supress the urge tae smile at him. Aldo's clearly thrown oaff balance. Fur a moment he remains clammed up. Until, that is, he begins tae cross examinin me fur a first-hand accoont ae what ah witnessed.

'How much did yae see?' he quizzes me, stood there lookin awkward.

'Enough,' ah tell him. 'Mair than enough.'

Ah lightly bang intae him as ah go tae sit doon oan the couch alongside Bruce. The wee mite is only too thrilled tae see me and ah gie him a playful rub. In aw the excitement he cannae help but slaver aw oor me. He looks intae ma eyes wae his hert-warmin smile oan full display. His tail is waggin that much it could probably cut diamonds.

'Bruce,' ah laugh, while tryin ma best tae tame his eagerness. 'You stole the show, pal.'

Aldo seems mair aware ae his surroondins and wae yin energetic stare at his watch he suddenly raises an important point.

'Should you no still be at school?'

Ah quickly fill him in oan Mr Hughes' current condition.

'Ma teacher strolled intae cless two sheets tae the wind so, they sent everyboady hame early.'

'God bless a state education, eh?' he speculates, whilst still clearly stuck in deep contemplation. 'Wait?' he says. 'How did yae git inside? Ah loacked it up masel.'

'Spare key under the gairden gnome,' ah immediately interject.

'Damn!' he screeches. 'Ah furgoat aboot that!' before quickly changin the subject by addressin ma mum's big idea fur us tae bond thenight, oor a film.

'So, did yur mum mention her idea aboot the three ae us haein a movie night?'

'Yes!' ah admit. 'Only a million bloody times! But ah've goat some hamework tae dae first.'

'Okay,' he replies, quietly, wae a gentle smirk crawlin fae his annoyin puss.

The rest ae the efternin ah spend inside ma room. Ah change intae a mair casual ootfit, n aw. Leggings, an oversized jumper and fluffy socks. Perfect claithes tae lounge aboot the hoose in. Ma mum placed me under strict instructions tae no lit ma studies slip. Understandable since she's no here tae supervise me. And wae this bein an important year fur ma future ah happen tae agree wae her. That's why ah've turned ma phone oantae airplane mode tae prevent any unnecessary distractions. Cos if ah didnae then ah'd only be bombarded wae messages fae Josh and Emma. The words ae Jane Austen servin as the orchestra conductor in ma adolescent mind. Ma only brek fae the books comin fae Aldo rustlin us up some mair grub. The sweet, spicy, smoky, and savoury smells spreadin throughoot the hoose like wildfire nearly hud me closin ma book early. By the time ah git doonstairs and intae the kitchen, he's prepared us a feast ae delicious Indian cuisine and the best naan bread ah've ever hud. Bruce is naturally revellin in his role as the kitchen's sous chef, likes. Ah'm literally blown awey by his rather awesome efforts. And wae Indian fid bein ma favourite, this is a rather thoatful gesture. This effort deserves at least a temporary truce. He's certainly went above the call ae duty and ah doot he wid go tae this much bother if there wisnae a genuine spark between him and ma mum.

We effortlessly hae a conversation at the dinner table and somehow nae shots are fired oan either side. Ah reckon ma mum wid be proud ae the pair ae us if ah Facetimed her right noo. Ah kin even tell that Bruce is relieved he doesnae need tae play double agent between us. Gid joab, likes, cos he's preoccupied devourin a sirloin steak, specially prepared fur him by Aldo, in the corner ae the kitchen. He's constantly lookin up and starin taewards oor direction. The joy which fills his eyes only serves tae confirm tae me that he's yin happy puppy at the minute. In the spirit ae harmony ah decide tae quiz Aldo aboot his talents in the kitchen. He informs me it wis his parents who taught him and his siblins how tae cook in their restaurant. Ma mum hus met his folks and she adores thum but oot ae ma ain stubbornness ah refused tae go. Aldo declines tae lit this conversation fizzle oot, likes, guaranteein that it continues flowin by askin aboot ma day at school. But his mystified facial expressions tells me ah might as well be talkin French when ah begin tae gie him the run doon ae the high school dramas at Leith Academy. Insteed ae makin up some excuse tae bail he sits patiently and listens tae every word withoot complaint. Apart fae ma mother ah dinnae recall anyboady takin an interest in ma day. As ah excuse masel tae return tae ma studies ah find masel almost seein Aldo through new specs. Mibbie underneath aw ae they muscles and the maturity ae an eight-year auld, ah tell masel that mibbie what lies beneath is what ma mum hud claimed aw along. A decent bloke, right enough. Efteraw, if he kin raise Bruce this well then surely, he cannae be aw bad, kin he? Well, this is the question ah plan tae answer in these nixt couple ae days.

At sivin thirty Aldo shouts up the stairs.

'It's time tae pit a film oan, Jennifer!' he updates. 'C'moan doonstairs!'

'Ah'll be doon in five!' ah shout back at him.

His alarm call couldnae huv arrived at a better moment, likes cos it's finally time tae pit the book awey, anywey. At least ah kin gie this movie night ma full attention withoot feelin guilty that ah'm littin ma coursework slip. A well-earned distraction fae the stresses and annoyance ae bein an overworked and, of course, underappreciated teenager.

By the time ah'm back in the livin room Bruce is waitin wae his comfort blanket oan the orange sofa. Clearly, wae the wey he's noddin nixt tae him, he's purposely kept me a seat. Before ah kin smother his adorable wee puss in kisses, Aldo's voice echoes through fae the kitchen. He's summonin me.

'Come and gie me a hand through wae these munchies, Jen.'

Bein aware that ah promised ma mum ah wid gie him a fair chance, ah dinnae question his request and instead, ah jist oblige him. Tae prove ma commitment tae ma word ah dinnae even switch ma phone back oan. Loads ae snacks are laid oot oan the kitchen bunker: three big buckets ae popcorn, a few cans ae ice-cauld Coke and enough chocolate bars tae open a tuck shoap. Ah quickly help him through wae thum, placin everyhing carefully doon oan the coffee table. Jist as ah plant Bruce's bucket ae popcorn doon, he buries his heid inside the hing. Ah start tae laugh before askin Aldo what it is we're watchin. He's awready stuffin his face wae popcorn tae, though so, ah huvtae wait fur him tae finish chewin before he answers me.

'You're in fur a treat,' he tells me. 'Cos ah've selected a classic. Ever seen *Goodfellas*?'

'Ah'm no watchin a film aboot makin pizzas,' ah tell him, in nae uncertain terms. 'Ah vote fur *Titanic*.'

Aldo looks appalled by ma lack ae knowledge in the film he's selected.

'You're young, eh? so ah'm gonnae overlook that statement. Certainly, dinnae talk crazy, eh? Ah widnae sit through the trailer ae *Titanic*, never mind watch the hale borin mess.'

'It's ma hoose,' ah remind him.

He appears stumped but soon finds his vocals again when he starts assuredly wavin his finger in the air.

'Aye, that it is,' he enlightens me. 'But this is a democracy, eh? two votes tae yin. Is that no right, Brucie?'

Bruce invokes his right tae remain silent. Aldo turns tae investigate why his best pal hus left him hangin. Thus far the wey he's goat his ears pinned tells him he's in ma camp.

'Brucie!' he pleads, lookin aw soulful. 'Oh, it aw makes sense, noo, eh? You dinnae watch *Call the Midwife* wae the auld dear nixt door cos she's lonely. Yae watch it cos yae love it. Dinnae even try and deny it.'

Bruce looks submissive. Embarrassed even. And soon he

barks, softly. As if tae tell Aldo, *'Ah'm sorry.'*

This hus Aldo's hert meltin intae a puddle and soon enough he's makin his ain apologies.

'Aw, ah kin never be disappointed in you, pal,' he passionately announces, quickly follaed by him rubbin Bruce's belly erratically and purrin oor him, 'Who's ma gid boay?'

'Yous two need marriage counselling,' ah crackle, which spurs me oan tae grab the remote and fire oan Netflix tae git ready tae watch *Titanic*.

Efter masel and Brucie snuggle up oan the three-seater, aw that's left tae dae is whip oot ma tissues and hit play.

Haein a gid greet kin be an effective tactic tae git yae through a school week in yin piece. And ah'm no talkin aboot the odd tear runnin doon ma cheek. It's a well-kent fact nuttin relieves stress and gits yae forty winks better than littin the waterworks flow. At least, that's what ah read in yin ae ma mum's wumen's health mags. As the movie starts and me and Bruce sit cushioned up tae each other, it's clear Aldo remains a slave tae his ego as he cracks open a can ae Coke and takes a swig.

'Says a loat aboot a film when yur left rootin fur a fuckin iceberg,' he says.

Sich macho rubbish doesnae dampen the mood ae me and Bruce as we bear witness tae this romantic masterpiece. Ah sit there eatin popcorn withoot takin ma eyes oaff the screen. The wee guy's eyebaws stare deeply at the hing tae. His and mines emotions are taken oan a joyride as the chemistry between DiCaprio and Winslet sizzles. Wae the amount ae tears that soak ma puss yae wid hink ah've been hit in the face wae a water balloon. Surprisingly Aldo's snidey comments huv been kept tae a low level as the story progresses. By the end ae the film me and Bruce are gripped tae oor seats. Discarded tissues litter the flair. Me wae tears washin doon ma face and Bruce sittin nixt tae me wrapped in his favourite blanket like ET. Ah mimic Rose's final words tae Jack, *'I'll never let you go, Jack. I'll never let go'* and ah jist ken that inside his wee heid, Bruce is daein the same. As fur Aldo?

nae soonds comin fae him anymair. No a single yin fae his vicinity. Ah kin almost feel the coldness ae the water and the worry that must hae been goin through the mind ae every passenger oanboard the ship. It's questionable that there wis room fur Jack oan the door and he might hae died needlessly. But ah'm a sucker fur a sad endin and ah burst intae a flood ae mair bawlin and greetin and so does Bruce yince perr Leo becomes a victim ae an icy, wet death. Oor sense ae bereavement is interrupted, though, as Aldo flies oaff his seat and sniffles fur what seems like an eternity before he makes a sudden dash fur the livin room doorwey. Leavin the two ae us starin blankly at each other.

Ten long minutes pass until Aldo reappears. If ah hudnae been wrapped up consolin Bruce, ah might hae rang up ma mum and reported him as a missin person. He's emerged lookin a shell ae his normal confident and quick-witted sel. Ah gie Bruce a kiss gidnight and go tae heid upstairs and hit the hay, still slightly daunted by the fact Aldo husnae fired any cheap shots aboot the film.

'Are you okay?' ah ask him.

'Allergies. That's aw,' he says as he uses the sleeves ae his jumper tae wipe the tears fae his cheeks.

There's nae doot in ma mind that he's been blubbin. And that his alibi is simply his machismo kickin in. Ah recognise that ah shouldnae take the matter any further. Insteed ah say gidnight tae him, n aw, and go tae leave. Then ah find masel facin him again when he delivers a surprisin question.

'Jen, dae yae hink Jack coulda made it?' ah stand taken aback before he continues oan. 'Mean, yae dinnae need tae shield me fae the truth, likes. Ah'm a big boay, ah kin take it?'

Ah'm stunned, tae be honest. And the look ae desperation smeared across his and Bruce's pusses tells me there's a loat ridin oan ma answer. Unless Jack is secretly Mr Freeze fae *Batman* ah cannae see him ever walkin Rose doon the aisle. That should be ma answer, eh? but ah dinnae huv it in me. Ah attempt tae appease thum baith, ah say, 'Eh, sure, aye. Why no?'

A simple but effective answer cos ah kin see the relief fae their smiles. As ah walk up the stairs tae ma bedroom ah'm left wrestlin wae the realisation that looks kin be deceivin, cos Aldo and Bruce seem somehow mair in touch wae their feminine side than me. When ma heid finally hits the pillae, ah'm startin tae hink the unthinkable. That Aldo might be awright, efteraw.

• • •

A rather uneventful sivin hours unfoalded at school the follaein day. Certainly, nuttin tae write hame aboot. Nantheless this is an important date in the calendar as it's exactly three months since me and Josh fell in love. We baith agreed we wid mark the occasion by buyin each other a romantic gift. And through Aldo ah've acquired two boax seat tickets at Easter Road fur him. Ah've kept ma cairds close tae ma chist wae this yin. And Josh hus done the same by only providin me wae a teasin statement aboot the present he's goat me. 'It's suttin yae saw and huv always wanted,' he telt me.

Mibbie its prime seats fur *The Lion King* musical showin at the Playhoose nixt month that ah'm desperate tae see. Or it could be a romantic meal that he's been plannin at The Pompadour ah've droaped hints aboot oan Princess Street. His granny recently passed, and he's been braggin that she left him a small fortune which is why the possibilities are limitless.

Every Wednesday efter school he hus fitbaw practice. Ah pick a spoat under a tree tae read a book until he's finished. Yince he's showered and changed we're in his motor oan oor wey tae droap me oaff at mines. When we are eventually parked ootside ma hoose we jump oot the car and stare fondly intae each other's eyes. Charlotte Bronte couldnae set the scene better herself. We baith played it cool aw the wey oor here. Ah go first and yince he closes his eyes and opens thum again, ah've presented him wae two tickets and the best seats at his beloved Hibs. By the wey he screams fur joy and lifts me in the air, huggin and kissin me, it's clear ah've made his day. Still animated he commands me tae close ma eyes this time and efter a few minutes ae listenin tae him rummage aboot inside his motor, the moment ae truth hus finally arrived. Aw it takes is a peek and aw those weeks ae elation seems like yin big joke oan me. He's standin there gloatin, eh? huddin a large square boax that hus a picture ae a fancy air fryer sprayed across it.

'The tears fillin yur eyes say mair than words ever could,' he tells me in his sweet soondin voice. 'Ah knew yae wid love it.'

'What's this?' ah interrogate him.

'Remember we wur in Argos oan the bridges and you said yae always wanted an air fryer.'

'No ah fuckin didnae,' ah tell him. 'Ah mentioned ma mum always wanted one.'

'You sure?' he asks me, appearin muddled. 'Well, now yae kin cook us that romantic meal you've been talkin aboot, eh?'

Ma disgust fur his present and his choice of words cannot be pit in a single sentence. Wae the traffic grindin past us and a few neighbours goin aboot their business ah decide oan daein what any wumen wid day in this scenario. Ah gracefully take the gift fae him and pit oan a big smile and say, 'This is so nice. Thank you.'

He's too consumed by the joy ma tickets huv broat him that he fails tae appreciate how ragin ah um as a make ma departure.

'Thanks again!' he shouts efter me. 'Ah love you!'

It almost ages me by twinty years but when ah reach the front door, ah decide tae throw him a bone by yelpin back, 'Aye, ah love you tae.'

Yince ah'm inside the hoose ah close the door behind me and collapse intae a heap, discardin his gift tae the side. Aldo soon sticks his heid through the livin room door. He'd clearly been observin oor interaction ootside when he remarks, 'Puppy love, eh? It's nice tae be young.'

This sets oaff a monsoon ae tears and ah rush upstairs an emotional shamble. Cannae even stoap masel fae yelpin oot, 'Ah'm dumpin that bastard!'

Ah enter ma bedroom, slammin the door behind me. Soon enough, ah've succumbed tae ma anger, layin masel oot across ma bed, tearin up and ballin. Ma mind's penetrated wae anxiety and consumed by stress, aw broat oan by yin single thoatless gesture by that useless cunt. Ah pulled oot aw the stoaps fur his present. In return, he presents me wae the twenty-first century's answer tae the hoover. Absolutely nae romance. Any faith ah hud in men died in that very moment. As ah go tae sit up, oot tae naewhere Bruce knoacks me back oantae the bed. His entire boady weight is oan me and he's sprayin me in kisses. In a touchin moment he curls up tae me. Ah instantly grab oantae him and ah dinnae lit go. Fur the nixt five minutes ah greet ma perr hert oot, fur in this yin act ae kindness Bruce's awready shown me mair love and care than a thoosand Joshes ever could. Eventually ah manage tae calm masel doon before straightenin masel up oan the bed only tae notice that wae Bruce seein me in this state, it's unsettled him. He stares intae ma soul wae his captivatin eyes, softly whimperin as he does so.

'Oh, Bruce,' ah tell him, still feelin weepy, 'Why kin aw guys no be like you?'

Oor emotional energy is interrupted by three gentle knoacks oan ma room door. It swings open and eventually Aldo appears.

'Room fur a little yin?' he asks.

'It's a free country,' ah inform him, while wipin the tears awey fae ma puss.

Ah worry tae hink how ah look at that minute, what wae ma eyes feelin swollen and wae the makeup runnin doon ma face. He sits doon at the fit ae the bed.

'Dae yae want me tae ring up yur mother? She'll want tae ken yur upset.'

'No, please dinnae caw her,' ah implore him. 'She'll only worry. And besides, she'll be back in a couple ae days.'

Aldo acknowledges but seems uncomfortable.

'So,' he tests. 'Dae yae want tae talk aboot it?'

'It's Josh!' ah yelp oot. 'He's broke ma hert!'

'That little bastard!' shatters, Aldo. 'Ah ken where him and the rest ae the Jetsons stey. Oot near Ocean Terminal, eh? Yae want me and Bruce tae pey him a visit?'

Bruce immediately stands up. He's lookin aw proud ae himsel. Noddin frantically. As if tae tell me that it wid be a pleasure.

'Nah,' ah tell the pair ae thum. 'That's sweet, likes. But me and him are finished. Ah've seen such a selfish side ae him.'

'Crackin air fryer by the wey,' confesses Aldo, pointin doonstairs. 'Where did yae git that fae?'

'That useless motherfucker boat me it,' ah explain. 'Why dae yae hink we're done? He telt me tae cook wae it. Kin yae believe the brass neck ae that bastard?'

Aldo soon shuffles along oan the bed pittin his hand oan ma shoulder.

'Well,' he reviews aloud. 'Mibbie he thoat a wuman is at her happiest in the kitchen. Mean, ma ain mother is never oot the hing.'

Withoot even realisin it ah shoot up fae ma bed tae challenge Aldo's sexist comment.

'She's a chef!' ah yell. 'Fur fuck's sake, you're worse than Josh!'

Ah then bolt oot ma room, nae doot leavin the pair ae thum stunned.

• • •

The corridors ae Leith Academy wur awready alight wae rumours aboot mine's and Josh's brekup. Haein a high school relationship is challengin. Maist couple's ma age are religiously faced wae gossip and soap opera-like drama. In contrast when yae split up aw these forces turn up in strength. Josh begged and prayed fur a second chance when ah telt him oor text that we're done, that ah dinnae want anymair tae dae wae him. Even when ma mum rang up this mornin ah managed tae keep a tight lid oan ma emotion and no tae faw tae pieces doon the phone tae her. That comment by Aldo is still raw, likes. But in his defence, he kept his word by no littin slip every detail tae her.

Wae Josh bein in fifth year, the year above me, it's kept oor opportunities tae see each other at rock boattom. Ah spied him when me and Emma entered the rammed dinnin hall, though. He wis wae a group ae his mates, likes. Looked as if he wis greetin whilst scoffin doon a bacon roll. But luckily fur him, and ah suppose fur me, tae, he didnae cloack ma presence. Sayin that though, eh? somehow seein him moved me. Barely moments later, Emma wis consolin me in the lassies' toilet. Ma very ain self-pity perty wis pit oan pause yince the deputy head, Mrs Riddel, cawed an 'emergency' assembly. This wis tae inform aw ae us female students that we wur now forbidden fae wearin shirts that show too much midriff as it hud been broat tae her attention that it's causin too much ae a distraction fur baith male staff and pupils, the same. Ah struggled tae understand how the blame wis laid doon at the door ae the female race. Still, everyboady remained seated while she talked. Naeboady dared tae provoke her authority cos despite bein in her twilight years, she still hus a razor-sharp tongue. She rarely smiles, yae see. And wae her tremendously frail skeleton and silvery shoart hair, she doesnae half gie the impression that she probably wipes dust fae her mooth. Nanetheless, she's a person who strikes fear intae no jist the pupils but the staff tae, which makes what ah did nixt brazen enough that ah even gave masel a pat oan the back. Wae Emma's help and expertise oan social media, ah managed tae galvanise the other lassies in the school tae stage a uniformed walkoot. Together we decided that we determine what tae wear and that oor fashion choices are naeboady else's concern apart fae oor ain – a combination ae ma popularity and a desire fur other young wumen tae fight fur oorselves. Chants ae 'Our bodies, our choice' rang oot amongst the large crowd that gaithered oot the front ae the school.

Unfortunately however, ma role as civil rights movement leader wis shoart-lived fur ah wis soon hauled in front ae Mrs Riddel who demanded tae caw in ma mum tae discuss the situation. But since she's still in London and ah promised her ah wid be oan ma best behaviour while she's awey, ah hud nae other option but tae gie thum Aldo's number. Ah've attended aw kinds ae different schools and fur almost every yin ae thum ah've been broat in front the heidteacher at yin time or another. But this is the first instance where ah've darkened the door ae Mrs Riddel. Maist students furget thumselves and become a quiverin wreck yince they're in the presence ae school bureaucracy. Some are even clueless as tae why they've been summoned tae command central in the first place. That's suttin ah dinnae need tae worry aboot, though. Cos ah ken exactly why ah'm here and ah've goat nae intentions ae makin apologies fur ma actions. Efteraw, it felt soart ae liberatin seein loads ae wumen band thegither and gob in the puss ae sexism. The bonus point bein that it allowed me tae pit other matters tae the back ae ma mind.

The Führer never gave me an inclination aboot ma fate, likes. Didnae even lift her heid up fae her paperwork when ah walked in. Insteed, she pointed tae the row ae three blue upholstered seats and in her salty voice advised me tae, 'take a seat.' A shoart while ago this twinty suttin attractively dressed lookin lassie who ah recognised as her receptionist hud stuck her heid in the door and informed the organ grinder that Aldo wis oan his wey tae the school. Ah began runnin ma hands through ma hair and ah couldnae help but wriggle by tappin ma finger oan the airm ae the chair. Yae see, the fear wis startin tae set in cos ah didnae ken if it's a wise move tae unleash Aldo oan Leith Academy.

The actual room itsel refuses tae lit oaff any signs that this is a chamber ae rollockings and punishments, the only clue comin in the form ae that miserable puss sittin behind her desk. A large display cabinet filled wae aw the school's shiny past accolades is tactically positioned. It's well and truly the focal point ae the room. The large windae behind her looks oantae the first and second year playgroond. Tae the naked eye that wid appear tae be a nice touch. But this is another strategic tactic oan her part fur it allows her tae identify and root oot any potential troublemakers before the seed kin start tae grow. In the corner there's a bright rid table which hus a small vase sat oan toap ae it. It hus a dozen or so matchin roses in it blastin oot the upliftin smells ae summertime intae this toxic ambience. Ah'm left considerin if this is part ae her act tae snare students and parents intae a false sense ae security. Suddenly the ear-splittin voice ae Aldo resonates through the corridors and it's obvious that he's fast closin in oan this room. Ah hud ma breath as the door eventually swings open. His huge frame fills the doorwey and he's naturally drippin in labels. Mrs Riddel finally looks up fae her paperwork, immediately starin deep intae his direction. She deliberately rises up fae her seat, as if trapped in some soart ae trance. Her seniority looks plated in genuine fear.

'Dear God, it's you!' she heaves as if the angel ae death himself hus come tae pey her a visit.

Aldo smiles back at her. He's still stood cavalierly in the doorwey.

'Mrs Riddel,' he announces.

'Jesus! Ah thoat you wid be in a display cabinet by the museum by noo?'

His direct approach produces ma right leg tae start booncin. Ah honestly almost cracked a smile at his cheeky line but ma nervous stamina ensured ah remain a professional student. Mrs Riddel seems agitated sinkin intae her stylish cushioned seat. And, as astonishin as it soonds, her puss is lookin a tad emotional fur someboady, who, oan a daily basis displays a sociopathic personality. Aldo sweeps across tae her desk wae an air ae arrogance in his stride. He deploys a subtle wink at me, tae which ah kin only stare at the ground, refusin, wae aw ma might, to no tae look up. When he finally parks doon oan the seat opposite her it becomes apparent that aw ae her years ae efficient conduct huv been furgoatten efter this unexpected reunion wae Aldo. She oaffers him nae hand ae acceptance nor does she even attempt tae soften him up by confessin her appreciation fur his efforts in makin it intae the school oan the button. A fact that leaves me taken aback by the real possibility that yin or two skeletons might come spillin oot the closest, sooner, rather than later.

'You're Jennifer's father, are you?' she probes him, confounded and visibly freaked oot.

He gently shakes his heid and it's straight awey apparent she kens what he's aboot tae say.

'Friend ae the fuckin family,' he tells her. 'That's aw. It's been a long time, Mrs Riddel, eh?'

Wae the wey her wrinkly mug distorts and her eyebrows are squeezin thegither, she reminds me ae someboady who's jist hud a stink bomb lit oaff under her nose.

'Yes, indeed. I haven't forgotten my time working at Ainslie Park despite my therapist's assurances.'

Ma instinct tells me tae stick ma hand up in the air and ask, 'Did ah hear that, correctly?'

Nae such opportunity comes ma wey, though, cos aw Aldo does is sit back in his seat and appears focused oan gittin comfy rather than listenin tae anymair chit chat. Then, finally, he's ready tae join in again in the conversation.

'Yae'll be pleased tae ken that ah've became a successful businessman,' he briefs her.

She pits oan broon-framed readin specs and places thum oan the edge ae her nose.

'Yes, I know. I read the local newspapers.'

'So, you ken, dae yae? Well, lit me tell you, Hen, ah credit ma time at Ainslie Park fur the man ah've become theday.'

She suddenly becomes suttin ae an ADHD patient undergoin a sugar rush. Cos in a flash she straightens up in her chair and her eyes burst right oot her ancient heid.

'I believe I speak for all my past colleagues when I ask that you never repeat that outside of these four walls' she answers, claspin her hands thegither.

Her harsh words faw oan deaf ears, however, as he casually brushes her desperate pleas tae yin side.

'Modesty is it Mrs Riddel? Ken, life's a strange hing, is it no? Mean, you wur auld when ah wis a bairn, eh? And noo ah come back aw these years later and lo and behold, yur still auld.'

Her jaw immediately tenses up and her nostrils begin tae flare. Yit, remarkably, she manages tae ignore his assessment ae her.

Then, in what is quite an absence of thoat, she grabs a pen before glarin doon. She quickly starts tae jot suttin oan a piece ae paper. Ah kin only presume it's a collection ae notes fur the therapist she intends tae reconnect wae efter this meetin. Consequently, she's distracted as Aldo lifts a photae oaff her well-maintained desk. It's obviously caught his eye. Sharply, he gies me a quick peek ae the hing, accompanied by an unmistakably disgusted facial expression. And fae where ah'm sittin ah kin see it's a picture ae a baby who, as shan as it might soond, resembles the bastard child ae Shrek and yin ae Cinderella's ugly stepsisters.

Like some soart ae crocodile leapin oot tae murky water, she snaps it straight oot his hand before proceedin tae carefully place it back doon oan its rightful place.

'That's my beautiful grandson, Marcus.'

'Aw babies are beautiful,' Aldo confesses tae her in an explicitly patronisin tone.

She sits up mair. Aw regal in her posture as she folds her wrinkled hands.

'He's very beautiful,' she floods. 'Still can we now please discuss Jennifer's unruly behaviour?'

'Aye, course we kin,' Aldo tells her. 'So, what hus the wee rascal been up tae? Razor blade in the teacher's apple, or suttin?'

Back in Aldo's heyday at school this must ae happened. Cos neither him nor her chuckle as ah expect thum tae.

'No,' she concedes, in her slow-paced, straightforward voice. 'Jennifer has been identified as a rather rebellious spark in class. She has directly challenged my own as well as the school's authority today. She has taken it upon herself to arrange for all female students to walk out of class in protest of this establishment's new position on female dress code.'

'And what exactly is the problem wae the lassies' uniforms, likes?' he asks.

'From now on girls are forbidden from wearing clothing that shows too much of their abdomen. It's become a distraction for male staff and students. We simply cannot allow clothing to impact others' learning environment.'

Ma throat's begun tae churn and ah'm preparin masel fur him tae throw me under the bus by sidin wae the school. Ah mean, ah might hae been sittin doon but the flair didnae half feel unsteady under ma feet.

'Listen,' he quips. 'Jenny's goat a hert ae gold, eh? She clearly fights fur what she believes in. Mibbie it's yur meds messin wae yur heid, or suttin. Understand, this is the twinty-first century and fur those ae us who didnae take oor drivin lesson in the Flintstones mobile, modern wumen are free tae wear what they want, when they fuckin want. Um ah understood?'

Aldo's passionate defence ae ma character hus literally left me astounded. Naeboady's ever fought ma corner like that. Apart fae ma mum, of course. It might be the adrenaline but thus far ah find masel haein tae fight oaff the desire ae rushin oor tae and gie him a big hug.

Mrs Riddel's brain evidently freezes cos suddenly she seems unable tae process the situation.

'I...I have no other choice but to suspend Jennifer pending an investigation.'

Ma hert sinks cos ah ken ma mum's lecture series is due fur release when she gits back intae the toon oan Friday. He leans in oor the desk which gies me the impression hings are aboot tae git heated.

'We'll see aboot that, eh?' he tells her wae a devious smile. 'Jenny,' he then turns tae me and asks, 'When's yur nixt assembly?'

'Eh, tomorrow,' ah softly whisper unsure whether ah should even answer him.

He huds her stare.

'Ah'll give you twinty-four hours tae lift Jenny's suspension and tae remove that daft rule oan lassies' claithes. And, as a personal favour tae me, ah wid be grateful if yae kin read oot yur change ae hert in front ae the entire school.'

She bares her teeth like a dug ready tae bite.

'I will not be threatened by you, or anybody else. Do I make myself clear?'

He maintains his gaze oan her as he explicitly chuckles

awey tae himself, 'Threats? Oh, you surely ken me better than that, Mrs Riddel. Ah'm talkin aboot action.'

And wae that he's dartin oot the office motionin fur me tae follae him.

'C'moan, Jen,' he instructs me. 'Tae the war cooncil. We've goat plans tae make.'

Ah cannae lie, likes, they words dae nuttin except worry me. But wae Mrs Riddel recoverin fae mental fatigue efter her battle wae ma secret weapon, ah decide tae resist her tae and deliver the final word.

'Ah'm wae him, Mrs Riddel,' ah tell her, lookin well pleased wae masel. 'Ah hink you should hink aboot what he said.'

Soon me and him are strollin thegither doon the hallwey. Ah'm shocked tae discover that aw the lassies are lined up, cheerin me oan. Some ae thum ah've never exchanged as much as a single word wae before. Yit this doesnae deter thum fae grabbin ma airm tae congratulate me. A few ae thum even decide tae high five me aw the wey oot the buildin. Fiery choruses ae 'Jennifer!' begin rollin through the corridor as if ah'm some soart ae local celebrity returnin fur a triumphant homecomin. The big guy is obviously lappin up aw the attention oan oaffer tae, as he keeps wavin tae the adorin crowd like King Charles makin his wey doon a royal parade. He instinctively keeps rhymin oaff the words, 'Power tae the people' as if tae further incite the euphoric reception. Even the teachers look rattled wae this show ae public support. As a result, ah find masel truly convinced that the stakes huv been raised tae the point ae nae return. And wae Aldo as ma self-appointed campaign manager, there's nae doot in ma mind that ah might huv a shout at takin oan the school. As unbelievable as it may soond ah might jist end up comin oot oan toap.

Aldo parks up swiftly ootside ma hoose, jumps oot and slams the door oan the driver's side, hard. Fae the minute he goat in the motor aw he's banged oan aboot is the satisfaction he'll git when he wipes the smile clean oaff Mrs Riddel's puss. Thus, withoot even needin tae pose a single question, ah ken this situation hus became personal between him and her. Fur what it's worth, though, he's giein me his ain guarantee that there will be a happy endin fur me themarra. Ah genuinely wish that ah shared his confidence, likes. No, that ah dare tae question his commitment tae the cause.

Ah practically leap oot his car and the first hing ah spy when ah walk side by side wae Aldo in the early efternin sun is Bruce. He's stood oan the couch starin oot the livin room windae, seemingly in deep thoat. This is a copin mechanism fur him. Mean, accordin tae Aldo, that is. Cos he gits easily unsettled whenever he's left tae his ain devices. He hus such a woeful face, eh? and fae a distance he pours oot a helpless sadness. His doonbeat demeanour suddenly becomes full ae life, though, as soon as it sinks in that wur hame. Wae the elation in his gorgeous eyes ah ken he's jist itchin tae spray me in a million kisses. Yince we're back inside the hoose... he doesnae disappoint either... until noo his joy turns tae rage the second Aldo spills the beans oan the injustice ah experienced at school. Ah spend the nixt hour in ma room. Ma social media is abuzz wae messages ae support oan Instagram. Ah've been tagged intae hundreds ae posts, n that. Aw hailin me as some soart ae feminist freedom fighter.

Appropriately, likes, ma mum tends tae keep a watchful eye oan ma every move. She's never been yin tae allow me tae stray too far awey fae the nest. Truth is, ah hink bein a single parent aw these years hus made her mair protective ae me. She alweys surpassed expectations tae make sure ah wis happy, though. She worked in every dull joab yae kin hink ae. And, as you kin probably guess, she pit up wae a loat ae pish along the wey. Aw ae which she endured tae ensure that ah didnae go withoot. Mean, it couldnae huv been much fun daein it aw oan her ain, eh? And, if yae really want tae ken, then it honestly does make me happy tae see her in a joab she loves. Even though it's a hard hing tae admit, ah do reckon that she's been able tae pursue her career thanks tae him doonstairs.

He's really surprised me these past few days. Ah feel like ah'm finally startin tae see the man she's been bangin oan aboot these past six months. And ah'll even admit that ah'll miss huvin him and Bruce in the hoose come Friday. But suttins tellin me that this might become a permanent fixture. Ah hope so, anywey. Cos the thoat ae that bein a reality soart ae gies me a toasty feelin inside. Noo, obviously, ma mum wid be goin nuts if she knew ah'd been suspended fae school. No tae mention that ah've committed masel intae facin doon the establishment in the name ae wumen's rights. Mean, dinnae git me wrong eh? she'd of course be proud as punch tae ken that ah made a stand against a clear injustice yit, like masel, she wid also be sensitive tae the fact that by pokin Mrs Riddel in the eye such an act might jeopardise ma chances at securin ma dream ae studyin law at Edinburgh Uni. Her big conference is goin full pelt, likes. And, well, she's awready droaped me a message tae say her constant textin is aboot tae stoap due tae her workload pilin up, n that. She confirms that she'll see us tomorrow night. Since she's never really used social media ah cannae see any notifications comin her wey through that hing. Still ah bet if she knew me and Aldo are no only co-exisitin, remarkably we jist so happen tae be workin thegither fur the greater gid, ah hink she wid be mair than delighted tae hear that. Emma, as yae might expect, wis straight oan the phone in what wis a desperate attempt tae git aw the goss. She delivered a valuable detail in the process tae by tellin me that Mrs Riddel wis in a proper jumble efter oor meetin. Apparently, word spread aroond the school that some folk could even smell drink oaff her. Nae student or teacher wis brave enough tae openly point oot this fact, likes, but ah manage tae translate this message perfectly. Aldo's obviously pit her oan edge and he might very well be the ace up ma sleeve.

Oot tae naewhere Josh checks in tae see if ah'm awright A sweet gesture, ah guess. But his word still stank ae someboady droonin in their ain misery. He's probably chokin oan the fact that he's jist been dumped by a local celebrity. No that it matters. Fur the time bein ma young broken hert is takin second place in ma list ae priorities. Efteraw, ma future rests in the hands ae someboady who only a mere forty shoart hours ago ah hud doon as a grade A bampot.

By the time ah git doonstairs Aldo's jist finishin up a call oan his mobile.

'Well,' he turns tae me and surges. 'That's the last parent been informed,' he states, wavin ma mum's little black phonebook in the air. 'Thenight you and me topple the Queen.' He rushes they words wae such relish that it makes me worry fur Mrs Riddel's safety.

Aldo soon lits slip that he's cawed a 'meetin ae minds' wae the other parents. Ah'm no entirely sure what that means, likes. Ah jist go wae the flow so ah dinnae question him aboot it either. Time is tickin before the guests will start tae arrive. And he, alongside his trusted four-legged sidekick, start gittin oan wae workin their magic in the kitchen. They're busy swishin up some rather lovely smellin buffet. And suddenly ah feel a sense ae duty tae play ma part, n aw. Especially since it's ma future oan the line. But ma suggestion ae a helpin hand is quickly rebuffed. So, ah heid upstairs fur some personal groomin. The messages ae support oan social media huv continued tae flood in tae. Ma name's never been liked or retweeted this much, eh? Well, no since the big guy revealed me as the finder ae his loast dug. And, as ah result ah find masel anticipatin the hoose bein at full capacity come sivin o'cloack. Ah quickly slip oan a cute black and white striped crop toap along wae a pair ae basic-lookin slim fit jeans. Yince ah'm finished daein ma makeup and hair, ah heid back doon tae the centre ae operations.

Ah go tae work, lovinly giein the livin room the yince oor wae the hoover, dustin doon the wide range ae classic literature that makes up ma mum's large bookcase. They two are still graftin in the kitchen. Ah reckon ma mum wid probably droap doon deid oan the spoat if only she could see thum. In fact, if she walked in the noo and saw me wae the vacuum in ma hand, ah'm confident it might end her.

By the time ah'm finished, ah decide tae check in oan the progress ae the two Hairy Bikers. The feast, right enough, is prepared. Trays ae grub cover the bunkers includin a varied selection ae sandwiches, sausage rolls, mini quiches, cakes, pork pies, mozzarella sticks, chicken legs and other nibbles. A valiant effort that deserves nuttin shoart ae admiration considerin they threw this up oan an impulse. Aldo slumps intae a kitchen chair while his second-in-command scoffs a sausage roll that slides oaff a tray oantae the flair.

'Wow!' ah tell Aldo, barely catchin ma breath, 'You shouldnae huv gone tae aw this trouble.'

He waves awey ma gratitude as he stands up.

'Nae thanks necessary, Jen. That bein said ah do need tae freshin up.'

'Sure,' ah tell him.

And this is when Bruce reminds me it wis indeed a team effort. His heid is doon, clearly tryin his best tae avert his eyes fae mines. But he soon lits oot a soft whimper as if tae say, *'What aboot me?'*

Ah bend doon and kiss him oan the heid, likes, rubbin his neck, showerin him in baith physical and verbal praise. 'Aw Bruce,' ah tell him, 'thanks fur aw yur help tae, pal.'

· · ·

Two hours later and the hoose is mobbed wae mothers and daughters, aw ae whom huv answered Aldo's caw tae airms. Each yin ae thum bringin collective positive vibes tae this social gaitherin. Some ae thum are ma mates, likes. Emma is in attendance, obviously, and is accompanied by her mum who is equally as enthusiastic wae her support. Others, however, ah've never seen. Nor huv ah even exchanged sae much as a smile wae thum in the corridor. That doesnae stoap thum fae treatin me as Emily Pankhurst herself though. Fur they're aw here in a strong showin ae female unity and solidarity. Every seat in the livin room is snapped up. People are chattin amongst thumselves whilst enjoyin the fid that Aldo and Bruce prepared. There's a somewhat relaxin feel tae the place. Despite the seriousness ae the situation, that is. What's mair, Emma's been chewin ma ears oaff as ah observe the scene.

'So, Jen,' she prattles. 'What exactly is the plan?'

Ah pause fur what feels like an eternity, cos the truth is ah'm as clueless as her. The fact is the only yin in the room who hus the answers is Aldo.

He's busy smoothly operatin the room, charmin aw the mothers wae his oor-the-toap compliments and shrewdness. He literally darts aboot the room casually toappin up everyboady's paper cups wae wine. Fur us youngsters, of course, we're relegated tae a vast choice ae fizzy drinks which are in the fridge in the kitchen. Ah'm hopin the commitment he's displayed in playin host is jist yin small cog in his masterplan. The mothers, though, the band ae middle-aged wifeys who are each well past their prime, seem tae hae an ulterior motive fur bein here. There's nae question they're rootin fur me but through the wey they've taken extra care wae their appearance, particularly their hair and makeup, well, this leads me tae believe that the real reason fur their attendance is tae enjoy a reception wae Aldo. Initially ah thoat ma mum wis delusional when she said that maist wumen her age fancies him. But ma eyes refuse tae lie. Before ah even ken it ah cloack Aldo manoeuvrin himself tae the front ae the room. He stands in front ae the fireplace wae Bruce plonked doon nixt tae him. It doesnae take long tae determine that he's aboot deliver a speech.

'Quiet down please, ladies,' he commands, in what is a rather charmin-soondin ring. 'The time fur talk is oor.'

It's an ominous statement, tae be honest. And yin that instils a belief in me that he might jist be aboot tae unveil his blueprint tae bite back against the school.

In what turns oot tae be an unforeseen ootcome, Aldo delivers an undeniably rousin speech, urgin aw the wumen tae stand thegither and be coonted. Ah look aroond and observe baith fresh and auld pusses lookin equally inspired by his words, tae the point where ah'm convinced every person here wid happily elect him the mayor ae Leith if they wur ever presented a ballot boax. The hale room's spirits are raised wae this political masterclass in public speakin. And its decided that we'll hud a protest themorra mornin at the school, right before assembly. Efter a consultation wae his adorin fans, Aldo roonds up some volunteers tae make some posters, along wae taskin folk tae pit thegither the campaign's very ain social media team, which, predictably, is led by ma bestie, Emma. He goes oan tae delegate mair and mair tasks oot tae a seemingly endless stream ae volunteers. Like a proper general guidin his troops intae battle. Yin line ae attack bein a unanimous decision fae the flair that aw the lassies should wear crop toaps themorra. This idea came fae ma pal, Lucy, and it received an instant thumb up fae Caesar. A great shout ah reckon cos it takes a clean swipe at their new dress code policy. Before the room kin disband and embark on their duties, Aldo unveils a secret advantage that doesnae half cook the goose. In a laid-back manner, he informs us, 'Ah made a caw earlier and there will be a special guest at the protest. Someboady who'll finally brek the auld cow's back.'

Again, Emma's seekin me oot as a source ae information. She's itchin tae find oot mair aboot this mystery guest. Ah ken as much as her though and Aldo's no oafferin clues aboot their identity. The gossip queen ae Leith Academy quickly hus her game ae twenty questions interrupted as people begin tae cheer. And, before ah ken it, the chantin starts. It's the familiar bells ae female solidarity bein belted oot.

'Our bodies! Our choice!'

Our bodies! Our choice!'

Our bodies! Our choice!'

The neighbours are probably busy fillin oot letters ae complaints aboot the noise, likes. A minor annoyance, ah reckon, fur the momentum is steadily buildin and oor fight fur social reform is well underwey. Aldo and Bruce are baith lookin utterly satisfied wae thumselves. Rightly so, n aw, if yae ask me cos there kin be nae debate aboot the fact that they've played a blinder.

The big guy deflects the crowd's attention back oan me in yin fail swoop, pumpin his monster fist in the air which sets oaff another chant.

'Jenny! Jenny!'
'Jenny! Jenny!'
'Jenny! Jenny!'

The hale room follaes the example set by their leader and it's no long before ah'm beamin brighter than Blackpool Tower. Such a strong display ae female unity leaves me touched, tae be honest. And ah hae tae concede that withoot the efforts ae ma unlikely hero ah doot it wid be possible tae pull oaff. The truth is, despite a couple ae teethin problems, ah really do feel ready tae face doon Godzilla himsel, never mind an elderly wuman named Mrs Riddel.

• • •

The nixt mornin ah leap straight oot ma bed as soon as ah glance at the digital cloack oan ma TV unit. 6.30 am. Nerves immediately start tae set in. In fact, they never left me. Fur ah hud been restless in ma bed aw night. Ma sheets are soaked in sweat.

Turnin oan ma phone does little tae stoap ma stomach fae churnin. The notifications oan ma social media start pingin, aw ae which are untimely reminders ae the protest. It wid seem the hale ae the toon hus an opinion oan the matter, yae see. But ah'm pleased tae report that wae the exception ae a few morons, everyboady seems proud as punch tae be a member ae Team Jennifer. There's far too many messages tae respond tae each yin, though, especially as ah need tae git ready fur ma moment in the hoat seat. Thankfully, Josh hus sent nae texts or voice messages threatnin tae take his ain life if we dinnae reconcile. We're very much in the mournin stage ae the brekup, undeniably, hings still bein sae sore. That's aw been pit oan the backburner fur me, however. Aw ah'm concerned aboot fur noo is gittin masel oot ae this quicksand in yin piece. Turner and Hooch are wide awake cos ah kin hear thum clatterin aboot doonstairs. Ah soon git masel dressed appropriately fur the demonstration and ah'm properly freshened up by the time ah've joined thum in the kitchen. Almost immediately ah decide tae raise ma concerns that this situation is quickly spirallin oot ae control. Aldo appears tae be less than interested by this problem. Withoot sae much as an eyelid bein batted he continues tae wolf doon his full Scottish at the table. His number two hardly looks sleep deprived either, as he's greedily scoffin awey at his dish ae chopped up sausages oan the flair. Ah snatch the boax ae cornflakes oaff the bunker and pour masel a bowl. Nae mornin banter is exchanged across the table. A calmness seeps intae the room. Ah shovel yin spoonful ae cereal intae ma mooth and its awready goat me ready tae boke. Somehow, Aldo becomes aware that ma sleepless night hus killed ma appetite. He finally pauses eatin fur a moment. Tryin his best tae calm me doon.

'Honestly, Jen,' he streams. 'Yae'v goat nuttin tae worry aboot, Hen.'

The certainty in his voice as he mutters they words leave me surprisingly content, ah cannae lie.

'That auld cow will be beggin fur assisted suicide by the time ah'm done wae her,' he insists. 'Noo eat up. Pit some fuel in yur belly.'

Tough talk, likes. Ah jist hope he backs it up wae a positive conclusion.

...

Hundreds ae students thegither wae parents are awready at the school. Every yin ae thum primed and rarin tae go. Hell-bent oan expressin their opposition tae an impendin updated dress code. They've aw gaithered jist ootside the main entrance wae aw the lassies proudly sportin crop toaps, a clear two fingers aimed directly at the dictatorial order tae cover up. Scottish weather is famed fur its unpredictable moods, though, but this occasion it seems welcomingly sympathetic. Me and Aldo somehow manage tae manoeuvre oor wey through the ever-increasin crowd. Every available phone camera it seems is makin a TikTok video or takin defiant selfies alongside the other protesters. Other folk are simply huddin up banners which are statin indisputable facts, such as *'My body isn't a distraction.'*

The crowd treat us as if wur straight fae the flicks, or

suttin. In the middle ae walkin the Oscars' famous rid cairpet, ah even hud tae stoap fur a couple ae autographs, likes. This educational establishment really hus been transformed intae yin enormous picket line.

Yince we hit the front, Aldo instantly pulls a rabbit oot the hat. He produces a large and intimidatin megaphone oot tae thin air. And in a belated encore fae last night, he proceeds tae rally the troops again intae a frenzy. A rather public and personal attack oan the absent Mrs Riddel soon commences. It's a timely development, likes cos the assembly is aboot tae start and she'll be stood up there addressin the situation, tryin her best tae prevent it fae turnin intae a national scandal.

Yince inside the buildin, it's clearly underwent a remodellin. Every inch ae hallweys is decorated wae posters which declare, *'Teach boys to focus. Not girls to cover up.'*

Teachers and sixth years monitor the corridors. Thegither they're busy tearin doon the posters, quickly discardin thum in the bin. Despite this, they soon recognise the error in their weys. Efter, they glimpse the fact ah jist so happen tae huv broat along ma very ain Bond villain. Ah kin awready hear the assembly hall is busy and noisy. As we storm through the large doors, we find that the aulder bairns huv positioned thumselves at the front, wae the first-years seated directly behind thum. They aw stoap tae suck in the numbers ae oor enthusiastic airmy and before long they're loast amongst aw the excited chatter. The group ae teachers seated oan the stage looked increasingly gazumped by oor hame invasion. It's then ah cloack a sheepish lookin Mrs Riddel sneakin inside through a side door. She paints the picture ae an aulder stateswuman oan election night who kens mair than anyboady that she's minutes awey fae losin her seat.

'Ah'm a wee bit worried,' ah whisper tae Aldo. 'She's smilin, eh? that cannae be gid.'

'Dinnae panic,' he calmly replies. 'Ah've no rammed ma stake through her hert yit.'

He then dashes oaff in pursuit ae the dragon who's guardin

the gold. Ah find masel strugglin tae keep up wae the pace set by him. Aw the conversin in the hall hus become sae loud that it's thunderin. She notices us and quickly approaches. Tae ma horror, she stretches her hand oot. A gesture which Aldo grudgingly accepts. They baith stare deep intae the awaitin audience. Each smilin and wavin tae familiar faces who wave back at thum.

'Nicely played,' she admires, at a mutter. 'But I'm afraid I retire next year. I'd rather leave this school's reputation in an ash heap than admit defeat to you. You were always a little bastard.'

Such animosity focused oan the big guy renders me stunned. Yit, he displays remarkable self-control by no takin the bait and causin a mighty scene.

Insteed, he speaks withoot appearin tae move his lips.

'You and that fuckin mooth ae yours, eh? In two minutes the former First Minister is gonnae walk through the doors and you're gonnae hop oan yur broomstick and declare that Jennifer is, in fact, a fuckin hero. We clear, are we, ya auld boot?'

She responds wae a harsh-soondin laugh.

'Half past eight in the morning and you're already high as a kite. You will never change.'

Mrs Riddel soon takes tae the stage. At the blink ae an eye she's poised at the microphone wae a big cheesy grin coverin her wrinkly puss. She's evidently savourin her moment tae finally settle an auld score wae Aldo and her bonus point bein the fact she's aboot tae scalp ma academic prospects and wear thum as a mask. Strangely, he doesnae quite seem ready tae heid fur the panic room yit. Then jist as ah'm aboot tae start fillin oot an application form fur Burger King oot the blue a loud ruckus comes clatterin fae the hallweys, which results in everyboady channelin their attention awey fae Mrs Riddel, turnin oantae the large entrance doors insteed. The hale room sits tight tae see who the instigators are until, that is, they eventually swing the doors wide open, efter which, ah'm left seein stars. The audience gawk at yin another in total disbelief cos, unbelievably, it's nane other than the former First Minister hersel, Nicola Sturgeon. Scotland's maist powerful wuman is wearin a vivid rid dress. She is accompanied adoringly by her entourage ae underlings. Ah look tae Aldo in an equal measure ae shock and amazement fur he's proved tae be a sorcerer wae magical powers yit again. Meanwhile, Mrs Riddel is literally pinchin herself.

Baith students and teachers scramble tae git tae their phones as Nicola waves and smiles at thum broadly. The sight ae Aldo bringin her a clear sense ae joy as they twinkle at yin another.

'It's so nice to see you again, Aldo,' she flatters whilst they enthusiastically shake hands.

'Nics,' he tells her. 'It's always a pleasure. Thanks very much fur makin it.'

'Please, think nothing of it,' she says. 'Our young women are our future, after all. It truly does warm my heart to see so many of them unite to confront sexism.'

Aldo introduces us and ah'm mair star struck than ah ever thoat possible. Nae doot doon tae the fact that this is the first celebrity ah've ever met up close and personal. She's exactly how yae see her oan the telly, aw friendly and humble.

'It's wonderful to meet you, Jennifer,' she oozes. 'You're my new hero.'

Her words leave me feelin aw shivery inside. Ah find masel helplessly smilin in admiration, even bowin ever sae slightly.

'That means so much tae me, ma'am.'

'Oh, no need to be so formal,' she lightly sniggers. 'Nicola is perfectly fine.'

Aldo turns awey in obvious embarrassment but is soon grilled by her.

'Is Bruce here?' she asks, almost apologetically. 'He would certainly brighten up the occasion.'

'Unfortunately, he hud a nasty accident wae some ootdated sausages this mornin,' he answers, soondin awfae distressed and worried. 'But he sends his love,' he explains, tae which she looks gratified.

Mrs Riddel abruptly retreats oaff the stage, takin time oot

tae decide a wey ae how she kin engage ma new esteemed pal, nae doot. Eventually, she steps oot fae the wilderness and stumbles intae the parley. Aldo intercepts her, though, by pittin his airm aroond her before oafferin a rather unflatterin introduction.

'Nicola,' he annoonces. 'This is Mrs Riddel, eh? The very heidteacher who hinks young wumen cannae make their ain choices.'

Nicola stares at her intensely.

'That's very disappointing,' she flows, in an unmistakable disapprovin tone.

Mrs Riddel's boady freezes and she lits oot a jittery, half-supressed laugh. She's clearly rockin, likes. Ever since Nicola left the mark ae Cain oan ma heid.

'This was all just a test, Mrs Sturgeon,' she pathetically grovels.

She breks free fae Aldo's grapple and lunges at me. Ah'm left cringin wae the oor-the-toap show ae emotion that as she smothers me in. The fact she's embracin me like ah'm her only grandchild or suttin is obviously only fur Nicola's benefit.

'I wanted to inspire our young women to challenge sexism at every opportunity. Jennifer has proven to be nothing short of an inspirational champion of female rights.'

Pure and utter fabricated lies, of course, but we happily accept her surrender aw the same. Efterwards, tae prove her point tae the First Minister, ah'm halled oan stage against ma will. Then she asserts that her order tae cover up wis aw jist a bunch ae smoke and mirrors and that it wis, in fact, her masterplan tae git lassies tae recognise sexism. As Aldo promised, ah'm hailed as a hero by her and this lights a match under the audience as the hall, it seems, explodes. Ma name must be ringin in the ears ae the gods wae the volume ae the applause, demonstratin that Aldo is undeniably a man ae his word.

Nicola, it seems, is only too willin tae oblige the fanfare. Enthusiastically posin fur an endless amount ae selfies. The yin we goat wae the three ae us huddled thegither, lappin up a famous victory, is a real beauty. Then later, back in the passenger seat ae Aldo's motor, ah feel confident enough tae quiz him aboot his peculiar friendship wae the former First Minster. His hands are gripped oan the steerin wheel as he is in the midst ae cursin oot other drivers oan the road. Soon, though, ah begin interrogatin him.

'It's mental yae ken Nicola Sturgeon. How does that happen?'

He leans in wae a smile before utterin, 'Lit's jist say she wis enjoyin ma mum's famous Tika Masala, eh? And well before she began runnin the country.'

Inside the hoose Bruce finds sanctuary in his bed in the livin room. He is still recoverin fae his rather nasty encounter wae his breakfast this mornin. Aldo, however, livens him up when he proudly announces that we'd won the war. The wee cherub quickly darts up, booncin oaff the wahs, as well as howlin and barkin an obvious *'Git it right up yae, Mrs Riddel!'*

Aw the excitement fae the past couple ae days hus left me feelin slightly overwhelmed, which is why ah crawl oaff tae ma room fur a much needed breather. Ma mum's due back hame fae London at 8 pm and rechargin ma batteries beforehand seems a wise move. And tae be honest, fur me there's nae better wey tae unwind than hangin oot wae a class book. There's suttin mentally relaxin aboot losin yursel inside someboady else's imagination. Fur higher English ah've been assigned S E Hinton's classic novel, *The Outsiders*, an engrossin read that portrays the battle between the poor and the rich. Ma phone rings but ah continue oan readin cos ah ken it will only be Emma lookin fur a new gossip scoop. Or mibbie it's Josh beggin fur forgiveness. It keeps oan ringin until ah finally cave and pick it up.

Oan the other end ae the line it's indeed Emma. She bypasses the formalities ae sayin hiya or askin how ah'm keepin efter steppin oaff the rollercoaster. And she jumps straight in by waggin her tongue aboot the eventful mornin at school. The conversation remains yin-sided as ah lit her soond oaff withoot interruptin. Jist as ah'm left convinced that her oxygen levels are runnin oan empty she causally droaps a bombshell in ma lap.

'Did you hear? That slimeball Josh is going on a date with Sara on Saturday. To the Hibs match, best seats in the house apparently.'

'You're mistaken,' ah guarantee. 'He's probably in church prayin fur ma return or suttin.'

She maintains that her information isnae the work ae an overactive imagination. Tae appease her ah scurry across the hardwid flair and sit doon at the computer desk an fire ma laptop oan. In a matter ae seconds ah'm logged in and oan his Facebook page. Emma's information proves reliable fur yince cos they two jackals are starin back at me aw loved up. Tae rub a tablespoon ae salt intae the wound they're wavin aboot the prime seats ah gifted that snake. Ah hang up the phone in a stunned silence.

Before ah kin even fully process this betrayal, ah'm sittin oan the couch dressed in black watchin mindless daytime telly. Ma only friend is the tub ae Ben and Jerry's cookie dough ice cream ah've goat ma heid stuck inside. Neither Aldo nor Bruce understand why ah'm oan such a dooner. Especially since it wis me who gave him the elbow. Ah wid be tellin a fib if ah said that ah even wanted that mummy's boay back in ma life. Ah'm jist strugglin tae come tae terms wae the fact someboady else wants him. Aldo's emphatic voice echoin through the hoose is startin tae push aw ma wrong buttons. He's at the front door chattin tae yin ae they wee barbarians he helps tae train at boaxin. They've stoapped oaff fur a lift tae the gym and the cauld air waftin through proves the final straw cos ah leap oaff the sofa and swing the livin room door open tae challenge him in the hallwey.

'Shut the door!' ah growl at him. 'It's freezin and ah'm depressed!'

'Eh, sorry Jen,' he says lookin startled. 'Ah'm jist haein a blether wae James.'

Oot a sheer nosiness ah pop through the front door tae take a peek at his apprentice. As soon as ah see him ah'm like, who's Josh? Ma first impression ae this James is that he's a much younger and fitter Tom Hardy. He's dressed in his gym gear wae a blue Adidas gym bag oor his shoulder. He hus great hair, impeccable features wae a strong frame and muscular airms and shoulders. Fur months Aldo's talked up these young guys at his gym but ah always imagined suttin resemblin *The Goonies*. Ah remember him tellin me and ma mum he wis takin James fur a pint oan account ae him turnin eighteen. That pits him only a year and a half aulder than me and makes him fair game. Ah push Aldo tae the side so ah kin take a closer look at Prince Charmin. It takes aw ma will power no tae droap oan yin knee and pop the big question, *'Do you have a girlfriend?'*

'Hello,' ah say directin a flirtatious smile at him. 'Ah'm Jennifer.'

His piercin baby blue eyes are focused oan me and he toaps this wae a smile that wid git the birds chipperin in the trees.

'Hey,' he replies in his beautiful voice. 'Aldo's told me aw aboot yae. It's nice tae finally pit a face tae the name.'

Embarrassingly, ah laugh like a giddy schoolgirl. Ah'm startin tae feel lightheided as me and James cannae take oor eyes oaff yin another, which gies me hope the attraction is mutual.

'Aldo?' ah wonder aloud. 'Ah hink it's aboot time ah learn some self-defence. You dinnae mind me taggin along?'

He seems unprepared fur the question.

'Really? You alweys say boaxin is only fur brainless morons wae anger issues.'

'You're mistaken,' ah correct him wae a shaky laugh. 'What ah said is boaxers are modern gladiators.'

'Ah don't mind showin yae the ropes,' spills James, and like Speedy Gonzalez ah'm rushin aboot tae git dressed in gym gear. As ah'm gittin ready an odd thoat enters ma mind. Fur years ah've wondered what it wid be like tae huv a dad. Jist tae be like aw ma pals, even fur jist a day. And Aldo hus stepped forward and provided me wae a little taste ae what huvin a faithur is like. He's been ace these past few days and ah hope he's aboot fur the long haul. Cos haein a dad feels kindae nice.

CHAPTER 9

Chemical Influences
ALDO

Ah smile the second Dougie answers the front door. Ma unexpected arrival in sunny Morningside hus well and truly set the cat amongst the pigeons. Ah've goat a feelin the cunts awready been alerted tae ma presence, likes, cos ah could almost feel the cameras zoomin in oan me. Probably the neighbourhood watch sketchin a facial composite ae me the very minute ah began breathin their air. This doughball looks as if ah've jist sprayed CS gas in his puss. And his choice ae claithes is rather underwhelmin fur this postcode. Lit's be honest, eh? if yur corner shoap is Waitrose, then it's safe tae say yae'v become the enemy ae yur ain class. Ah'll forgive the fact he's taken his two pieces ae silver in the form ae this mini mansion which hus been handed doon by her folks. Efteraw, he's a pal, eh? Understandin how the world works ah always anticipated that this moment wis inevitable. He's sportin dark jeans and a tight white t-shirt. The ootfit completed by a pair ae mundane-lookin trainers. Hardly gentry material. As ah look him up and doon ah kin sense the cauld shiver runnin doon where his backbone used tae be. Mean, before Justine hud it surgically removed, that is. A sense ae sheer horror proceeds tae suck the breath straight oot his mooth.

'Aldo?' he chokes, wae a clandestine look ae guilt. 'What are you daein here?'

'Lit me ask yae suttin, Dougie?' ah tell him as ah sidestep past him at the doorwey. 'Dae yae blow yur gairdner wae that mooth?'

He scratches his nose, nervously.

'Hilarious,' he returns. 'Seriously, though, Aldo? Ah'm kindae in the middle ae suttin, mate.'

'Oh, well,' ah tell him. 'There's nae secrets between mates, eh? Yae'll no even ken that ah'm here.'

'Fine,' he reluctantly folds. 'Shoot through tae the kitchen then.'

He closes the front door behind us and he wastes nae time in movin in front ae me. Leadin the wey taewards the large open plan kitchen. Ah've been here before fur their hoose perty likes. Back when they first moved in and ah cannae lie, eh? it wid make a worthy contender fur 'Scotland's Hame ae the Year'. A very large and braw chandelier hangs fae the high ceilin in the hallwey. Ah kin almost hear the soonds ae the piano fillin up the hoose. An impressive imposin stone-built slice ae Victorian elegance nestled behind some hedgerows. Beatrix Fuckin Potter wid huv been proud tae caw this her writin retreat. Brucie went through a Peter Rabbit phase when he wis a pup, jist in case yur wonderin where the fuck that notion sprang fae.

Anywey, yince inside the pretty spectacular kitchen, ah'm left utterly dumbfoonded, tae be honest cos a beautiful twinty suttin Latino lassie wae broon skin and auburn hair is stood at the dinin table. She's busy pittin awey some sheets ae paper intae her bag. The lassie is an absolute stunner. And ah soon find masel starin at Dougie in bamboozled disbelief. He's quick tae inform me that their relationship is purely platonic.

'This is Maria, Aldo,' he recognises, gesturin tae her glamourous self. 'She's teachin me Spanish.'

His words immediately focus her attention right oan me as her beautifully manicured hand reaches oot.

'Pleased to meet you,' she confesses, wae the voice ae an apparent angel.

'Likewise,' ah tell her, shakin her hand. 'So, you teach Spanish, dae yae?'

'Yeah,' she says as she lifts her bag oaff the table. 'I'm studying the language at university. My mum is from Barcelona.'

Straight awey ah start chattin tae the lassie in Spanish. And withoot even lookin at him ah ken Dougie is aboot tae faw intae cardiac arrest. The lassie looks equally blown awey by natural talent wae the language ae love.

'Eh, Maria?' Dougie indicates as he frantically looks at his watch. 'Will yae no miss yur bus?'

She's too smitten wae me tae take his point oanboard. She wants me, eh? Ah kin see it in her eyes but ah'm afraid Roxy is still very much the yin fur me. The chemistry ends when she suddenly realises that her bus is indeed due. Efter which she hastily bails fae the scene. Ah pull up a seat at the sprawlin fancy marble bunker and Dougie is still overwhelmed. He clearly didnae realise that ah'm mair than jist a pretty face.

He begins tappin his finger oan the bunker. Obviously itchin tae start questionin me.

'Yae speak Spanish?' He investigates, 'Since when, likes?'

Ah take ma jaicket oaff and drape it oor the back ae the kitchen seat. The smell ae bleach comin fae the coonter toap almost makes ma eyes watery.

'Learnt it inside, mate,' ah tell him as ah pull up the seat and sit doon. 'Bein in the import business, these Spanish hombres appreciate yae learnin the patter, eh?'

'Anytime ah dae suttin it's awready chewed meat,' Dougie complains in the midst ae a yit another hissy fit.

Ah kin see the radge is aboot tae start greetin, which is why ah decide tae steer the conversation in another direction. Ah soond him oot aboot ma hoose warmin gift, pointin tae the corner ae the kitchen where the toap-ae-the-line coffee machine ah goat thum dominates the end ae the bunker.

'So how are yous two enjoyin the new coffee machine?'

Dougie instantly turns and stares at the hing. His puss covered in unmistakable joy.

'Oh, it's the centre piece ae the kitchen, mate. Justine wis in disbelief that yae forked oot that much fur us. She shows everyboady the hing. Yisterday her brother Ross wis green wae envy.'

Ah raise ma eyebrow in surprise.

'The polisman? That's a bit ballsy Dougie, eh?'

He looks at me perplexed as fuck. Until his college course finally bears fruit.

'Tell me that hing isnae chored?' he rants, pleadin pathetically.

Tae which ah smile as ah lean casually oan the bunker, watchin him melt in justified dispair.

'Listen tae yae wae aw the lingo,' ah tell him. 'Aye, that's right. Course its chored. Me and some ae the boays liberated a John Lewis lorry load ae thum. Piece ae piss, so it wis.'

Dougie's puss quickly drains ae life. He then starts pacin aboot the beautifully coloured tiled flair. Neither logic nor reason is guidin his erratic fitwork. Ah watch as his years oan this planet seemingly flash before his very eyes. He's stumblin aboot the kitchen, actin as if he's half-cut until he finds his wey tae where ah'm sittin and plants his erse doon nixt tae me. He sends a silent glare straight at me and aw ah kin see is chaotic hysteria. Suddenly, he lays doon a demand. Speakin rapidly and withoot filter.

'Dinnae you say a fuckin word tae Justine, right?'

Ah play baw by agreein tae his demands, which, jist as ah thoat it wid, causes his fear tae fritter awey. Efteraw, he kens fine well there's many skill sets oan ma CV and bein a dirty grass is certainly no yin ae thum. Besides it's no as if ah want his honourable missus kennin the inner workins ae ma business. Nae doot she wid relish giein her brother a legal stiffie by servin me up oan a plate fur him. Luckily fur masel, though, ah've made her and Dougie an accessory so even if she did decide tae play Miss Marple and uncover the truth, she wid only be pittin her and Dougie in the dock tae. These worries dinnae huv any real substance tae thum likes, cos ah've kent Dougie fur a long time, eh? Ah ken mair than any cunt that as soon as ah leave that hing will find itself haein an 'accident', ensurin that he'll be disposin ae any incriminatin evidence. Mean, it suits me, eh? There's nae complaints fae Aldo oan that front. It's no long before the man ae the moment is lookin mair chilled, mair relaxed aboot the situation. He even finally remembers his manners by oafferin me a coffee, n aw. And since ah'm long overdue a mornin refresher ah gladly accept his hoaspitality. Ah watch as he's back oan his feet marchin taewards the pinched machine. He hastily grabs two cups and gits tae work pittin his brewin skills tae the test. Aw the while he remains quiet and focused oan the task, which is nae doot due tae reality bitin him oan the erse that he's been handlin stolen goods. It's common knowledge Dougie hus nae baws and his moral dilemma is nae concern ae mines. Ah gaze in wonder at this vast kitchen that stretches across the entire width ae the buildin. Fae the ootside this hoose looks stuck in the nineteenth century. Oan the contrary it's kitted oot wae aw modern furnishins and gadgets. That fuckin enormous black air fryer looks as if it's suttin the Americans retrieved fae Roswell. The numerous windaes in the kitchen oaffers tons ae natural lightnin and they ootlook the half acre ae back gairden that's complete wae a majestic view ae Arthur's Seat. Ma mind's wander is derailed, however, as Dougie starts wavein a steamin hoat mug ae coffee under ma nostrils.

Ah take the cup fae him, restin ma lips oor its rim and start gently blowin cos it's roastin. Ah then inhale the smell ae the rich blend which hus me hooked. Yince the coffee is in ma mooth ah ken right oaff the bat it's the best ah've tasted. Fuck me, eh? it's delicious. A far cry fae the usual Nescafé instant shite that peasants like masel huv become accustomed tae. The country gentleman retakes his seat nixt tae me and as he does ah pit ma cup doon oan the bunker. We converse aboot how Hibs's bubble burst oor the weekend and ah fill him oan mines, Roxy's, Jen's and the wee man's adventure tae Gullane Beach. Still as ah witness him casually sippin his cuppa, an unrelated thoat somehow pops intae ma heid, joltin me back intae the real world.

'Wait a minute!' ah tell him. 'Why the fuck does a tool like you want tae learn Spanish?'

Dougie stares at me and a long and deefenin pause consumes the room. It's clear he's in the middle ae hinkin carefully aboot his response.

'This hus tae stey between us two, man?' he pleads. 'Honestly, Aldo. Ah'm serious, mate.'

'Goes withoot sayin, Dougie. Dinnae fuckin insult me.'

He leans forward and buzzes.

'Ah'm gonnae ask Justine tae marry me at the perty this weekend. See, when she wis a bairn she spent her summer holidays at her faimily's villa in Tenerife. Romantic or what, eh?'

'Beautiful,' ah tell him, as ah grin fae ear tae ear. 'Listen, ah'm glad yae broat up the perty, mate.'

Ah calmly reach intae ma jaicket poacket, producin the beautifully decorated invitation, and slam it doon oan the coonter toap.

'Who the fuck done yur invitations, mate?' ah quiz him.

'Eh, Apex Signs in Musselburgh,' he admits slowly.

Ah tak a big gulp ae ma coffee, nearly scaldin ma mooth in the process.

'Fuckin cowboays, man,' ah confess, peerin at Dougie. 'These jokers huv pit doon Roxy and Bruce as the guests. Nae mention ae me likes.'

'Listen mate,' he grumbles, almost grovellin. 'The invites are right, it's jist Justine's bosses at the school are goin tae be at the do.'

Ah shut him doon by snappin, 'And?'

'Well,' he stammers nervously, tryin tae choose his words carefully, as he forces his defence oot his mooth.

'She's been runnin an anti-drugs campaign at her school, and she is in line fur a big promotion. Justine reckons huvin somebody wae your reputation at the hing might taint her chances. Ah'm sorry mate, ah should huv said suttin sooner.'

Ah feel betrayed and filled wae rage, and ah kin see it scares Dougie.

'Ah've never been convicted ae any drug chairges,' ah remind him, 'jist victimless crimes like GBH and assault wae a deadly weapon.'

In the few moments ae peacefulness that follaes, ah kin see he looks overcome and unwillin tae reconsider his decision. Ah shoot up, fire oan ma jaicket and challenge him directly.

'Auldest fuckin mate, and yae throw me oot the boat withoot a life jaicket, eh?'

'Well...technically Craig's ma auldest pal,' he reminisces in his quaverin voice.

Ah look revulsed at him.

'Yae couldnae even gie me that, eh?'

He ootruns his ain stupidity by keepin hushed tae avoid makin the situation worse. Ah bail by makin a hasty exit, slammin baith the kitchen and livin room door fur some dramatic effect, incensed at this level of treachery.

...

Fur two days and nights, ah've barely slept or eaten anyhing. Fur a minute, ah thoat ah might be comin doon wae suttin and that a trip tae the doactur might be in order. Then ah remembered, eh? ma perr physical condition wisnae the result ae some medical emergency. It wis broat oan by Dougie deemin me unworthy ae makin his exclusive guest list. Ah've hud his back since first year, likes. And this is how he repeys me? Mean, when ah heard Craig's managed tae git an invite tae this perty, that wis the final straw. Of course, Roxy and Bruce hink ah'm takin the rejection too personally, likes. But ah wis quick tae remind the pair ae thum, 'It's easy fur you two tae say. Efter aw, you two huv been made VIPs at the fuckin hing.'

That numpty Dougie tried reachin oot tae assess whether ah've calmed doon. Cunt goat his answer though cos his numerous caws and text messages huv aw been well and truly blanked. The conditions huv even deteriorated tae the point where masel and Bruce huv hud nae sleepovers at Roxy's. Well, it didnae seem right that ma bad mood should cast hard times oor their house, which is why ah'm in the flat wae him. He lays sprawled oot oan the rug in front ae the telly as we speak. A tumult ae conflictin emotions circulates. And the mair ah hink aboot Dougie's betrayal, the mair ah feel convinced and justified that it's only right tae reciprocate at him in kind. Bruce however, seems only focused oan watchin *Pointless*. He's no actually noticed how ma knuckles are whitenin as ah grip the airm ae the chair and ma teeth are clenchin thegither in frustration as ma revenge plans begin tae in ma heid. Noo that ma course ae action is chosen, ah resolve tae share ma masterplan wae ma trustworthy companion.

'Brucie, son,' ah caw oot.

And remarkably, he lifts his heid up right awey fae the telly tae gawk at me. His eyes light up and his tail begins tae wag excitedly cos ah suspect he hinks it's walkies time. Unfortunately fur him, however, his hopes are soon dashed when ah reveal ma true motives fur wantin his attention.

'Ah've been hinkin, pal, eh?' ah tell him as he continues tae leer at ma puss as if he's awready fantasisin aboot aw the fun we'll hae thegither at the park.

'Wae that clown Dougie plannin oan proposin at this perty,' ah explain tae him, 'that perr lassie might jist check oot yince she sees the daft cunt droap doon oan yin knee tae pop the question.'

Me and Bruce are still glarin at each other. And ah kin see the worry startin tae set in and overcome his gid looks. As ah retrieve ma mobile oaff the sidetable nixt tae ma seat, ah scrawl doon ma contact list until ah reach Justine's number, quickly justifyin ma decision by confessin tae him.

'Ah reckon ah've goat a moral duty tae lit her ken exactly what he's goat in store.'

Nae bullshit, likes. Ah'm savourin the moment at the thoat ae pittin a pin in Dougie's balloon. Bruce, oan the other hand, well, lit's jist say it's clear he doesnae share the same sense ae enthusiasm. And before ah ken it, he's leapin up and frownin the life oot ae me, vocalisin his disdain fur ma plan by barkin angrily.

'Aw, dinnae worry,' ah tell him whilst eyein him wae a look ae severe indigestion. 'They'll no revoke yur invite, fur fuck's sake. The pair ae thum hink you're the chosen yin, or suttin. Fur Pete's sake Bruce! Is it really aw aboot you, eh? Where's yur loyalty, son?'

He sighs deeply then produces a mair defiant bark. He's never been yin tae admit defeat in an argument, likes. And he kin rarely resist the temptation ae gittin the last word in, either. Unfortunately fur him, though, his trip doon reminiscence lane does nuttin bar reboond across the room.

'That man isnae yur uncle,' ah stress, scootin tae the edge ae ma seat. 'No anymair, anywey.'

Bruce's eyes become dooncast and his ears are pulled back. He kens when ma mind's made up there's nae talkin me oaff ma stance. So, he soon accepts that his negotiatin skills tae broker a peaceful resolution huv failed. Which is why he's slumped back doon oan the rug tae take up his ringside seat fur the main event. Ah smile at him, of course. Jist so he kens it's nuttin personal against him. Ah then take a much-needed breather before ah gie her majesty a caw. Ah batter in her number and pit the phone tae ma ear, waitin fur it start ringin. Five attempts it takes before she finally answers. Ah conclude the delay is cos she doesnae recognise ma number. She answers in her soft and yit very strong posh accent.

'Justine Marshall speaking. Whom may I ask is calling?'

'It's Aldo, Hen.'

Fur a second ah wonder if the line hus gone deid cos ah receive nae words in wey ae a reply.

'Hello, you still there, Hen?' ah ask.

It's no too long before she rediscovers her ability tae talk.

'What do you want?' she fizzes, as her tone instantly hardens.

Ah sit up and reach oor tae swipe ma cup ae tea oaff the table. Ah clear ma throat and take a quick swig. Ma throat's suddenly started tae feel dry, fur some reason. But yince ma mooth stoaps feelin like sandpaper ah pick up oor wee chat.

'Nuttin important, likes,' ah reassure her. 'Ah jist wanted tae say sorry that ah cannae attend the perty this weekend. Ah wid huv loved tae huv made it but faimily obligations are preventin me, eh?'

Ah cloack the rascal Bruce rollin his eyes at the statement. His polite wey at screamin across the room, 'Aye fuckin right!'

'Is that all?' she snaps. And ah'm sensing she's ready tae hang up.

'Come tae mention it. There's yin mair hing,' ah tell her, winkin at a mortified Brucie. 'Ah mean, he is ma dear pal, eh? But naeboady wid blame yae if yae said NO.'

Almost immediately she soonds as if she's aboot tae faint. 'What do you mean?,' she asks me. 'Are you saying that Douglas is planning on proposing at the party?'

'Deary me, wis that meant tae be a surprise? Me and ma big mooth, eh?' ah tell her whilst brimmin fae ear tae ear.

'Noo, please,' ah continue. 'Dinnae lit him ken ah telt yae? Ah feel terrible.'

She agrees tae keep the secret between us. As soon as ah've hung up the phone ah decide tae congratulate masel by kickin back wae a victory ciggie. And that's when Bruce's holier than thou contempt fur ma actions spurs me oan tae deliver some hard hame truths.

'Dinnae gie me that look,' ah tell him, as his eyes appear blank and filled wae anger. 'Last year when yae thoat he hud furgoatten yur birthday, you wur the yin pushin me tae take him oot.'

He turns awey withoot attemptin tae volley any yin liners in ma directions. He kens as well as ah do that what ah jist said is the truth.

Fur the nixt two days and nights ah've foond masel sleepin better, eatin healthier. Mair importantly, ah've become an aw-roond happier criminal. It hus been made clear tae me that it's no jist ma enemies who should stey awake at night but ma pals, tae. Dougie might huv deemed me a social leper but ma consolation prize is that ah've evened the score by pittin ma ain unique stamp oan what should be the happiest moment ae his measly life. Surprisingly, nae leaks huv sprung oan Justine's boat and she's evidently no made ma loose lips known. Aw ae that pent-up bitterness taewards Dougie is in the rear mirror. Ah'm firmly focused oan the present, likes, which is why ah'm in the kitchen preppin a family feast. A peace oafferin fur Roxy, young Jennifer, and, of course, Bruce. It's nae secret that ah've been actin like some Alaskan grizzly wae a bad case ae piles. Despite this, Roxy and Jennifer are steyin thenight fur a movie and a munch and much tae the joy ae Bruce and Jennifer we're even talkin aboot movin in thegither. Ah even lit Jen decorate the spare room in her ain image. Feminine bed covers and posters ae aw the latest popstars. Hardly does much fur ma hardman persona but as long as it makes her happy cos that brainboax makes me and her mum proud every day. Ah've foond masel mutterin the ominous words, 'Ah love yae' tae Roxy and that's withoot the influence ae any substances. Ah finally ken how it feels tae be a faimily man and ah'm no gonnae beat aboot the bush, cos this really is the happiest ah've been since Bruce discovered a beatin hert inside ma chist.

Ah've awready began preparin ma mooth-waterin stir-fry preppin marinade by mixin in a medium-sized bowl some key ingredients such as soy sauce, sugar, a splash ae sherry, and some ginger and garlic. Ah remove some beef fae the fridge and begin slicin it intae thin strips oan the large choppin board. Yince that task is complete another phase begins cos ah need tae prepare the veg. Ah remove a variety ae thum fae the fridge that entails meaty Portobello mushrooms, peppers, carrots and snow peas. Ah then begin expertly slicin and dicin the mushrooms and peppers. Unfortunately, ma concentration is somewhat interrupted when ah hear the front door creek open. Ah soon pick up the soond ae fitsteps in the hall until, finally, ah hear thum enter the livin room.

The loud commotion overflowin fae the livin room confirms Bruce hus awakened fae his efternin siesta. Ah kin tell he's ragin n aw. Yin sight ae the large kitchin cloack verifies it's only turned five. So, ah ken it cannae be Roxy or Jen, cos she doesnae finish her work until six. Ah grab a cauld boattle ae Bud fae the fridge and an opener fae the drawer before makin ma wey through tae find oot the identity ae ma mysterious guest.

The second ah enter the room ah'm left floored. It's Dougie, likes. Him and Bruce are huvin a blast oan the couch. Ma first born is busy waggin his tail in enjoyment as Dougie enthusiastically rubs at his belly. The wee man's eyes close slowly and it's clear he's been sucked up in the warmth ae the moment. They're too wrapped up in the occasion tae register that ah'm watchin the pair ae thum bond. Ah subtly cough, though, which soon pits thum back oan track. Bruce is quick tae scarper back tae his bed in the corner. He'll no be wantin me kennin that he's playin baith sides ae the fence. Ah forgive his wobble in loyalty though cos ah ken a gid belly rub is yin ae his few weaknesses. A spruced-up Dougie's puss softens as he stares at me, but he remains quiet. Ah make ma wey tae the couch, settlin doon the boattle and the opener oan the coffee table. The silence lingers as ah decide tae leave him hangin by no even acknowledgin the fact he's in the room. Aw that rage ah thoat ah hud buried deep inside me comes back wae a vengeance when ah gesture tae ma items oan the table.

'Excuse me, boss,' ah blurt oot, eye tae eye wae him. 'Yae dinnae mind if ah use ma ain boattle opener, dae yae? Jist so ah kin enjoy ma ice-cauld beverage, likes?'

He shakes his heid whilst rollin his eyes and jibes.

'Actually,' he snorts. 'That's ma boattle opener. You nicked it at the hoose perty, remember?'

Ma breathin becomes intense and ah find masel sprayin spit fae ma mooth as ah unleash aw ma choked up frustration right back in his puss.

'Lit me guess, ya cunt. You dae an inventory recoont every time yae huv the peasants aroond fur drinks?'

'Back oaff, will yae?' he sighs. 'Ah'm here tae apologise. You wur right, Aldo, okay?'

'Yae mean it?' ah ponder oot aloud, totally gobsmacked. 'So fur yince yae actually hink ah've been speakin sense?'

'Well, ah'm no involved in the slave trade. But yur half right, ok?' he blusters as he desperately pits forward his defence by starin intensely intae ma eyes. 'But ah huv been a shitty mate, likes. Mean, ah spoke tae Justine, eh? Telt her ah want yae at this perty and she grudgingly agreed. Anywey, ah'm hopin yae'll agree tae be ma joint best man wae Craigy. What dae yae say, mate?'

Ah stall giein him a decision by gradually crackin open ma

boattle ae Bud and takin a long and inflated gulp. Ah mean, obviously, ah'm honoured that he's asked me, likes. It's jist the wey he's went aboot it, eh? It's almost as if ah've went fae the hero tae the fuckin villain. Fortunately, his missus hus never pointed any fingers ma wey, though. A valuable piece ae information that makes ma decision easier.

'Aye,' ah tell him, makin sure tae look slyly at him, wae an aw kennin smile. 'It wid be an honour, man.'

Then, withoot as much as a heids up, he lunges at me, huggin me tightly in a warm embrace. Aw ae a sudden ah feel nauseous at this romcom-like moment. Still, ah make a rapid escape fae his clutch by fetchin him a boattle tae toast this joyous occasion. The little guy is deid tae the world again which ah'm thankful fur tae be honest, cos he'll nae doot relish passin his judgement doon oan me by gloatin, *'Ah telt yae, ya daft cunt.'*

We sit and hae a wee blether and Dougie unknowingly sets Bruce's alarm caw when he mentions, 'The polis wur aroond mines. They wur askin aboot some brek-in,' he puffs.

Before he kin git close tae finish explainin, ah witness yin ae Bruce's eyes spring open. He's soon up standin oan his four paws in what is a sleepful daze. He then takes his cherished Peter Rabbit teddy in his mooth and begins heidin through tae yin ae the bedrooms. The cheeky chappy is obviously plannin oan stashin his maist precious possession. He becomes a paranoid wreck anytime the word 'polis' is used in a sentence.

Look what yae'v started, man?' ah pit tae Dougie forcefully, as ah glare through the wahs taewards the departed Bruce. Shoutin through tae him, 'Bruce, ah've telt yae a million times, ah've goat receipts fur aw your stuff!'

'What's goin oan, mate?' snivels Dougie.

'Remember?' ah remind him, 'two months back the hoose wis raided. The cunts foond nuttin but he's goat it intae his heid that everyhing in this place is fae the back ae a lorry. Any cunt mentions the polis and he gits spooked.'

Ah git up oaff ma erse and heid tae the livin room door tae

try and reason wae Bruce that his fears are unfoonded.

'Come through pal, eh?' ah grovel. 'Nuttin ah've ever boat yae hus been chored. Ah promise yae and ah've goat the proof, eh? Come through and see fur yursel?'

He barks wae venom and ah immediately translate that as a swift, 'Git tae fuck, ya lyin bastard.'

Ah wave awey his backtalk and shut the door. Ah then turn back tae Dougie who's lookin submerged wae this domestic he's been caught up in.

'That mooth ae his doesnae fuckin come fae me. Ah reckon his mum must hae been sweary as fuck.'

• • •

As the taxi pulls up ootside Millionaires Avenue, ah pey the boay and the three ae us hop oot. We stare in awe at this gorgeous hoose. At first glance ah cannae help but hink it wears its million quid price tag well. It hus three levels, likes. It's seemingly goat mair windaes than yin ae they high rise flats up toon. It's certainly ideal weather conditions fur a gairden perty tae. A perfect night tae mingle wae Edinburgh's high society in Justine and Dougie's expansive, mature, and colourful back gairden. The temperature is warm, windless, and there's nae heavy weather above tae threaten the highlight ae the social calendar. Ah stoap fur a minute tae draw in Roxy's unquestionable beauty. Caw me biased aw yae want, but ah reckon she widnae look oot ae place oan the front cover ae *Vogue* magazine. She's showin oaff a dazzlin, sophisticated, beige-coloured floor-length gown that absolutely demands attention. Her hair is styled in a knotted updo, and her delicate pearl earrings complement her natural glamour. Since the guest list at this hing largely consists ae the capital's country club kids, it means it's strictly a black-tie affair. Which explains why Roxy hauled me up tae George Street fur a trip tae Hawkes & Curtis, a shoap that maist ae this city's fine diners huv oan speed dial. Fur ma money ah goat this midnight navy dinner jaicket wae matchin trousers along wae a white-collar shirt and a pair ae patent leather formal shoes. Admittedly, Bruce really wears black tie well and ah dinnae hink he's ever looked mair dapper and dignified than right noo in his tux. Naeboady kin dispute it, eh? The wee guy pulls it oaff better than James Bond. The soond ae the perty reaches us cos we kin awready hear chattin voices and music comin fae the back.

Ah stride doon the long cobblestone pathwey taewards the front door. Ah'm aw full ae confidence and high oan life. Ah've goat Miss Edinburgh oan ma airm and a son by ma side that wid make any faithur coont his blessins. And efter a few teethin problems, ah've goat Jennifer who's now mair or less ma ain daughter. Ah dinnae want tae tempt fate, likes. However, the roses in the gairden huv never smelt fresher. We enter the buildin, each yin ae us absorbin the fancy decorations in the hallwey. The place is varnished wae sparklin lights and stunnin garlands. As music filters through the hoose we see the lord and lady ae the manor welcomin aw ae their elegant pals who are fitted in their best ootfits. Efter they've performed their duties as host they tread across tae us. The two ae thum look every bit an extra fae *Gone from the Wind*. Roxy and Justine excitedly embrace and kiss each other oan baith cheeks. As fur masel and Dougie, we baith exchange an awkward handshake. Justine sings sweet songs tae an ecstatic Bruce aboot how handsome he looks in his sharpest gear. Unfortunately, her joy is soon diminished when she's finally forced tae acknowledge ma presence. Ah kin see that she's practically bittin her lip as she is compelled tae welcome me in tae.

'Thank you for makin it, Aldo,' she sulks, almost gnarlin through her resilience.

Ah dinnae hud her frosty reception against her, likes. She's jist another wuman scorned cos she kens Roxy is the only yin fur me. Her apparent 'hatred' fur me is merely a guise fur the fact she wants me mair than this big promotion. Insteed ae me, of course, she's hud tae settle fur the bronze medal in the shape ae Dougie. And the fact she's no blabbed aboot the impendin proposal suggests tae me that she's gonnae dae the unhinkable and say '*Aye*'. Justine soon hus Roxy chaperonin her through tae introduce her tae aw her big wig mates. Bruce, meanwhile, is ploddin through behind thum. The cheeky wee so-and-so obviously doesnae want me playin wingman and crampin his style, which means ah'm left waitin fur Dougie tae speak his mind as he's clearly twitchin oan the spot, takin a couple ae cautious steps forward and before ah ken it, his worried eyes start tae control me.

'Please be oan yur best behaviour thenight,' he pleads, aw panicky. 'And promise me, Aldo? Yae huvnae spoken a word aboot the proposal?'

'Dougie,' ah say. 'Ah'm hurt yae wid even need tae ask. Scouts honour, mate. Ah've no telt a soul.'

He instantly looks relieved and relaxed.

'Thanks, Aldo,' he gushes.

Ah smile at him before makin ma wey through tae join in the festivities. Unlucky fur Dougie ma Scouts Code meant nuttin tae me when ah wis ten. Nowadays it's aboot as valid as the warranty fur that dodgy coffee machine. Still, ah kin feel the odd feelin ae ma conscience bein pierced cos tae tell yae the truth, eh? the thoat ae ruinin his big moment or potentially his life hus somewhat loast its prestige. Which is exactly why ah cannae wait tae guzzle doon ma boady weight in champagne. Ah start tae feel faint as ah walk through the kitchen tawards the gairden perty. Waiters dressed in pure white tuxedos run aboot everywhere. Fur a second ah thoat ah hud passed oor tae the other side wae their heavenly appearance. This is the hired help tasked wae keepin the drinks flowin and the fid served. When ah finally reach the perty ah'm swamped wae the rich and those who wid normally caw 999 if ah entered their vicinity. Fuck me, eh? ah feel as if ah've jist stumbled intae the Tory Party Christmas ball, an apparent hotspot fur Edinburgh's crème de la crème.

The guests are flocked thegither in small groups. They're aw laughin and chattin amongst thumselves and ah cannae help but feel slightly naked as ah stand beside aw ae Justine's hot shot mates. Ma Roxy hus goat her audience eatin oot the palm ae her hand, though. Her undeniable charm and quick wit are workin wonders, ensurin that they gobble up her every word. Bruce is naewhere tae be seen but ah suspect he's somewhere in that large gazebo at the back ae the gairden, where ah imagine the grub and drinks are bein kept. Mean, ah did cloack a small airmy ae waiters comin back and forth fae there. They wur hoistin large silver trays ae glesses fill ae champagne and appetisers. Fair play tae thum, likes. They've managed tae keep the bubbly and grub free-flowin through the crowds. Ah pull up yin ae the passin waiters and ah grab glesses ae France's nectar, knoackin back three in sequence. This nae-expense-spared refreshment rushes doon ma throat and ah instantly feel perky. The boay jist stares at me in shock and ah remember in that moment that this isnae happy hour at *The Carousel*. So, in order tae prevent any tongues fae waggin too much, ah decide tae retreat back taewards the gazebo in the hope ae maintainin a low profile. Ma admittedly unorthodox social skills do tend to unnerve even the hardest types. Probably best tae spare these posh cunts ae the trauma, fur now.

Ah move carefully, attemptin tae remain inconspicuous. Admittedly, that's nae small feat, least no when you consider ma size and rough-diamond exterior. Fortunately though, the fellow guests in attendance remain chained tae the positive atmosphere, seemingly oblivious and resoundingly uninterested in ma whereaboots. Justine and Dougie huv clearly taken oan their roles as hosts tae hert. They've even goat a brass quartet playin sweet mellow backgroond music. The tunes comin fae their location might be unfamiliar tae the likes ae me but, frankly speakin, eh? it doesnae half set the tone ae this do perfectly. It's no too intimidatin tae scare oaff the riff raff, likes. There are of course, still a few calculated minefields planted aboot, aw ae which hammer hame the point that this event is fundamentally catered tae the privileged class.

Ah step quietly aroond the others, slippin inside the huge tent. It hus chairs positioned ootside oan their perfectly cut lawn. Folk are awready swoonin oor the buffet table that's laden wae enough grub tae stock five foodbanks fur a month. They're washin doon tiny sandwiches and canapes wae flutes ae champagne. And, as predicted, Bruce is lurkin aboot inside. Ah note how slowly he's walkin, before comin tae the conclusion that he must hae finished abusin the buffet. Unsurprisingly, he scarpers awey fae the evidence as soon as he's spied me. He likes his independence at social gatherins. As soon as he's oot tae sight ah strut across tae the buffet table, quickly manoeuvrin masel tae the heid ae the line. Yince ah grab a plate ah begin stackin it as high as ah kin. Moderation when it comes tae food is fur erseholes efteraw, which doesnae stoap half the other guests fae directin peculiar glances at me. Ah'm too starvin tae care. They cannae stoap me fae greedily devourin what's oan ma plate, includin expensive delights such as lobster and smoked salmon. There's certainly nae sticks ae cheese and pineapple or cans ae cheap cider at this perty. And ah kin see this big promotion oan the horizon fur Dougie's missus certainly means a lot tae thum cos naeboady goes tae this expense unless they want suttin bad. Plus, wae Dougie plannin oan droapin doon oan yin knee later in the evenin, the cabaret should at least be eventful. In the middle ae scoffin doon the goodies ah suddenly feel someboady touch me oan the airm. Turnin ma heid, ah'm startled tae find Craigy standin nixt tae me. His sharp appearance in his tux hus caught me completely unawares.

'Blimey, Craigy,' ah say, nearly chokin oan ma piece. 'Yur certainly lookin the part thenight, eh?'

He spins aroond, lappin up ma compliment.

'Thanks, man,' he savours, lookin chuffed. 'Boat it fae Vinny V when ah wis up at court a few months back, ken? fur that fly-tippin charge.'

Ah allow a few seconds tae lapse before answerin.

'Ah remember,' ah tell him. 'When yae tried tae start yur ain removal business?'

'Right,' he replies, smilin widely before pullin me in closer and whisperin in ma ear, 'Dae yae hink she'll say aye? or no?'

Ah turn and place ma plate ae fid doon oan the buffet table before practically draggin him tae a secluded corner ae this increasingly warm gazebo. The buffet line is gradually stretchin oot wae these rich types, yae see, aw ae thum keen tae sample the goods oan the table that's lookin ready tae collapse under the weight ae itsel. Some ae thum are lined up lookin ready tae shed blood fur their spoat in the queue. It's funny, likes, cos despite their fancy Rolex watches and eye-wateringly expensive dresses, even the toffs are willin tae risk a custodial sentence tae satisfy a grumblin stomach.

Yince wur well awey fae listenin ears ah grill Craigy. Ah cannae dae it in front ae the other guests orbitin us cos nae doot they're friends ae the bride and they'll run straight tae her tae spill their guts. Which in turn might lead tae the revelation that ah beat thum tae it awready. Which is why ah suddenly soften ma tone ae voice as ah probe him fur some answers.

'How do you ken aboot that?' ah ask curiously. 'That dafty Dougie swore me tae secrecy?'

'Joint best man, eh?' he responds wae a rather unsubtle smile and a wink. 'Listen, ah saw yur missus oot there. She certainly kens how tae socialise wae these rich cunts, eh?'

Ah stand proudly as ah hink aboot ma better half and fur yince ah'm no meanin Bruce.

'Aye,' ah consider fondly. 'She's no like us, mate. She kens how tae talk their lingo.'

Craigy looks at me straight-faced and remarks.

'Yae mean she speaks English?'

Ah glare at him in a balanced state ae disgust and confusion.

'No fuckin English,' ah shiver before rememberin where ah um and speak quietly. 'Culturally refined is what ah mean, Craigy.'

'Oh,' he says flat. 'Fancy a line?'

Ah quickly scan the room before aggressively coverin his mooth shut wae ma hand. Remarkably, naeboady peys oor wee ruckus any attention.

'What yae daein?' he questions me, aw stunned.

'Christ Almighty, Craigy, keep yur volume doon,' ah reprimand him. 'That Justine's been runnin an anti-drug policy at her school. It's basically the reason we're here!'

Ah kin see a small grin spreadin across his cheeky puss.

'So ah take it that's a, no?'

'Noo ah never said that' ah recap, 'jist be discreet.'

We're soon oan oor wey intae the hoose fur a line or two. Efteraw, nice wee lift might jist be the ticket. That's if ah want tae overcome this social stage fright ah've been hit wae at this perty.

Masel and Craigy sneak awey fur a line or two inside Morningside Palace, expertly avoidin raisin any rid flags by steyin under Dougie's radar. If his watchful eye cloacks the pair ae us movin simultaneously it wid surely program him straight intae panic mode, suttin neither ae us want tae dae cos it's pointless inspirin any unnecessary suspicion. Oor stealthy departure is perfectly executed. Naeboady registers that we're up tae nae gid, largely because they're aw too wrapped up enjoyin each other's company. We navigate through the heavin kitchen, steerin past a swarm ae waiters. Some perty guests huv strayed inside in wonder ae the grandeur ae this place. As me and Craigy are motivated by oor desire tae enjoy the rest ae the evenin, we arrive at the bathroom oan the third flair. Every fuckin room yae stroll through inside this hoose, the mair impressive it becomes. Even the bog is kitted oot in a sleek white marble flair that competes fur attention wae the beautiful silver-pattered wallpaper. It also hus some simple modern furniture and a fancy glass shower enclosure which leaves me expectin an attendant tae magically appear, who will nae doot oaffer us a wide range ae colognes fae across the globe. The overstated soonds ae Craigy snortin two thick white lines snaps me back intae the present. And soon it's ma turn tae hoover up. Yince the deed is done we've re-joined the perty wae a new foond sense ae confidence. Ah scored a decent sum ae the white stuff fae Craigy fur later. Ah decide tae keep it fur when the fuel starts tae run low. Since ah'm a faimily man these days ah've scaled back the gear ah dae but this bein the occasion that it is, it only seemed right tae partake fur social purposes. Craigy soon wanders oaff in an attempt tae make some new pals, leavin me on ma tod tae stare at this horde ae strangers. At least ah'm noo ready tae make a splash by charmin the ears oaff thum. First, though, ah need a light refreshment so ah quickly swipe two flutes ae bubbly oaff yin ae the passin trays and doon thum and noo ah'm finally ready tae mingle.

Roxy catches sight ae me, her smile unwaverin. Ma suntanned beauty comes straight taewards me. As she approaches, she grabs ma airm tightly. She guides me through the guests and ah kin feel dozens ae eyes oan us. Some people are seated at the various tables spread oot across this lush and expansive gairden. Maist are still standin though and are clearly comin doon wae perty fever. Soonds ae gossip, clinkin glesses and voices dissolvin intae laughter confirms this assessment. Ah coont at least a hunner socialites inside ma heid, who range fae the fresh-faced and vibrant doon tae the auld and decrepit. Roxy explains she is goin tae be introducin me tae a lovely couple. Accordin tae her debriefin, it's the husband cawed Will who will decide if Justine gits the nod or no. In other words, she's tactfully reprimanding me tae mind ma 'P's and 'Q's. She's in luck cos the coke hus started tae cast its spell oor ma brain. Ma mind feels mair alert, confident and sociable, which is great preparation tae unleash ma polished communication skills upon the President and First Lady.

Maist ae the people circulatin this gairden are focused oan enjoyin thumselves. Each person here seems caught up in the moment. Ah kin see Roxy is steerin us taewards a small group ae people huddled thegither near some violently purple butterfly bushes. Words aren't required at this point cos ah kin identify the two VIPs blindfoalded. A physically strikin couple are enclosed in the circle, charmin an audience is second nature tae these upstarts and these two are demonstratin a tutorial oan how it's done. Normally boattom feeders like masel are expected tae toap up their empty glesses and valet their sports cars at these events. Naturally, through a little pep talk fae Pablo Escobar, ah'm determined tae show thum that yae dinnae need tae spend yur weekends admirin overpriced art in some poncy gallery tae be culturally endowed. Mr and Mrs Hae-It-Aw are in their early fifties and they pause their sermon yince they see Roxy hus returned wae her plus yin. She gracefully makes the introductions, and they discharge elegance and style. It's clear wae their enthusiasm that Roxy hus been singin ma praises tae thum. Oan first impression ah kin state wae a degree ae confidence that this pair are accustomed tae dinner by moonlight and summer holidays at Seashell Resort. Their privately-educated posse disperses lookin merry and satisfied which leaves us at their mercy. The wife introduces herself as Kim and she is wearin a noticeable oaff the shoulder gown. Her diamond necklace gies oaff sparks that spell oot 'cash rich'. Her white-bearded husband sports a classic black tuxedo wae a smart bowtie and he's giein me flashbacks tae Colonel Sanders. Ah effortlessly engage with them, powered by the stimulatin effect fae the ching. Ma words spill oot confident, enthusiastic and articulate.

Perhaps unexpectedly, ah manage tae strike up a bit ae a bond wae this boay. Originally, however, ah foond masel bein a discriminatin cunt wae him, likes. Ah hud him pinned doon as yur typical snob, what wae his posh-soondin accent, n that. Efter bletherin awey tae him oor a few glesses ae champers, though, ah suddenly realised that oor backgroonds are mair than similar. And that in fact, there wis nae silver spoon involved in his success, suttin that wis confirmed efter he went oan tae fill me in aboot how his dad wis a mere brickie fae Leith. Mean, fae the evidence pit forward, ah soon came tae the conclusion that his only crime wis that he is a member ae the workin class who jist so happened tae develop a desire tae aspire. He's a sheep in wolf's clothin and tae tell yae the truth, eh? ah'm resoondingly impressed. Yae see, the accent he's talkin wae noo is the result ae him being reprogrammed by academia. Course, he doesnae say it, likes, but ah'm gittin the vibe he welcomes this reminder ae his roots through oor encoonter. He hints mair than yince that Justine is in line fur a fitty up the social ladder. Roxy and this boay's missus huv departed the scene. The pair ae us are too busy talkin tae each other like auld pals tae care. Oor comrade-like unity is quickly cemented when Will airs his concerns aboot an upcomin engagement he hus at his former college.

'Aldo?' he discloses soberly. 'I won a scholarship there many years ago. They are going to be honouring Michael Gove.'

'The Tory?' ah ask as ah neck the rest ae ma drink.

Tae which he nods tae acknowledge ma remark, his tone quickly turnin tae anger and fur a second ah hink he's gonnae crush the gless bare-handed.

'He was a gremlin who thought he knew it all. Not much has changed on that front, of course. It's just when I thought I couldn't hate him anymore he becomes a prominent elected member of the Conservative Party.'

And jist before ah kin shake his hand, he toaps oaff perfection wae a cherry oan toap.

'I just wish instead of shaking his hand on the podium that I could somehow spray bleach in his face.

Bearin in mind this comment comes fae a guy who is the toap honcho at some prestigious school in the toon, an educational establishment that wid probably even run a credit check oan that wee spoilt cunt, Richie Rich. Tae be honest wae yae, eh? ma hale belief system hus been altered through this simple chat. Fur it proves withoot a single doot that claithes dinnae make a man. The fact ah'm buzzin oot ma nut thanks tae Uncle Charlie is irrelevant. Ma mooth hus been runnin oaff a million words a minute fur close tae two hours and naeboady hus sae much as batted an eyelid, largely, of course, cos maist ae these upstandin members ae society are addicted tae a gid time thumselves. Such a passionate and upliftin speech fae Will deserves some recognition and ah'm convinced it's time fur a toast. In a sprint, ah scurry through the crowd in search ae a waiter. Yince ah locate yin, ah replace ma empty gless wae two that are each filled tae the brim. Ah then make a quick dash back only tae discover that ma blood brother hus company in the form ae Justine and Dougie. The pair ae thum are tryin tae sweet talk him, likes. And the sheer horror splattered across their pusses when they see me buddyin up wae the guy who huds Justine's career in the palm ae his hand tells a better story than Stephen King. Withoot a chance tae explain masel they waste nae time in makin apologies fur ma behaviour.

'I am so sorry. Has he been bothering you?' Justine quizzes an overtly merry Will, her piercin eyes cutting straight through me.

Dougie doesnae say nuttin, shitebag that he is. Instead, he resembles someboady who's jist waitin tae be handed doon a life sentence. Ah ken as much as he does that he's aboot tae crumple if her boss reveals ah've been anything other than a gentleman, especially since his bride-tae-be wid prefer an ootbrek ae Covid at the do rather than spend another second wae me. Frankly they've nuttin tae fear cos Aldo is here, eh?

'Aldo has been nothing short of a breath of fresh air,' surges a defiant soondin Will, as he reaches oot and takes his glass fae ma grasp.

In that very moment ah feel on toap ae the world, if yae want tae ken the truth, which is ironic cos Justine and Dougie look ready tae hit the groond in hert-stoappin disbelief. They're baith utterly knoacked fur six and ah cannae hide ma delight. And before Will goes in search ae his wife amongst the other perty goers he droaps a bombshell, a partin comment that lifts Justine oaff the flair and even pits a cheeser oan Dougie's increasingly grim-lookin puss.

'Justine?' he owns up, facin up tae her. 'Strictly off the record, of course, but I just wanted to say that you are very much welcome to the family,' and wae that, he clinks glesses wae her.

And before he sets oaff tae test the steadiness ae his legs, he provides me wae his ain personal caird, tellin me tae phone him if ah ever feel like a roond ae golf at the fancy course he's a member ae.

Justine and Dougie stare deeply, caught in a daze. A symbol

ae astonishment, if ever there wis yin. This really is a mindfuck fur the pair ae thum and drives me tae wonder whether they've become yin ae the brain deid zombies fae *The Last of Us*. Ma puss, oan the other hand, exudes confidence and ah'm the epitome ae self-assurance. Nae question ah'm firmly in control ae this situation, likes. Ah wait fur yin ae thum tae blink first as ah mentally prepare masel tae accept ma man ae the match award. Neither yin ae thum appears able tae register their surroondins or the fact they've still goat a hunner guests tae wine and dine behind me. Until, that is, Dougie gently nudges Justine and leans intae whisper suttin tae her. He fucks up though cos ah catch every word.

'What happened tae the classless sleasebaw, eh, Justine?' he softy reminds her, wae his grin growin wider by the second.

He's lovin the fact that ah've proven her wrong, possibly even mair than me. Efteraw, ah've jist demonstrated the fact that ma social skills are up there wae the best ae thum. She laughs nervously, somehow managin tae collect enough nerve tae step forward and grudgingly thank me. It is admittedly true that the revelation fae Dougie might be considered harsh in some circles. Tae the naked ear, ah mean. In a roondaboot wey ah ken deep doon she's still nursin a broken hert. She still cannae handle kennin that me and her kin never be, eh? So, as a gentleman, ah accept her low-key appreciation wae grace. Efter which she scarpers oaff amongst aw the guests who are still enjoyin the five-star treatment and tranquil conditions, even though the perty should by the noo be windin doon. It's no long before Dougie grabs at me in a sudden panic, pullin me tae the much quieter edge ae the gairden. His eyes light up wae excitement and he's pure itchin tae come clean.

'Ah hink this is the moment tae pop the question, mate,' he excitedly reveals. 'Yae really came through fur me thenight, Aldo. This is the perfect moment, mate. Ah kin feel it.'

Jist as ah'm aboot tae share ma wisdom wae him, oor secret talk's interrupted by a concerned and frantic waiter.

'Sir,' this skinny cunt says tae Dougie, 'your partner needs you. She said that your friend, Craig, is causing a scene in the gazebo. Something to do with a blindman and his cane.'

At the blink ae an eye Dougie's skin turns pale and pasty. He glances oor wae total apprehension in his eyes. Bein the forever optimist ah try tae raise his morale. As a pal, likes.

'It might no be as bad as it soonds, mate,' ah tell him, even though ah ken if anyhing it's probably a loat worse than it appears.

And wae his facial expression it's obvious he's envisionin the worst tae. And before ah kin muster another word, he's bolted oaff wae the waiter leadin the wey.

Sensin a storm is brewin, ah calculate a refill is required and highly appropriate. Ah've still goat Craigy's partin gift burnin a hole in ma dinner jaicket's upper poacket, likes. And incredibly, despite hittin past 10 pm ah'm still stood under the summer sunlight witnessin the city's nobility enjoyin great fid and even mair expensive bevvy. Ah casually make ma wey through the assembled toffs, heidin straight fur the hoose. Predictably, this turns intae a sprint yince ah realise Dougie should make a reappearance soon. Ah worry tae hink the shenanigans a coked-up Craigy hus goat up tae. Ah mean, that cunt is a liability withoot any chemical influences, a reality, which when yae consider Dougie's pendin proposal, ah dinnae hink ah've quite needed a line mair. Quickly ah'm in the toilet oan the second flair and ah manage tae take ma line. Nae small feat considerin the light popped jist as ah revved up ma Dyson hoover and snorted ma wey tae pure euphoria. Then, it aw ae a sudden becomes a race back tae catch the pay-per-view. Ah'm tryin ma very best tae remain cool and collected as ah walk through the kitchen at a steady pace. Ah dinnae want tae make it too obvious tae the waiters or anyboady else that ah've jist lit up ma brain wae its very ain bonfire night, yae see. Especially in view ae the fact it might be frowned upon considerin this evenin is in celebration ae an anti-drug campaign.

Ma Scarlett Pimpernel act faws flat oan its puss, likes. A sea ae waiters and waitresses aw come tae an abrupt halt instantly.

They're starin at me in judgement. At first ah pit this doon as ma ain ching-induced overactive imagination, a theory that soon proves itself tae be misplaced. Yin ae the lassies droaps a tray filled wae drinks, which angrily crashes tae the flair right in front ae me, efter which her comrades quickly snap oot their trance and rush tae help her clean up the flooded mess. Unnervingly, ah step back intae the gairden where ah'm left feelin rather uneasy aboot that experience. Ma eyes faw oan Roxy and the two hosts who seem somewhat engrossed as they chat awey tae each other. Ah elect tae make ma wey taewards thum but it's no long before ah cloack ah've captured everyboady's attention again. Aw conversations hit pause which welcomes in deid silence tae fill the air. Then, before ah ken it, a voice.

'Aw ma God!' gasps a horrified Justine who looks jist aboot ready tae faint.

Baith Dougie and Roxy look as if they've jist seen Gary Glitter jump oan the karaoke. Part ae me is wantin tae turn and run. That wid be the easy option. But at the same time ah find masel wantin reassurances that ah didnae die in that bog withoot realisin it. Then, fae the corner ae ma eye ah witness a friendly face ploddin along in the form ae Bruce. Ah turn and welcome him.

'Brucie,' ah shout. 'Too embarrassed tae be seen in public wae yur faithur, eh?'

He stoaps deid in his tracks then at a snail's pace reversin wae sheer panic in his eyes, before quickly boltin the fuck oot tae there. Noo ma focus is back oan the muted audience, ah see that Dougie is sweatin up his fancy suit and withoot sayin anyhing he produces a small boax. Lookin fur aw the world like he's prepared tae hit the groond oan yin knee, ah'm convinced that his hand hus been forced in this moment, fur nae other reason but tae divert the scrutiny fae yours truly. He doesnae even git tae say a word, though, fur Justine publicly castrates him right there and then by roarin the answer in his puss.

'Please tell me you aren't actually going to do this?' she screams.

'Yae dinnae even ken what ah'm gonnae ask yae though,' he pitifully pleads.

'Ask him if ah ken! Yur best pal!' she roars, pointin straight at me before she performs a disappearin act aw swept up in a frenzy.

Her loose lips leave me scramblin as ah try desperately tae figure oot jist how ah'll git masel oot ae this yin. The cloack's tickin at an alarmin rate. Wae every second that flies by Dougie's sadness is quickly turnin intae animosity. Then, aw ae a sudden, he chairges at me wae unequivocal hatred fillin his heidlights. Ah ready masel tae dodge his handbags but tae ma relief, they never arrive. He insteed caves in at ma feet in a teary woeful mess.

'You've ruined ma life!' he sniffs, sobbin intae his hands.

'And you hurt ma feelins,' ah remind him. 'Ah, fur yin, wid say that jist aboot evens the score.'

Realisin the cabaret show is comin tae a close, aw in attendance start tae boonce oot the gairden. He's still greetin and pittin oan a show, likes. And whilst he continues tae weep, Roxy bursts through the departin crowd.

'Will you wipe that rubbish oaff your nose,' she blushes. 'I don't think I've ever been so embarrassed.'

Ah catch sight ae ma reflection in the windae ae their summer hoose. Aw they dodgy looks ah wis gittin suddenly become understandable. Ma nose looks as if it's jist necked the face oaff a bag ae flour. Ah recognise this is ma cue tae leave so ah shout oan ma Bruce. And ah reckon in that very moment Dougie's finally recognised the stingin reality in his heid: That he shoulda trusted his common sense, eh? and that he wis right the first time. He shoulda kept me oaff the guest list.

CHAPTER 10

Made in Edinburgh
ALDO

Standin ootside the greasy spoon, an unhealthy smell ae bacon and sausages driftin through the door teases ma senses. Ah walk inside tae find the soond ae an array ae fatty delights and bubblin oils invadin the airspace. This place certainly appears tae be daein suttin right, likes, fur it's rammed wae cunts occupyin every booth. Ah kin hear dishes bein carelessly thrown intae trays, along wae over-worked and underpeyed waitresses shoutin through orders tae the cooks in the back. Ah soon join the queue and as ah do it registers that the wahs are coated in famous faces and landmarks fae Liverpool. Five minutes later a tired-lookin worker in an apron and bonnet takes ma order. She's grey-haired and busy strugglin tae come tae terms wae the fact that she's oan the wrong side ae fifty. Yit she remains a true professional in the face ae her losin battle against the agein process, admirably oafferin me a warm welcome which is accompanied by a smile.

'What can I get you, love?' she asks, in her thick scouse accent.

'Tea, Hen. Milk and two sugars,' ah inform her as ah gently scan the seated customers enjoyin cheap and cheerful scran.

She then takes ma order and before ah ken it she's handin ma order oor tae me. Wae ma cuppa in hand and two sachets ae sugar ah go tae seek oot a vacant seat. That's when ah notice a boay sittin quietly oan his ain in the far corner. Some baby-faced guy in his forties. He's a stocky and fit-lookin guy wearin a light jaicket and denim jeans. He's enjoyin a slice ae toast whilst carelessly flickin through a newspaper. Ah recognise this radge fae somewhere so ah walk straight up tae him, maintainin ma eyes oan the intended target wae every step ah take.

'Gerrard, that you, ya wee cunt?' ah caw oot, approachin him aw cheery.

He looks up, immediately foldin awey his paper. And as he glares up at me ah kin tell he's unable tae place me.

'Do I know you, lad?'

In response ah oaffer him nae words. Insteed, ah jist sit doon facin him and rest ma mug oan the table.

'Did I say you can sit down, lad?' he says.

Ah smile at him as ah softly shake ma sachets ae sugar intae ma rid-hoat cup.

'Whether you did, or no, ah'm fuckin here noo, eh?'

His hale demeanour signifies he's in fight mode.

'Some friendly advice, pal,' he says. 'You're fucking with the wrong boy.'

Ah start tae slowly stir ma tea wae a spoon.

'Ah'm here tae deliver a message,' ah tell him as ah take an exaggerated sip ae ma tea. 'You stey the fuck oot ae Edinburgh. But mair important than yur location, you furget aw aboot Roxy and Jennifer. And mibbie, jist mibbie, ah'll furget the fact you've upset ma missus.'

He smirks widely wae a flash ae his snow-white teeth.

'Oh, I get it,' he replies. 'You're Roxy's latest squeeze, are you? And let me guess. You've decided to be her knight in shining armour? I don't know what she's told you about me, friend. But coming onto my patch without some heavy-duty backup, you've certainly demonstrated balls of steel.'

Ah stare at the cunt fur a few seconds before answerin.

'Spare me the jailhoose hardman routine, eh?' ah say. 'Ah've seen the act a million times before and it never plays oot well fur the likes ae you.'

Ah then lean forward wae ma airms foalded oan the hard widden table.

'Dae yae no get it, ya prick? Ah'm no the guy yae fuck aboot wae.'

'And yet you don't know me,' he says, shakin his heid, his eyes loacked oan me.

'You sure aboot that?' ah quiz him. 'Convicted airmed

robber ae some run-doon bookies? Drug dealer? A self-proclaimed local kingpin? Oh, ah ken yae, daft cunt. Ah ken you very well.'

He lifts his cup up and salutes me. A sarcastic acknowledgement ae the fact that ah've done ma fuckin hamework.

'So, you ran a background check on me? The bookie charge? My compliments. But listen lad,' he coonsels, 'we don't have a problem here. I'm not looking to cause any trouble for anyone. All I want is a chance to get to know my daughter. You surely can understand that?'

'Aye, ah understand,' ah acknowledge. 'The problem is, though, when ah look at you, aw ah see is a hale loat ae trouble, that Roxy and Jennifer dinnae need. Mean, believe it or no, eh? but what's paramount tae me is that the pair ae thum are happy. And fur that tae happen you need tae stey in yur lane. Cos if yae dinnae you'll hae nae choice in trouble. Trouble will find you. We understood?'

Efter ma wee monologue his phone starts vibratin oan the table. Seems as if it buzzes aw the wey through the entire café. No that he cares. Cunt jist glances at the screen and swiftly cuts oaff the caw and re-joins the conversation. Continuin oan wae this game ae catch and fetch.

'So, what do you suggest I do, then?' he asks.

As ah reach intae ma poacket and place the thick roll ae cash oan the table, his puss confirms he's been deceived by ma action. Confused by ma true intentions, he waits fur me tae explain. Ah take in his gaze before pittin him oot his misery.

'That's five grand,' ah inform him. 'Enough tae send yae somewhere sunny.'

His boady language tells me he's far fae amused by ma suggestion. Puffin oot his chist in apparent defiance.

'Where am I going to go Spain? I've been there. Italy? I've got a tan there too. I'm a real-life globe trotter. You haven't brought a brochure with you?

Kennin he's no takin me up oan the proposition, ah pick up the cash and stuff it back in ma poacket.

'Okay, pal. You suit yursel,' ah warn him. 'But mark ma words. That oaffer is as gid as it'll ever git. Ah've been a gentleman here. And what ah said is true. You contact Roxy again aboot Jennifer and ah'll send you oan a permanent vacation tae the boattom ae the fuckin Mersey.'

He seems quietly impressed by ma mettle.

'You know, what?' he says. 'A guy walks in here and talks to me like that, normally, I would just kill him. But you? All you do is make me want to laugh. Does Roxy even know you're here?'

Ma eyes cut straight through the cunt, like ah'm ready tae jump oor the table and snap him in two like a fuckin breadstick.

'She kens fuck aw aboot this visit, and that's the wey it steys. You and me clear aboot that?'

'Don't you sweat it, lad,' he says. 'I'm no snitch. I am, however, a man who doesn't allow anybody to tell him what he can and cannot do. Looks like trouble is on the way for the both of us, doesn't it?'

'Aye,' ah tell him. 'It certainly fuckin does.'

• • •

Two weeks have passed since ah last saw that reject fae *Brookside*. He's made the wise choice ae steyin the fuck awey fae us. And aw the letters and mysterious phone caws are suddenly nae mair. Roxy looks twinty-yin again noo that it appears that the chancer hus backed oaff. He clearly understood ma message that he's neither wanted, nor needed. And even though ah'd never tell thum what ah'd done, ah reckon that if ah did then the pair ae thum wid be happy. No, that ah'll ever ken fur sure cos they two will never be telt. Naeboady apart fae a couple ae ma boays, kent aboot ma blind date wae that Gerrard. And tae be honest, wae aw ae his tough talk, ah wis slightly disappointed that he caved sae easily.

Business hus dragged ma erse oot tae farmer country, unfamiliar territory in the form ae the inhumane environment ae Widburn. Radges and bampots are foond oan every corner ae this part ae the Lothians. An urgent matter required ma attention oot this wey, yae see. And yince ah eventually 'persuaded' the local dealers tae come aroond tae ma wey ae hinkin, ah start tae walk taewards ma motor. Then, ootae naewhere, it hits me, eh? Ma mobile is still in ma car. Ah soon make tracks back tae Roxy's yince ah notice a loat ae frantic missed caws and texts fae her. She doesnae specify what's goat her aw agitated. She jist states that ah need tae git back tae hers ASAP. Ah dinnae caw her back. Insteed, ah jist hit the road.

In a personal best time ah make it back tae civilisation, frantically burstin through the front door, worryin that suttins happened tae either her, Bruce or Jennifer. Roxy is waitin in the hallwey fur ma return. She looks apprehensive, but still looks well-pit-thegither and her natural beauty sparkles through her concerns. She dares me in panic mode.

'Where have you been?' she demands, in a forceful voice.

'Ah've been in business meetins aw day,' ah jog her memory. 'What's the matter?'

Before she kin answer Bruce sneaks intae the hallwey fae the livin room. He looks even mair rattled than her. Ah ken that look, eh? It's yin that screams, '*Where the fuck huv yae been?*'

Ah dinnae git the opportunity tae play detective, as loud laughter fae the livin room nearly bursts ma ear drums. Ah enter the room quickly where ah'm practically knoacked unconscious at the sight ae that little bastard Gerrard. He's busy snugglin up tae Jenny oan the couch. He's well-presented and hus obviously pit some thoat intae his appearance. His image is clean and polished, sat there in his neatly-fitted jumper. In ma heid ah'm imaginin rippin him oaff the seat and takin him apart and, like Humpty Dumpty, nae cunt wid be able to pit him back thegither. Their conversation ends when they notice me standin in front ae thum. Postionin himself as the bigger man, he fires up fae the couch full ae cheer and greets me like an auld pal.

'You must be Aldo,' he says, approachin me grinnin fae ear tae ear. 'I've been hearing so many good things about you.

I'm Gerrard. I'm Jennifer's dad.'

Ah reluctantly return his smile and ah shake his hand as if it's the first time we've met, although ah could crush the hing intae a fine powder.

'It's nice tae finally pit a face tae the name,' ah tell him through gritted teeth.

When ah go tae release ma grip he intentionally presses two or three ae ma buttons.

'Have we ever met before, Aldo? You remind me of someone,' he asks, wae a patronisin smirk.

'Nah,' ah tell him somehow demonstratin restraint. 'Ah'm certain ah wid remember yae, eh?'

'Oh, well,' he confirms. 'I guess I am mistaken.'

Ma blood pressure is increasin by the second. Yin glance at Jenny though and the build-up ae ma temper backslides. She is clearly feelin guilty that she's enjoyin herself in the company ae her biological faithur. Ah dinnae want tae spoil her parade by showin that ah'm hurt by this development. Roxy then rushes me through tae the kitchen tae make a brew fur oor uninvited guest. And she gits tae work by pittin me in the picture. Accordin tae her that vermin through there turned up at the door bold as brass. Regrettably guess who answered the door, eh? Perr Jenny nearly keeled oor in shock yince he confessed his true identity. That cunt sat in the nixt room is flauntin his authority right in ma puss. And aw ah kin dae back is sit oan ma hands. Fur the nixt hour this dafty really does show that he's goat the gift ae the gab. Jennifer faws victim tae his patter, n aw. Cos the prick seems tae ken aw the right hings tae say. Ah even start tae witness Roxy softenin tae his declaration that he is indeed a changed man. His only priority fae noo oan, he claims, is tae be a gid faithur tae Jenny. Slowly, ah see the wheels comin oaff ma happy ever efter. Bruce is naeboady's fool, though, and fae the degs he's giein the bam he's jist like masel in these moments. He kin see straight through this performance. Eventually, when he announces it's time tae leave, ah insist oan showin him tae the door.

Yince we're standin ootside oan oor ain at his exit awey fae eager ears, baith oor masks start tae slip and we embark oan a rather calm confrontation.

Ah grab his airm tae prevent him fae leavin whilst gently remindin him ae oor earlier conversation, 'Ah thoat ah telt you, daft cunt. Dinnae show yur puss aroond here.'

He wriggles free fae ma grasp, sendin another obnoxious smile ma wey.

'Oh,' he says. 'But all I heard from you last time was a lot of white noise. I'll be seeing you around, Aldo.'

Wae that he departs. Nae doot very proud ae himself that he's struck the first blow.

Jenny remains neutral aboot the maiden meetin with her 'real' dad. Ah ken fine well this is purely fur mine's and her mum's benefit, likes, an attempt oan her part tae shield ma feelins. Yae see, oor relationship hus reached a point where DNA is nuttin mair than three-letters plucked oot the alphabet. She might no huv ma genes but in ma eyes she is ma wee lassie. Any faithur worth his salt wid be proud ae the young wuman she is fast blossomin intae. Try as she might, though, she couldnae hide the excitement in her voice when she spoke aboot that turd. Ah hud tae jist sit there and watch the prick lookin full ae false regret, his eyes fillin up wae calculated sadness. And as he masterfully spoke aboot how crushed he is aboot littin her doon aw ae these years, Bruce almost dry-boked at his act. This boay hus been promisin her the world, yae see, fillin her heid wae grand pledges fur the future. As, he does, eh? a whisperin voice intae ma ear warns me that this is aw a cruel ploy. Mean, if ah didnae ken any better then ah reckon he's yaisin Jenny as a weapon against me. Tae make matters worse, as ah suspected earlier, Roxy, it seems, is reluctantly warmin tae the idea ae giein him another chance. A decision taken oot her hands due tae Jenny's obvious happiness at connectin wae him. Fur noo, ah decide ah'll play the supportive step faithur. Mean, at least until he reveals his true hand. Cos whether ah like it or no, eh? this cunt hus burst oantae the scene. And the last hing ah want tae dae is kick up a stink. Suttin that wid nae doot push her further intae his airms.

Later, in the evenin, Masel and Bruce landed back at oor flat, baith mentally exhausted fae the events that unfoalded theday. Roxy faired nae better wae that dirty bastard Gerrard's untimely arrival. She doesnae ken it, likes, but ah couldnae help notice how she almost flinched passin him his cuppa. Mean, whether she admits it, or no, there's mair tae their history than jist an ex wae a chip oan his shoulder. She's alweys quick tae change the subject when the very topic enters the discussion. And bein the gentleman that ah um, ah never saw any point in pushin her fur answers. Wey ah saw it, if she wants me tae ken the details then she'll eventually tell me herself.

Aw night ah tossed and turned in ma bed, ma sheets soaked in sweat and justified dread. Even the wee man himself came doon wae a Scouser-inspired case ae insomnia. The pair ae us spent the entire night burnin the midnight oil in the kitchen, a safe port in the midst ae a storm. A sanctuary where we could each vent tae each other aboot how he's seemingly hellbent oan spoilin oor fun. The two ae us come tae the unanimous conclusion that he's goat a sinister ulterior motive up his sleeve. Under normal circumstances, eh? if a boay like him ever directly challenges ma word then they'd awready be reported as a missin person. Yit, fur the first time in ma life ah've foond masel hesitatin fae reachin fur the light switch. It's the importance ae Jenny's happiness, yae see, that ootweighs any desire ah might huv ae makin an example ae this two-bit gangster. The smart play, ah decide, is tae jist keep intent tabs oan the cunt. Efteraw, ah, fur yin, want a ringside seat when he eventually slips oaff his pedestal.

As expected, the follaein week, he goes oan a campaign tae butter her up, far mair aggressively than before, likes. He starts splashin the cash oan lavish gifts fur Jenny, a pathetic attempt at buyin her love, tellin her he's only makin up fur aw the poacket money she missed oot oan. Luckily, wae her studyin fur her final year exams, day trips tae the zoo and pony rides huv been kept tae a bare minimum. The smug cunt hus been makin sly digs at ma expense, n aw. Actin liked a petty bairn in the hope it gits a violent reaction fae yours truly. Little does the bastard ken, however, that despite ma physical appearance ah'm mair brain than brawn. Such games ah refuse tae play.

A month or so since the dark cloud fae Liverpool arrived and his claws are finally startin tae show. Doesnae stoap an opportunity fur some quality faimily time arrivin fur me, though where he cannae poke his nose intae oor affairs. Ah wis quietly chuffed when Jenny passed oan a trip tae the pictures wae him, likes. Insteed choosin tae hae a movie night wae me, Roxy and Bruce. Ah could see the delight in her mother's puss wae this development. Ah, of course, goat tasked wae collectin oor takeawey fae the chippie. Walkin hame wae oor fish suppers in ma hands, the dim streetlights casts shadows oan the groond. The stillness ae the street is only sporadically interrupted by the occasional passin motor or the soond ae a dug barkin oaff in the distance. Wae the smell ae unhealthy livin risin fae the bag, ah stoap tae spark up a cheeky smoke. Roxy and Jenny alweys tear a strip oaff me fur smokin, yae see. Then, as ah'm stood there oan ma lonesome, puffin awey, aw-ae-a-sudden ah catch sight ae a tinted silver Audi creepin up the road. The wey it's labourin aboot gies me fid fur thoat. Ah decide tae keep walkin in the direction ae the flat. But then, as ah glance back, ah notice it's still crawlin up behind me. Suttin is feelin oaff so ah pick up ma pace. Only, it starts tae dae the same hing. That's when ah ken fur sure that this is a hit. And in that moment ae realisation ah instinctively droap ma bag. As ah dae, everyhing seems tae go in slow motion. Before ah hae a chance tae react, loud boomin noises come crashin aroond me. Ah've taken yin in the leg but the pain racin through it is quickly squashed by the rush ae adrenaline. Ah duck fur cover behind a car and the shots keep oan comin. The smashin ae the gless rains doon oan ma heid, so, ah protect ma puss wae ma airm and ah'm prepared fur worse tae come.

Ma entire life seems tae play oot inside ma heid in matter ae a mere few seconds. Ah apply as much pressure as ah kin oan the wound wae ma bare hands tae stoap the bleedin. Yince movements fae the neighbours kin be heard, ah hear the car speed oaff at a rapid rate. Roxy and folk fae the street come rushin oot. She completely loses it yince she sees the blood. She starts screamin, 'Someone call an ambulance!'

Ah've goat nae time tae console her, though and tell her ah'll be fine. The only hing oan ma mind in that moment is war and revenge.

The follaein day, a Tuesday, ah'm laid up oan some hoaspital bed in the Royal. Fortunately fur masel, likes, the shooter wis nae marksman. The bullet barely scratched the upper part ae ma left leg and hus left barely a flesh wound. It looks much worse than it is and the doacturs expect me tae make a quick recovery. It's been a twenty-four-hour whirlwind, tae be honest. And this incident hus pit me well and truly under the microscope. Airmed polis units descended oan the street and virtually the hale ae Edinburgh is talkin aboot the failed attempt oan ma life.

Oan a positive note, though, ah've goat ma ain private room. Mean, least there's that, eh? A gift that spares me the heidache ae huvin tae listen tae randoms list oaff their ailments. Ah've certainly been treated tae the NHS's first-class service. This room is blessed wae a telly and even a direct line tae the bog. The doacturs huv advised me that ah'll be kept in fur a couple ae days as a precautionary measure. And as usual when you're in the hoaspital, ah've foond masel bein driven nuts by the wave ae whitecoats and nurses comin in and oot ae the place. Along, of course, wae the polis nippin ma ears by continuously repeatin the same two questions at me, 'Do you know who shot you?' and 'Why would someone try and kill you?' An obvious attempt at tryin tae loack me intae a story. Questions that they needed tae ask but they ken better than anyboady else in the capital, ah dinnae tell tales ootside ae school. Insteed, ah jist spun the usual pish.

'Aw,' ah said. 'Ah dinnae ken anyboady who wid wish me any herm.'

Eventually, they took the hint and fucked oaff, nane the wiser. Their interrogation seemed like a holiday in comparison tae the dramatics ah wis exposed tae by ma faimily and ma mates, aw ae thum greetin and prayin fur me. As if at any minute the doac wis aboot tae take me oaff life support, or suttin. Ma mum could barely speak, likes. She wis that emotional aboot the hale mess ah jist wanted tae hug her, tae be honest.

'Take awey the fact someboady tried tae gun me doon in the street,' ah stated. 'Ah'm yin lucky prick. It could ae ended a loat worse, mum, eh?'

Ma attempts at comfortin her hud the opposite effect cos the tears kept oan pourin oot ae her and there didnae seem tae be an oaff switch. As fur Dougie and Craig, eh? they two rose tae the occasion by comin straight doon tae support Roxy and masel. Neither yin ae thum wid ever admit it, likes, but ah'm certain they hud been greetin tae cos their eyes wur reddened and puffy when ah first saw thum. Free talkin Craigy lit slip that Dougie hud insisted oan playin The Hollies' classic tune 'He Ain't Heavy, He's My Brother' oan the wey oor. Roxy wis a bit shaken at first but yince the dust settled she wiped herself doon and pulled herself back up. Ah jist wish the same could be said fur Bruce. He'd actually passed oot yince Roxy broke the news tae him. Tae stoap his perr wee heid fae worryin any mair than wis needed, ah decided tae Facetime him, fur nae other reason but tae prove tae him that ah'll be back hame in nae time. Jenny and Roxy should be here soon, eh? Young Jennifer hus stood firm oan visitin cos she hus apparently been goin oot her mind wae worry. A pleasant blonde nurse who hus been taken gid care ae me fetched me a copy ae theday's *Evening News*. Look at this oan the front cover, eh? Edinburgh's gangland oan brink ae aw oot war. Ah've goat a list ae potential suspects but nane ae thum hae the spine tae challenge ma rule sae directly. Three ae ma toap boays are due at the hoaspital tae brief me oan what they've uncovered oan the street. But first and foremost? ah need tae make sure ma faimily are awright. That's aw that matters the noo. Even before ah determine ma nixt move in terms ae payback.

Ma mornin readin is interrupted by the arrival ae the two wumen in ma life, baith ae thum takin the situation worse than ah first anticipated. Their mascara is runnin doon their cheeks. In fact, aw ae their makeup hus practically been washed oaff due tae the amount ae tears they've shed. Roxy and Jennifer approach ma bedside and hug me tightly. Roxy gies me a gentle kiss oan the lips, n aw. They baith pull up a chair and sit doon nixt tae me. And right awey Jenny is lookin increasinly concerned.

'Dinnae worry aboot me,' ah attempt tae console her as ah grab her hand and hud it. 'Listen tae me, Hen. Ah'm awright, eh?'

A picture ae trepidation is etched across her youthful puss and her posture is aw tense. Yit, she somehow finds the tenacity tae share her concerns wae me and her mother.

'How kin yae be so calm?' she asks. 'Someboady tried tae kill you.'

'But they didnae, did they?' ah tell her wae a laugh. 'Probably jist a disgruntled customer fae ma mum's restaurant, or suttin. They'll no be tryin again.'

The expressions oan their pusses confirm tae me that they're unconvinced by ma words. Ma version ae events is a hard yin tae sell, tae be fair, especially in light ae the recent headlines splashed across the local rags. Early intae oor relationship ah made it clear tae Roxy that ma profession comes wae a certain amount ae risks. It wis only fair that ah pit her in the picture ae what she wis signin up fur. But ah swore ah wid keep her, Jennifer and Bruce awey fae that side ae ma life. She loves me fur me, who ah um, though, no fur what ah dae fur a livin. And ah intend tae keep the promise ah made tae her.

'Jenny, Hen,' ah say. 'Ah'm feelin tired. Kin yae no go grab us a coffee?'

'Sure,' she says, risin fae her seat. 'Milk and two, right?'

Ah nod in agreement. She then turns tae Roxy who responds withoot needin tae be asked.

'Hot chocolate, please love,' she says.

Ah pass Jenny a crisp twinty quid note. Yince she's oot ae sight ah git straight doon tae business wae her mum. Yaisin aw the strength still in me, I bend oor and open the patient drawer nixt tae ma bed where ah quickly remove a burner phone and credit caird.

Roxy's eyes squint slightly as she processes ma presents.

'Listen, babe,' ah tell her. 'Ah want yae tae book you and Jenny intae a hotel. Dinnae tell a soul, though. Take the credit caird and yai'se this phone. Ah'll be the only yin wae the number.'

She hesitates fae takin thum. Yit, eventually, she rather reluctantly accepts.

'What will I tell Jenny, though?' she asks. 'And what if Gerrard asks to see her?'

'Jist tell thum yur takin her awey tae study,' ah advise her. 'It doesnae fuckin matter. It'll only be fur a couple ae days. We jist need some time until ah kin git this situation under control.'

Her worried gaze tells me aw the worst-case scenarios are playin oot inside her heid.

'You mean, you think they're still after you?'

Ah move closer tae her. Placin a reassurin hand oan her shoulder.

'Please, love. Dinnae argue wae me aboot this. Yous huv nuttin tae worry aboot. Ah jist want tae make sure there's some distance between us right noo. Ma sis hus agreed tae look efter Bruce. This will aw be soarted oot in a few days.'

Ma confident words ae a quick resolution thankfully hus her agreein tae ma request. And by the time Jenny returns wae the drinks, ah'm pleased that ah've managed tae secure the safety ae those closest tae me. Fur the nixt hour we try tae maintain some sense ae normality. We chat aboot mundane life tae yin another. As visitin hours are aboot tae expire we say oor gidbyes and ah'm left ready fur a nap. Ah'm absolutely exhausted by the time they leave.

A few hours later ah open ma eyes slowly and fur a second ah furget that ah'm even in the hoaspital. Ah yaise the built in motors in ma large bed tae raise masel up. Yince ma vision clears, ah'm surprised tae find Gerrard standin in the corner ae the room.

'What the fuck are you daein here?' ah demand tae ken.

'Don't worry, lad,' he says, smilin. 'I'm not here to fluff your pillow.'

'Dae ah look fuckin worried, ya prick?' ah tell him, as ah try tae sit up a little higher in ma bed.

We look at each other and tae ma annoyance, the cunt seems as if he's oan toap ae the world. The truth suddenly sucker punches me in the gut. It hus croassed ma mind, of course, but wae him standin shamelessly in front ae me, ah noo ken the truth.

Ah stare at him fur a few seconds until ah speak ma mind, quietly.

'This wis you, eh? Sendin me a message, wur yae?'

Noo he's brimmin wae even mair confidence.

'Message? If I want to send a message, then I'll use the Royal Mail. Think of it as a reminder that your time is up here in Edinburgh. Or maybe my boys were having an off day. Maybe they missed by accident. You just never know.

Ah try tae straighten up in ma bed, ignorin the pain in ma leg.

'Cairds oan the table, eh? You knew who ah wis the minute yae clapped eyes oan me?'

He glances at the flair before slowly lookin up, an irritatin smile developin across his puss.

'Yeah, I knew,' he says. 'Let's just say you're not the only one who does his homework.'

Ma back is up and ma teeth are showin.

'And what?' ah say. 'Yae hink ah'm jist gonnae roll oor, eh?'

He perches forward. And before long his true motives reveal themselves, wae his tone becomin darker and mair intense.

'Every fucking thing that you own? It now belongs to me. You tell all your lads and runners to stand down. Or I'll put your grassing cunt of a Mrs out on the street to be fucked by every cunt and maybe even her fucking brat of a daughter too.'

Ah want tae bury the cunt where he stands. Ma temper hus never been tested like this before. Nevertheless, ah keep a cool heid. Ah dinnae want tae show him he's goat under ma skin.

'She's yur fuckin daughter?' ah seethe.

He looks at me cauldly.

'You say that word like it should mean something to me. But the truth is I only wanted to show you how easy it would be for me to pull apart your world. So, you do as I ask, Aldo. Or they'll be put to work.'

Fur the first time in ma life ah'm oot ae moves. Ah cannae pit thum at risk and ah genuinely cannae see a solution.

'It doesnae look like ah've goat much choice, eh?' ah tell him. 'But how dae ah ken they'll be awright? And what did you mean by ma grassin Mrs?'

'Why don't you go ask that bitch yourself,' he fires back at me. 'Regardless, my friend, this is the only chance you've got to keep them safe. And I know what you're thinking? Take me out and this problem goes away. But that would be a big mistake. You see, my brother is due for release soon. And he is the ill-tempered one.'

He walks awey taewards the door, smugly turnin back tae deliver another kick in the teeth.

'I almost forgot,' he says, 'that warehouse you own near Ocean Terminal, is it? Well, I'll need you to sign that over to me as soon as you're back on your feet. I'll have my lawyers draw up the paperwork. Keep well.'

He leaves efter that. As soon as he's ootae sight ah'm ready tae erupt. Ah fail tae hud it in any longer. Ah knoack the tray containin ma lunch tae the flair, which produces a huge crashin noise that only mirrors what ah'm feelin inside. Efteraw, ah now ken that ma world and everyboady dear tae me in it are literally oan a knife edge. Besides that, the fact that cunt kens aboot ma warehouse at Ocean Terminal tells me that someboady close is playin as a double agent.

Much time passes in the day but it's no enough fur ah'm still reelin fae him droapin in fur oor chat. Ma room still hus quite a vivid smell ae disinfectant mixed wae bleach. A nurse nipped in earlier and they cleaned up the mess fae the droaped tray. Ah must concede that this is a mere minor inconvenience cos, although ah dinnae want tae admit it, that cunt really hus played me like a fuckin puppet oan a string. Tae make matter worse, noo ah'm convinced that someboady close hus stirred up a hornet's nest. A real traitor in ma midst. Ah'm literally tirin up against the ropes and it's jist a matter ae time before the final knockoot blow lands. Ma heid is giein some respite, though cos aw ae-a-sudden ah kin detect the loud familiar voices ae ma lads ringin doon the corridor. The three ae thum soon fill the room. Mark 'The Maniac' Johnson is first through the door, a slightly aulder guy, he's built like a ragin bull wae a thick neck and square jaw. His bald heid and determined puss are aw covered in battle scars. Mark is ma very ain Luca Brasi, likes, a real live fire breathin monster, a true warhorse. We first hooked up in the jail, yae see. Nae concerns aboot him. His loyalty is beyond question. Ah intervened when yin ae the faces in Glasgow tried tae pit the squeeze oan his faimily durin yin ae his many stints inside. An endeavour which led me tae take a trip doon the A8 and pey this toap boay a visit. Ah did a right number oan him. If only someboady telt me he hud a postie fur a twin brother. Turned oot tae be a rather unfortunate incident. Still, it did the trick. The message wis sent and the guy soon backed oaff. Ever since that gid deed Markie hus been by ma side like ma very ain boadyguard.

He walks in wae his huge airms outstretched fur a hug.

'Some fuckin twinty-four hours, man?' he says as he reaches intae the plastic bag he's cairyin, pullin oot a ripe lookin bunch ae grapes.

'These are fur you, Aldo,' he says.

Ah thank him, sincerely. It wis a nice and welcomed touch. Ryan and Nate then follae his example by each giein me a wee hug. Ah've goat a long history wae these two, tae. We've been pals since we wur a band ae neds puntin £50 gram bags ae coke across welfare struck Edinburgh. Ryan earned the moniker 'Specky' oan accoont ae his thick glesses. He's goat dark broon hair and stands at less than five fit three. The cunt barely weighs a hundred poonds. He also doesnae dress as yur typical heidcracker, favourin a clean cut dress code instead ae yur tracksuit. At a first glance he looks like a banker, tae be honest. Appearances really kin be deceivin though cos he's yin ae the maist feared faces tae darken the toon's streets. Then there's Nate, eh? He's a very fuckin handsome boay who alweys hus a line ae wumen oan the go. There's ripped muscles bulgin oot fae beaneath his tight t-shirt. Before ah ken it ah've goat aw three ae thum excitedly circlin oan aw sides ae ma bed. They're clearly ready fur war.

Mark leans in close.

'It's that firm fae Liverpool, eh?' he says. 'Yur missus's ex made his move last night? What did ah tell yae aboot dealin wae these Scousers?'

There's no even time tae reply as Ryan pitches in wae mair depressin news.

'That's no jist it,' he says, glancin awkwardly across at me. 'Ah goat a caw earlier, mate. They've ruffed up some ae the runners. They're in hidin noo. And these cunts are movin in oan the doors. Some pricks are awready jumpin ship.'

'What's the plan?' asks Nate.

'Plan?' echoes Mark, predictably turnin his mind tae bloodshed.

'They wanted oor attention, eh?' he says. 'Well, they've fuckin goat it. And noo we make thum pey fur the error ae their weys. That's the fuckin plan.'

Six eyebaws are lasered in oan me, waitin eagerly fur a response that ah somehow cannae bring masel tae deliver.

'You three stand doon,' ah tell thum. 'And yae tell everyboady else tae dae the same.'

The trio stare at yin another, lookin absolutely open-moothed and floored. Mark is the first yin tae hear the starter pistol. He comes closer. Ready tae beg me tae change ma course ae action.

'Yae cannae be serious, Aldo?' he pleads, almost sobbin. 'You're only sayin this cos that cunt is yur missus's ex.'

'Yae hink ah like this anymair than you do, ya dafty? The cunts jist droaped by tae threaten Roxy and Jennifer. Under nae circumstances um ah pittin theym in herm's wey.'

Nate bangs oan the bed loud and hard, startlin the rest ae us.

'That cunt's goat some front.'

Ah point through tae the corridor tae signal fur him tae keep his emotions in check.

'Jist dae as ah say,' ah warn thum.

Mark is unable tae keep his rage at bay and it comes pourin oot.

'This is fuckin bullshite!' he belts oot as he storms oot the room. And wae yin slam ae the door he almost destabilises the buildin's foondations. Ah then decide tae send the other two efter him, eh? The last hing ah need is him gone oaff and wagin a yin man war against the hale ae Liverpool. They might no agree wae ma decision, likes. Ah git it. But ah ken they will ultimately respect it. Yince the three ae thum huv left ah reach under ma pillae, grabbin ma phone and punch in a few buttons. Ah ring ah number ah never anticipated cawin again. And only a few seconds pass before they pick up.

'It's me,' ah say. 'We need tae speak.'

Doactur Roberts wis standin in front ae me this mornin, guided along tae ma room by a nurse. A nice enough bloke, likes. But apparently nane ae the other staff oan the ward wur happy that ah wis demandin ma release papers. In his medical opinion, he said, he felt it wis in everyboady's best interests tae keep me in fur a day or two mair. Best tae keep an eye oan ma progress.

'You can never be too careful,' he said.

In fairness tae him, likes, ma leg wis giein me a bit ae grief last night. Yit, ah made it known tae him that whether he dischairged me or no, ah wis hell bent oan departin the buildin theday. Course, he never really hud much say in the matter. And, eventually, reluctantly he agreed. What's mair ah wis swiftly handed a fist full ae painkillers oan ma wey oot. Needless, tae say, this is exactly why ah'm in a taxi right noo watchin Edinburgh rush by me ootside the windae.

Ma first stoap brings me tae the classy Sheraton Grand Hotel oan Festival Square, a flyin visit tae check oan ma two ladies. Yince the overly professional receptionist caws up tae their room, ah'm soon sent up tae their club spa room oan the sivinth flair. They're shocked tae find me affrontin thum, likes, but are baith equally chuffed tae see me back oan ma feet, even though they're miffed ah didnae tell thum aboot ma departure. A beautiful modern room it is, wae eye-catchin views ae the castle and Usher Hall. First impressions tell me Jenny hus been quite rightly makin the maist ae room service wae plenty ae sweetie wrappers and juice cans oan display. She's been yaisin the time in mair productive weys, tae. Cos at least a dozen books lay open, spread across the double room. This at least informs me that she's takin her study time seriously. Roxy is understandably still at a croassroads aboot this predicament, however. Witnessin the toll the mess is takin oan her, ah decide tae pull her tae the side before ah leave.

'Dinnae worry, ah comfort her. 'This will aw be oor soon.'

She seems tae accept ma words at face value. Before ah ken it ah jump in an Uber. Ah purposefully kept her in the dark aboot Gerrard bein the yin behind this mayhem. The last hing she needs is another shock tae the system. Ah make a pit stoap at ma sister's oan Heriot Row. Finances huv never been an issue tae Aisha. Her husband brings in truck loads ae dosh since he's yin ae the country's maist acclaimed leadin surgeons. Ma sis wis a straight 'A' student at school, likes. She wis mair popular than McDonalds. Aw the laddies punched lumps oot ae each other fur a date wae her. But tae me she wis alweys a nippy wee cow. Her husband's profession explains why she's livin in a hoose priced at well oor a mill.

This place makes Dougie's mini mansion look like a hostel. Bruce didnae need his airm twisted tae stey here, either, especially as ma nephew and niece love the bones oaff him. Seein him fur the first time in too long quickly lifts the dark clouds hoverin above ma heid, replacin thum wae a nice dollop ae sunshine. Ah huv nae choice but tae love and l eave the wee man, though. And fur the third time theday ah'm a passenger in a taxi. Only this time ah'm oan ma wey tae confront ma ain personal Judas.

The driver parks ootside Marco's Café oan Salamander Street. This is a safe space fur the criminal fraternity in the city. Fae as far back as ah kin remember there's been an unwritten rule that naeboady kin git touched oan these premises. A decree that allows rival crews tae mix wae yin another withoot huvin tae watch who's comin through the front door. Ma clash wae these boays fae doon sooth hus nae doot been the topic ae the week. If this establishment ever hud its moment in the sun then it must ae only lasted a millisecond. Enterin the joint, it's hard tae fail tae realise the furniture is aw missmatched. The wahs are painted in a distressin dim broon colour. And tae be honest, ah half expect suicide bein the only appealin option oan the menu. Regardless ae its Third World personality, it does somehow manage tae attract a fair number ae gangsters and villains. Like a chain reaction, shock ripples through the customers who are enjoyin their mornin brekie. Anywey, ah soon recognise ma target: Martin, who's busy sittin aw oan his lonesome. Ah breeze through the other customers. He's an ugly bastard at the best ae times. Theday he's lookin particularly kingpin. He's goat a narrow puss like a weasel and an almost inhuman slender frame. Ah kin almost see the word 'Grass' written across his foreheid as ah close in oan his table. He hus proved useful oor the years. He's kent as suttin ae a smooth operator in the drug scene. Aw last night as ah wis rackin ma brains tae find the traitor, ah realised that he's the only yin close tae me smart enough tae make this play. He must hink he's served his apprenticeship and is ready tae become his very ain maister.

His concentration is firmly fixated oan the screen ae his phone. Unaware that ah'm heidin his wey until the solar eclipse consumes him the second ah reach his spoat. And he's left wae nae other option but tae look up and face me.

'Aldo?' he says, almost chokin as he stuffs his phone inside his poacket. 'Ah thoat you wur still in the hoaspital?'

Ah pull up a seat and continue oor conversation.

'Oh, you ken me, Martin,' ah say smilin.

'Ah'm no yin tae lit a bullet slow me doon, eh?'

He seems uneasy and anxious. His movement's becomin increasingly restless. He cannae even make eye contact wae me.

'Ah ken it wis you, eh?' ah tell him.

'What wis that, mate?' he asks.

'What wis that?' ah say. 'Yae really thoat ah widnae work oot it wis you who gave me up, ya fuckin dafty?'

Withoot realisin it happened, the decibels in ma voice huv been raised and this confrontation hus turned intae a public affair. Aw the clankin ae cutlery and the chatter fae the other customers ends. Ma former employee ae the month shocks me, though cos he doesnae scurry back intae his moose hole. Insteed, his hale manner changes in front ae ma very eyes. He suddenly becomes full ae himself, uncharacteristically complacent.

'And what the fuck are you gonnae dae aboot it, likes? Yur a joke!'

He then rises tae his feet and ah'm that incensed ma boady becomes literally numb. This fuckin turncoat grabs baith ma cheeks and delivers me a threat.

'Behave yursel, Aldo,' he warns. 'Or ah'll send Gerrard roond tae yae again.'

It feels as if time hus stoapped in that moment. And unaware it's happened he's gone, ah'm jist left there stranded. Wonderin what the fuck jist happened. Word will awready be spread fast across the toon, ah tell masel. Aldo is a spent force. Ah ken right there and then that Gerrard plans tae kill

255

me fur real.

Ah leave the place wae ma honour well and truly bruised. Ah've faced doon and overcome some serious heavyweights in ma time, of course. Laid waste tae each challenger who hus been broat in front ae me. But when the lowest common dominator loses fear fur yae then that's when yae ken yur livin oan borraed time. Ah'm startin tae realise that love is an addiction which only keeps yae weak. Mean, wae yin single decision ah've allowed a reputation ah've spent a lifetime buildin tae be destroyed in seconds. Showin vulnerability oan the street pits a target oan yur back, everytime. The hing is, though, ah widnae change ma decision fur a second, likes, cos protectin ma faimily means mair tae me than ownin street corners or doors up the toon. Ah'll take what comes in ma stride, jist as long as they're safe. Ah retreat back tae ma flat, the scene ae the crime, as it wur, where ah swallae a couple ae painkillers and plot ma nixt step. Ah sit in the kitchen oan ma best chair, a rid-hoat cup ae coffee at yin side. Ma mobile restin at the other. That's when ma train ae thoat is suddenly zapped by a text message ringin through. It arrives fae an unknown number but ah quickly come tae the conclusion that it's Gerrard.

'Be at the warehouse at 8,' it orders. 'The papers have been drawn up. And don't even think about running, lad.'

Ah slam the phone doon oan the bunker. This cunt hus me tied up in knots and as much as ah try ah cannae pinpoint a wey tae brek free.

The warehoose is perfectly located as it's insulated by the neighbourin yins. Strategically, it's a smart choice by him cos it's such a difficult place fur the filth tae locate, which means this meetin should go aheid, uninterrupted. The boays in blue dinnae mind the likes ae us engagin in urban warfare as long as the falloot is kept well awey fae the safety ae law-abidin taxpeyers. Ah ken ah'm very likely walkin intae a trap but it wis me who broat this shit storm tae oor gates. Ah've never needed anyboady tae hud ma hand. If ma time is indeed up then ah'll face the music, like a man.

Efter ah've stoapped oaff at ma lawyers oan Hill Street tae make sure everyhing is in place should the deal backfire, ah find masel oan ma wey doon tae Ocean Terminal. The taxi lits me oaff near the warehouse district. Yince ah make it tae the meetin point ah find that ah'm the last yin tae the meet. Two luxury cars are parked ootside along wae two grizzly bear lookin cunts standin guard at the entrance. They're baith eyebawin me as ah come taewards thum. And, as ah git closer, ah gesture fur thum tae shift. They dae as ah command but no withoot littin oot a growl and a quick pat doon. Two jokers ah could take apart while rollin a ciggie. But theday is their lucky day. Ah calmly stroll inside withoot sae much as ah hint ae violence. As soon as ah go in ah notice Gerrard is huddin court wae his guys. They're laughin and enjoyin his victory. Martin is in attendance, tae. He's at ease wae him. Ah coont four mair lumps watchin his back. Aw ae thum tryin their best tae look frightenin. The warehoose is completely empty apart fae a chair and table which are placed in the centre. Ah then cloack what looks like a piece ae paper and pen, baith neatly rested oan the hing. This is an ideal location fur him tae store his gear cos it oaffers a direct link tae the ports in Liverpool. In the far corner ah see a row ae baseball bats, each leaned against the wah, a factor that spells oot what ah wis too scared tae admit, that ah um finished, efteraw.

His guys stoap laughin yince they see me measurin thum up. They dinnae dae anyhing, likes. Aw they dae is stare at me. But ah stare harder back. They look like a band ae Vikings. Big, tough, and mean. Gerrard spins, looks at me, up and doon. Giein oot an aw kennin smile, he looks comfy oan his throne whereas Martin presents himself as a right snake in the gress, his rotten teeth hittin ma eyes when he smiles. Buddyin up tae Gerrard hus done worders fur his self-esteem, a hunner and forty-five-pound bag ae feebleness reshaped intae Al Capone.

'Wow,' Gerrard says, sneerin at me. 'You came on your own. Well, aren't you a brave man? Take a seat,' he says pointin tae the middle ae the room.

As ah walk oor tae the table, ah kin feel aw eyes are oan me. Ah promptly sit doon and look this mob straight in the eye. Their pusses remain emotionless as he swaggers across, takin the seat opposite me, where his entourage soon follae him oor tae watch his back.

'Look at this lads, eh?' he says. 'The great fucking Aldo reduced to doing exactly what he's fucking told.'

'Okay,' ah tell him. 'Enough ae the gloatin. No aboot time we jist git this done?'

Ah then pick up the pen and sign the document withoot even readin it. He instantly gits up oaff his erse. Smug as fuck. And he cannae fight the temptation ae deliverin another twist in the tale.

'Oh,' he says. 'That bitch Roxy is finished, too. No need to worry about Jenny, though. I'll have introduced her to the family business in no time.'

And that's when he starts pointin at his henchmen, markin me fur death.

'Kill him,' he orders.

Aw ae thum look delighted by the instruction. They each huv murder in their eyes. Ah burst oot intae a fit a laughter as a couple ae ma would-be killers bloack his path. And wae the expression ae horror oan his puss, the penny droaps fur perr auld Gerry.

'Yae see, Gerrard,' ah guide him. 'Unlike yur gid sel, ah happen tae look efter ma boays. Yur man there?' ah say pointin tae an enormous boay who reminds me ae a beat doon wrestler.

'His mum wis aboot tae lose her place at her care hame, eh? but that's when ah stepped in. And yur boay, Curtis, there? His bairns loast their mum, unfortunately. Least ah could dae wis oaffer a helpin hand. Sometimes it peys tae be nice, eh?'

Curtis then throws a spiteful soondin boady shot intae the pit ae Gerrard's stomach. At which point ah git up fae ma chair and heid oor tae him, where ah find him oot tae breath, gaspin fur air. Ah lean doon, oor him.

'Seriously?' ah ask him. 'Did yae really hink yae wid simply come up here wavin a gun only fur me tae then present yae wae the keys tae the city? The only reason ah pulled ma lads back wis cos ah wanted tae ken exactly where yur people wur, so that ah wis ready tae strike back when the time came.'

Ah glance at ma watch before finishin ma thoat.

'Speakin ae which, ma boays will be deliverin thum a message right aboot noo.'

Ah gesture fur Curtis tae help him back oan his feet. That's when Martin's fragile voice finally speaks.

'Kin ah go noo, Aldo?'

Ah almost furgoat aboot him, eh? Too caught up in the occasion, so ah wis.

'Oh, aye. Oan yae go, Marty. Nice wee performance at the café, by the wey.'

Gerrard soon finds his strength yince he realises he's hud a viper in his nest.

'You're a fucking dead man!' he shouts, as he lunges at Martin. Fortunately, the other lads prevent him fae gittin too close.

'Did yae really hink yae could flip yin ae ma guys that easily, eh? As soon as yae started playin footsie wae him, he came runnin tae me and pit me in the picture.'

Martin bails, safe in knowledge a big promotion is oan the cairds. And this mut makes yin final stand tae save himself.

'You can't touch me,' he snarls. 'Do you remember my brother?'

As soon as he says that his phone pings.

'You should git that,' ah tell him. 'It might be important.'

He races tae check his phone. A video starts playin and aw ae a sudden the warehoose is filled wae loud voices and pure violence. Some unlucky bastard is clearly takin a severe beatin. He starts blubbin intae his phone and hus practically droaped doon oan his knees. His emotions soon transform intae anger.

'You're dead you Paki bastard! You hear me?! Dead!'

Ah decide tae ignore that racial slur, likes. Under the circumstances ah've goat mair hings oan ma mind.

'Jist so yae ken, eh? that's jist the highlight reel. Ah reckon yur brother will be laid oot oan some cauld slab by noo.'

Ah soak up his doonfall whilst he's in the midst ae grievin fur his brother. He's literally went fae bein the shot caller tae the biggest bitch oan the yaird. The dafty is greetin uncontrollably and mumblin pointless threats.

'You're all dead,' he softy whispers tae himself.

Ah then catch sight ae the baseball bats again.

'Ken what, Gerrard,' ah say. 'What better wey tae welcome these boays tae the big leagues than a nice game ae baseball. But wait, eh? we've no goat a baw? Ah guess we'll jist need tae fuckin improvise.'

Ma new recruits start movin in the direction ae where the bats are positioned. Ah kin almost smell the stench ae shit comin fae him as he tries tae prick ma conscience, yin last time.

'I'm Jennifer's dad for Christ's sake,' he pitifully whimpers. 'You can't do this?'

Ah lit oot a broken laugh.

'The only reason yae made it this far is cos ae her,' ah remind him. 'But efter oor wee conversation at the hoaspital? Well, lit's jist say you've made this decision easy fur me.'

Ah kin awready hear his disgruntled former employees trailin the bats across the flair behind me. Gerrard's disturbed puss tells me he kens this is as far as he goes.

THE END

OTHER TITLES FROM TIPPERMUIR BOOKS

Spanish Thermopylae (2009)

Battleground Perthshire (2009)

Perth: Street by Street (2012)

Born in Perthshire (2012)

In Spain with Orwell (2013)

Trust (2014)

Perth: As Others Saw Us (2014)

Love All (2015)

A Chocolate Soldier (2016)

The Early Photographers of Perthshire (2016)

Taking Detective Novels Seriously:
The Collected Crime Reviews of Dorothy L Sayers (2017)

Walking with Ghosts (2017)

No Fair City: Dark Tales from Perth's Past (2017)

The Tale o the Wee Mowdie that wantit tae ken wha keeched on his heid (2017)

Hunters: Wee Stories from the Crescent: A Reminiscence of Perth's Hunter Crescent (2017)

A Little Book of Carol's (2018)

Flipstones (2018)

Perth: Scott's Fair City: The Fair Maid of Perth & Sir Walter Scott – A Celebration & Guided Tour (2018)

God, Hitler, and Lord Peter Wimsey: Selected Essays, Speeches and Articles by Dorothy L Sayers (2019)

Perth & Kinross: A Pocket Miscellany: A Companion for Visitors and Residents (2019)

The Piper of Tobruk: Pipe Major Robert Roy, MBE, DCM (2019)

The 'Gig Docter o Athole': Dr William Irvine & The Irvine Memorial Hospital (2019)

Afore the Highlands: The Jacobites in Perth, 1715–16 (2019)

'Where Sky and Summit Meet': Flight Over Perthshire – A History: Tales of Pilots, Airfields, Aeronautical Feats, & War (2019)

Diverted Traffic (2020)

261

Authentic Democracy: An Ethical Justification of Anarchism (2020)

'If Rivers Could Sing': A Scottish River Wildlife Journey. A Year in the Life of the River Devon as it flows through the Counties of Perthshire, Kinross-shire & Clackmannanshire (2020)

A Squatter o Bairnrhymes (2020)

In a Sma Room Songbook: From the Poems by William Soutar (2020)

The Nicht Afore Christmas: the much-loved yuletide tale in Scots (2020)

Ice Cold Blood (2021)

The Perth Riverside Nursery & Beyond: A Spirit of Enterprise and Improvement (2021)

Fatal Duty: The Scottish Police Force to 1952: Cop Killers, Killer Cops & More (2021)

The Shanter Legacy: The Search for the Grey Mare's Tail (2021)

'Dying to Live': The Story of Grant McIntyre, Covid's Sickest Patient (2021)

The Black Watch and the Great War (2021)

Beyond the Swelkie: A Collection of Poems & Writings to Mark the Centenary of George Mackay Brown (2021)

Sweet F.A. (2022)

A War of Two Halves (2022)

A Scottish Wildlife Odyssey (2022)

In the Shadow of Piper Alpha (2022)

Mind the Links: Golf Memories (2022)

Perthshire 101: A Poetic Gazetteer of the Big County (2022)

The Banes o the Turas: An Owersettin in Scots o the Poems bi Pino Mereu scrievit in Tribute tae Hamish Henderson (2022)

Walking the Antonine Wall (2022)

The Japan Lights (2023)

Fat Girl Best Friend (2023)

Guid Mornin! Guid Nicht! (2023)

Madainn Mhath! Oidhche Mhath! (2023)

Wild Quest Britain: A Nature Journey of Discovery Through England, Scotland & Wales from Lizard Point to Dunnet Head (2023)

FORTHCOMING

William Soutar: Collected Works, Volume 1, Published Poetry (1923-1946) (Paul S Philippou (Editor-in-Chief) & Kirsteen McCue and Philippa Osmond-Williams (editors), 2024)

William Soutar: Collected Works, Volume 2, Published Poetry (1948-2000) (Paul S Philippou (Editor-in-Chief) & Kirsteen McCue and Philippa Osmond-Williams (editors), 2024)

The Stone of Destiny & The Scots (John Hulbert, 2024)

The Mysterious Case of the Stone of Destiny: A Scottish Historical Detective Whodunnit! (David Maule, 2024)

A History of Irish Republicanism in Dundee, c1840 to 1985 (Rút Nic Foirbais, 2024)

The Whole Damn Town (Hannah Ballantyne, 2024)

Balkan Rhapsody (Maria Kassimova-Moisset, translated by Iliyana Nedkova Byrne, 2024)

The Black Watch from the Crimean War to the Second Boer War (Derek Patrick and Fraser Brown, 2024)

William Soutar: Collected Works, Volume 3 (Miscellaneous & Unpublished Poetry) (Paul S Philippou (Editor-in-Chief) & Kirsteen McCue and Philippa Osmond-Williams (editors), 2024)

William Soutar: Collected Works, Volume 4 (Prose Selections) (Paul S Philippou (Editor-in-Chief) & Kirsteen McCue and Philippa Osmond-Williams (editors), 2025)

Salvage (Mark Baillie, 2024)

Button Bog & Tales from a Traveller's Kit (Jess Smith)

TIPPERMUIR
BOOKS LIMITED

All Tippermuir Books titles are available from bookshops and online booksellers. They can also be purchased directly (with free postage & packing (UK only) – minimum charges for overseas delivery) from
www.tippermuirbooks.co.uk.

Tippermuir Books Ltd can be contacted at
mail@tippermuirbooks.co.uk